星辰大地

王妹英◎著

中国言实出版社

图书在版编目（CIP）数据

星辰大地 / 王妹英著 . -- 北京：中国言实出版社，
2021.10

ISBN 978-7-5171-3933-1

Ⅰ . ①星…　Ⅱ . ①王…　Ⅲ . ①长篇小说—中国—当代
Ⅳ . ① I247.5

中国版本图书馆 CIP 数据核字（2021）第 207645 号

星辰大地

出 版 人：王昕朋
责任编辑：赵　歌
责任校对：冯素丽

出版发行：中国言实出版社
　　　　　地　　址：北京市朝阳区北苑路 180 号加利大厦 5 号楼 105 室
　　　　　邮　　编：100101
　　　　　编辑部：北京市海淀区花园路 6 号院 B 座 6 层
　　　　　邮　　编：100088
　　　　　电　　话：64924853（总编室）　64924716（发行部）
　　　　　网　　址：www.zgyscbs.cn　E-mail：zgyscbs@263.net

经　　销：新华书店
印　　刷：北京温林源印刷有限公司
版　　次：2021 年 12 月第 1 版　2021 年 12 月第 1 次印刷
规　　格：710 毫米 ×1000 毫米　1/16　13.25 印张
字　　数：210 千字

定　　价：59.00 元
书　　号：ISBN 978-7-5171-3933-1

找寻故事里面存在的真理

——题记

目　录

第一章
荒野中的隐秘路径

荒野里的那条路很陡很长。一直延伸到远处。

一个男人手里卷着一张地图，走着之前就有人走过，但是后来很长时间又荒芜了的山路，身旁全是荒草树林。野地里的小动物在匆忙跑过之后，留下了各种微小的痕迹。

他裹挟着周身刮过的劲风，一路沿着深山往里走。右手提着一个袋子，里面装了一些面包和工具，身上穿着一件随身的蓝格子短袖。这是一个有着坚毅表情和壮硕肤色的北方男人。结实、匀称的身板，甚至有些犀利、冷峻的目光，都使他看起来有些难以接近。脸上和手上有少许汗水，附在原来的汗水之上，或许是因为劳累，或许是因为专心，身上总有一股特殊的劲头。他极目远眺，行色辽阔，看起来像是一个拓荒者；时而目光宁静，步伐随意，仿佛只是一个旅人；时而又停下脚步，陷入沉思，又像是一个哲人。他或许刚刚思谋好一股子什么计划，或许又刚刚打消了那个念头。他在粗硬的荒野中向前走着，这荒野随即向后退去，辟出一条路来。

他在一块山石上停顿下来，用手拨开眼前的荆棘树叶，有些地方枝叶松软，动人心脾；有些地方毛糙粗粝，刺人手臂。地上花木茂盛，荒草疯长，像是过去的声音，不断敲击着这个男人的心扉。他望着山野远处升起缕缕炊烟的荒村，在地图上不时地做着标记。不久又站起身来，继续前行，爬上山坡眺望，头顶的树梢上虫声大作，各种不凡的音调彼此纠缠，仿佛因为叫得疲倦，都没有时间担心如何过夜了。

他在找寻什么？一片空地？一个未知？

他沿着山谷向上，俯瞰暮色渐沉的远山，草丛里的锦鸡成群结队，飞鸟穿梭自由，捉虫嬉戏，旁若无人，不时抖动着高昂的羽毛，像是宣示它们自古的领地。沟谷、边坡长满了核桃、香椿和古槐，还有互相掺杂的灌木，黄芦、丁香、酸枣、黄蔷薇，以及各种枝叶繁多叫不出名字的花朵。山的背面有一座公子扶苏的小庙，庙门面向山谷，旧而不破，门前两棵山榛子野树，经年累月，自生自落，果实丰盈。远处，右手手心向上，朝前伸出，是久负盛名的大香山寺院，古之皇家寺院，传说观世音菩萨的肉身在此，温山而居，福泽自然。如果刚好是左手伸出向前，那便是薛家寨自古天险，山石陡峭耸立，几乎整座山就是一块沉积岩，万仞绝壁，一线之天，四处灌木丛生，易守难攻。山石丹霞地貌独特罕见，享有国家丹霞地质公园之名。再往前，自古药王山的盛名，更是提示着这里的山山峁峁药草遍地，养育生民。放眼望去，这里北经石门关隘，南邻小丘、白瓜，东靠稠桑、阿子、柳林、咸榆大道，西连淳化、铜川、陕甘腹地，古之要塞，兵家必争。无数个荒村野岭，隐藏在深谷沟壑的山峦之中。对面的山坡倾斜而来，一片明媚，鸟声落地，山光渐显。日照山霞，映人衣如黄金；又有隋炀帝"日照锦衣，遍地似金"之说。一只野兔一跃而过，紧接着又是一只，后蹄腾空，跃入草丛。细小的山溪，顺流蜿蜒而下，映出荒村点点。像是一幅写意的画作，笔调悠远又切近。北宋范宽山水笔墨《溪山行旅图》即是此处山行水势，自然宏阔，原景即在于此，自古以来隐于盛名。他走到此处，若有所思，点了点头，仿佛证实了自己内心反复思谋的一个想法。在他眼里，霞光里那一大片莽荡的川谷洼地，或许正逐步演化成为牧场、溪水、房屋、红叶、雪地、孩子、青年、老人、花海、满天的繁星，还有这片荒野过去并不曾久远的历史。

是的，在莽荡的桥山山脉和子午岭之间，男人眼前这个小小的荒村，就叫作照金镇。照金之名，隋炀帝所赐。宋时名为宁谷，以取长安久宁之意。小镇不大，甚至几乎可以说很小，只有数百户人家，散落在川谷沟壑，星星点点。然而，这个小镇虽小，却早在几十年前的革命初期，陕甘边党、政、军的正规组织，就在这里成立，锻造和保存了一支老百姓自己的子弟兵和未来艰苦革命的火种，也成为中国革命早期由南转北，人民基础最为牢靠、稳固的根据地、落脚点和出发地。

这个男人继续走着。他在荒野中带着行囊，继续走着。头顶的太阳升起、落下，又升起，接着一天过去，黄昏来临。第二天一大早，他又踏着隔夜的露珠，从山谷的另一面，重新攀爬上来。六十六座山头，五十五道山梁，一百一十七条深壑，数不清的涵沟、秘洞和土围子，纵横交错，一道一道，大都沿着朝阳的光线，半明半暗，忽隐忽现，依次向北而开，把他的目光，一次一次推向远处。

一个月前，他接到公司一项工作任务，组建一支团队。这个团队，要在这群山之间，建立一个历史和现实交相辉映的特色旅游小镇。十多天以来，他白天就在这些山谷中徒步考察，夜晚就在这个小镇上落脚。这里的特色是什么？红色？绿色？大自然的精神圣地？

2012年的这个夏末，他徒步一点一点辨认着这个荒野。从他接到这项工作任务到现在，一段时间过去了。这段时间以来，他所有的时间和精力，不是在西安的办公室里读书、静思，纸上乱画，勾勒各种旁人几乎看不懂的建筑规划的几何图形，就是在这实际的荒野山峁上徒步辨认，走走停停，又停停走走。

小镇的路是沙石铺的。2012年的照金，最困难的还是交通。按照惯例，每天都应该有几趟班车开来的。早上或是下午，从50公里开外的区上，翻山越岭，缓慢而来，赶上天气不好的时候，司机和售票员，偶尔也会在镇上的私人小旅馆里住上一晚，第二天上午再返回区里。但是这里衔接老国道的沙石路天阴下雨时泥泞不堪，加之山路崎岖，弯道频频，弥天大雾或是惊雷阵阵也是时常不经意就会从天降临，惊醒司机的瞌睡，吓出一身冷汗都是常事。所以长途班车并不能按时、按点开来或是开走，常常是有时能来、有时不能来。山里的气候，自古多变，霜雷、雪雨、大雾、狂风也是频繁交替而至，不请自来，经年多雨多雪，常有大雨倾盆或是大雪封山，出于安全，几乎一个冬天，都很难有几趟班车能按时开来。山里的老乡们逢年过节偶尔出山，做些小买卖，也只能是徒步负重而行。

从小镇有几间官窑的镇政府简陋的围墙往外，跨过一条山溪，便是梢林密集的土坡。不时有山鸡、鸟雀飞起，发出咯咯咯咯或是叽叽喳喳的叫声。镇上有很少的几家小杂货商铺和家常饭馆，老乡几乎是没什么余钱来光顾这里的。偶尔出入的便是小镇山坡上面十几里的地方，有一座小煤矿，说起来也是时开时不开的。偶尔会有在山里面挖煤、运煤工人来这里喝酒消费。即便只是吃一碗油泼扯面，喝几两老白干下肚，也便有鸡毛蒜皮的扯淡事情出来。有时不是为了什么不得了的大事，通常也能争吵得面红耳赤，不给饭钱又无理取闹、打架斗殴的事，也是隔三岔五就会发生。平时不逢农贸集会的时候，街上几乎没什么行人。自然街道也不宽敞，边缘散落着各种杂草或是农肥，整个镇区，十几分钟便可以打上三五个来回。

镇政府的工作人员，也和这里的老乡一样，每天只吃早晚两顿饭，早饭是馒头、稀饭和几块钱的咸菜，晚饭是辣椒盐作调料的拌汤或是面饭。

老乡家里的饭菜则更为简单。自己种的红薯、洋芋或是白菜，还有蒸了几天存放起来的粗粮两面干粮，掺杂玉米面或其他粗粮的两面面条，就可以维持一天的伙食，或是几个季节都是这样如常。纯麦面和大米细粮是很少吃的。只有在过年过节或是上山挖药材，或是秋收春种时会很少地补存一点。除了逢年过节，各种肉食几乎是一年四季都吃不到的。平时攒起来的鸡蛋、豆类，也是舍不得吃的，都要背出山外去卖钱，然后用这笔钱买盐、买衣服、买奶羊、买山羊的小崽子们回来喂养。

夜色初沉。他走进一户农家。山野里农家小院的暑气，不温不热，真有那么一股子怡人。这户农家，土院子、土围墙，围墙上豁了一个大口子，豁口上本来用半干的玉米秸秆捆扎起来，遮挡着豁口。但是，可能时间久了，玉米秸秆不负重力，倒伏在一边，他腾开手上一直卷着的地图，弯下腰，把玉米秸秆重新码好。

这家的主人是一对老夫妻。

背着药材，刚从山上回来的老人家停顿了一下，看着他把墙上的豁口挡上，推开栅栏门，把身上背着的药材放下，便憨憨地笑着，连连摆动手臂，招呼他进来。

老人右手拄着一根看起来很有力道的棍子，肩上背着一个口袋，几乎是一个天生的负重者。一看就是一个深山里的采药能手。老人的家是由木头搭起来的三间茅棚，茅棚里面都有土炕，老人居住的茅棚里面围着一个柴火土灶，上面有一个煮饭的铁锅。

老人招呼他进屋，他用很长时间适应了一下屋子里几乎是和大自然连成一体的自然光线，因为他发现，这里的月亮不但特别明亮，甚至也早早就升到茅棚顶上很高的位置上了。他看到老人从口袋里倒出一大堆药材，还有一把铲子，老人每天扛着这个口袋，漫山遍野地去寻找草药，然后回来晾干或是烤干，等到逢年或是集会出山时，再扛着走过漫长崎岖的山路，到山外面卖掉。那时候老人就可以换回一些大米、白面甚至是一些猪肉和羊骨头。老人弯着腰，像是一辈子已经自然而然习惯了负重，来来回回，反复地摆弄着他的药材，开始对这个刚走进他家门的陌生男人，讲起他的药材来。

"这里的山深哩。家里也少有生人来。咱这山里，偏僻着哩，常年看不见一个生人，你信不信？就像手里这些药材，宝贝一般难寻、难遇哩，遇着你，也是新鲜、稀罕的一件事哩。"老人说着，表情略微有些难为情似的，憨憨地笑了几声。

他也对老人家笑了笑。帮老人家把药材口袋立起来。

停了一下，老人又说："就像这一堆药材，我翻了三架大山，才采到这些。"老人喃喃地诉说着，不时催促刚从炕上起来、近来又有些咳嗽的老伴，快去给这位远来的客人倒水、做饭。甚至拿出红布手巾包着的一点点黑茶，忙着在铁锅底下添上柴火，烧热水给他泡茶。

两位老人看起来十分开明。神情面目看起来，甚至就像是那些见过世面的人。虽然平时家里少见生人，但是一点儿隔膜都没有，反而好像对这个陌生男人格外有好感。老大娘拢了一个火堆烧水、做饭，没有多久，就递到他手里一碗热茶，让他消汗解渴，接着又来来回回打量了他一会儿，对他说：

"大娘可是头一回见，有吃公饭的公家人，来咱这山乡野地哩，你是给公家干事，有公干的人，对吧？大娘一眼就能看得出来。"说着，憨憨地笑了起来，又往铁锅里加了一瓢凉水。

男人对着大娘笑了一下，没有说什么。帮忙把院子里的两个水桶都提了回来。又去帮老人家拣择带草的药材。

"咱这家里条件不是咋好，你不打算到镇上的小饭馆呀什么的去吃点好的？那里的吃住条件肯定都比咱家好。你说哩？"老人家一边摆弄手里的药材，一边问。

"啊，"男人回答，"我看您那间茅屋里有一盘土炕，也很好啊。"

"是我儿子和媳妇住的。他们都出门打工去了，孙子也在外地念书。

我这茅屋结实，风吹不倒，到了冬天也很暖和。"

"哦。"

"怎么称呼你？"老人手里搓着药材，问。

"我叫赵海涛。老人家，您家在咱这小镇上住了几代人了？"

"好几代人了。"老人语气略带自豪地说，"我以前可是参加过红军队伍，也算是打过仗、扛过枪的老人手了。"

正在土灶上做饭的大娘，听到这个陌生年轻人的问话，虽然看起来大娘几乎是有些风烛残年，多病缠身，但是听到老伴的回答，像是打开了她的记忆通道，也很有兴致插话，说当年这个小地方闹革命的往事，说起驼背弯腰的老伴，十三四岁起，就担任过红二十六军独立营先锋队队长。大娘撑起身子，两手搁在面盆上，像茅屋外的月亮一样，眼里放射出明亮的光彩，滔滔不绝地讲述起来，思路清楚，口齿也不磕绊，言谈举止，一下子变得活络，竟不像是刚从土炕上挣扎起来、生病多日的老人。

"我那时还小，红军游击队刚到照金时，大伙以为又是粮子（土匪）来了，吓得都跑光了。回来后，看见一锅搅团吃完了，一缸酸菜也吃没了，但鸡蛋还在罐罐里，一个没少，桌子上还放着钱。我从来没有见过这么好的队伍。"大娘说，又把两只手搁在面盆上。

"说起来那时节，也就是个半大的娃娃。"老人家接过老伴的话头，笑了笑，又摆弄起他的药材来。老人说话时露出掉了几颗牙齿的牙洞，说起话来有一点儿走风漏气，但是身体看起来还很结实。

这个上了岁数的老人，对深山里的山峁和药材了如指掌，憨憨的笑里一直透着深不可测的钟爱，对他来说，要是肩上没有扛着一点儿重东西，他可能就会感到不习惯，甚至就像没有了灵魂一般。后来，这个叫赵海涛的吃公家饭的男人，在老人家里住了十几个晚上，怎么也忘不了大爷每晚从一个深坛子里给他舀出来的一勺子药酒，坛子里面泡着各种药材，还有逢年赶集时打回来的散白酒，让他一勺子就喝得地转天旋。大娘给他做的香喷喷的酸菜辣椒面饭，给他铺好土炕，从柜子里拿出儿子、儿媳的新被子让他盖上。告诉他这山里茅棚黑夜潮气大，要盖好被子。直到他离开这里、返回西安的时候，也像大娘回忆的红军故事一样，在大娘家的炕桌子上，放了一沓他住宿和吃饭的钱……

晚上饭后的时间，大爷和大娘早早入睡。他就在土院子里坐着发呆和看星星。手里时不时地摆弄着一根小棍子，在泥地上反复涂画着一些旁人看起来毫无规则的几何图形，或是凌乱涂改的规划草图，或是脑子里苦思冥想，嘴上喃喃自语。过一会儿，站起来在土院子里走一走，之后又坐下来，就着土台，又在泥地上杂乱无章反复地涂写，写了涂，涂了再写：人，人与人，人与自然，人与时间，它们之间的关系图谱；人与人的互相重视，彼此对应；人在乎人，在乎当下，在乎自然，在乎这块地方以前发生的故事；还有人和自然的共生，和过去时间的共生，和现在时间的共生，和未来时间的共生，甚至和大西安旅游商圈的共生。手里的树枝写得变短了，又找到一根新树枝，重新涂写：人、自然、时间和故事。

"讲好你的时间故事，讲好你的商业故事。"他在逐渐移动的月光下，喃喃自语。

"一个新镇区，"他双臂抱胸，仰望布满星星的暗蓝色夜空，心里突然生出一个挥之不去的念头，"一个新镇区，就是一个独有的时间故事、商业故事。时间便是历史，也是现在和未知。是这块土地和人、这些药材，还有红军，还有现在和未来。时间或许便是人的故事，商业或许便是哲学和拓荒。"

过了一会儿，他又对自己重复说：

"是的，讲好一个商业故事，以及一河滩子的商业故事。大致就是这样。历史即未来，文化即民生，历史和大自然的和谐共生，必定是从最基本的老百姓心里长出来的。除了最终要回归百姓和人心，以及人与荒野的共生和让步，不然会是什么呢，我认为就是这样，没有错。"

就这样，一连几天、十几天，他就在这个山谷和小土院子里，游荡了一遍又一遍。

他自己一个人，安静地跑到这个地方来，第一天进山的时候，当时只感觉到非常惊奇，没想到在陕西的北部，还有这样的一片山谷。

这个安静的小村，叫照金村，是照金镇政府的所在地。有一些破旧的土坯房，两条石子儿小街中间，是一个大坑，里面全是垃圾。旁边有很多快要倒塌的土坯房，还有几个土院子。他用手机拍了一些照片。这山里雨多，清晨或是午后，春风秋雨，时而迷蒙，时而全无踪影。一下雨，几乎走不了路，街上，山沟，都是泥。进山来的时候，九里坡那边的路途，路也特别不好走，称得上是异常险峻。九里坡，一听名字就可想而知，山路曲曲弯弯，全是拉运煤车，非常危险。这种情况，不知延续了多少年，直到现在还是。

单就这个照金小村而言，也就二百多户人家，地形独特，易守难攻，所以可以成为当时革命力量的发源地、保存地和出发地。小镇上几乎没有一间旅舍，煤矿在山坡上盖的那个照金酒店还没盖好，正在盖。这个地方，之前因煤而兴，周边有很多煤矿，大大小小，大多已经废弃。村上原来的成年的男性，大部分都在煤矿帮工，都要下煤窑挖煤。有一部分去下煤矿，有一部外出打工，基本上就是这两种。除此很少有例外。小村里大部分留守的都是孩子和老人。

这些天以来，他偶尔坐在山坡上，和村里的老人们一样晒着太阳。他想，这个小村，如何向城镇化发展呢？还有那些有知识的文化人，如何吸引他们回来发展呢？

此外，劳动力如何回流，也是一个大问题。要让大学生返回他们的家乡，让在外地打工的人，再回到家乡。

午后的时候，他在西街对面那个小饭馆，吃了一碗饸饹，荞面饸饹，很简单的。当时那商业小街，就是很普通的村镇的商业小街，平板房，房顶上盖着一张黑乎乎的油布毡，小房子放了几张简单的桌子。他坐在临窗的位置，小窗子外面，一座连一座的山，一个山洼里面一个村子。但是这个小村，经过九里坡的爬坡，基本上是靠近山顶的一个小村了。它地势比较高，靠近山顶，又四面环山，很小，一眼望去，目测大致有几百亩平滩的地方，事实上就是几条河流冲击而来的一个小河滩，散落着一些人家。这座山，它北边是子午岭，离秦直道很近。再向北便是古关隘石门关，这个名字听起来很有一点儿古意。一听就知道是古代的交通咽喉要道，所以现在它叫作石门关森林公园。再向北边车行十分钟左右，就能看到中国最负有盛名的交通干道——始建于秦始皇三十五年的秦直道。秦皇和汉武帝，都曾一次次马踏銮铃，从这里驰骋而过。现在也有一些损毁，大部分掩埋在荒草树林中。不知道的人，很难猜想它的以往。

他在那里徒步徘徊，直到夕阳再次落下。

镇子中心，有一个很小的陕甘宁革命纪念馆，地质有点开裂，展览馆只有几个人，平时也很少有人来。村子里的人，留守种地，要么外出务工，基本就这两个收入来源。

虽然现在这里人均年收入很低，处于贫困线以下。但在他心里，几乎可以说是雄心勃勃。因为说到这个，就又回到了他的老本行：大资本重构社会关系。

嗯，不错，资本和一个荒野聚合。

聚合，刚才他在山上反复思考的各种文化、旅游、自然、艺术资源，要搭建一个对外界提供有效价值的平台，那种真正能提供新鲜价值的，进行价值交互、对价提升的一个平台，在他心里，又模糊又清晰，不知为什么，却是很有信心的。

他想：当然资本很重要，没有资本干不成事。但是最重要的是他们价值发现的眼光。他明显看到，这里整个山川是有很多历史成因的，历史上曾经的八大丛林，皇家寺院，森林覆盖率75%，国家丹霞地质公园，它的旁边就是范宽《溪山行旅图》的原景地；古石门关，兵家必争之地，陕甘边革命根据地，无论从自然资源还是文化资源，它都是非常丰富独特的，比较易于开发。应该就是这些独特的原因，使他觉得这个事是值得搏击的一件事。

你要是没任何资源，你要建一个小镇，那么一定要找到这个镇独有的，能给外界提供独有价值的核心竞争力，核心的东西。你如果做一个什么资源都没有的地方，平地捏造去做，大概会有问题的。他想。

虽然可能很多村民都不了解这里。很多村民在这里住了几辈子，但是他们却不知道范宽这个宋代画家。

他一面下山一面想，或者说之前这些零散的东西，缺乏梳理和整理。没有这么明确地想每一块怎么去做，虽然当地政府也提红色是革命老区，绿色是森林，等等，但是光喊是没有用的。

之前他在欧洲访问时就一直在考虑这个事，看到欧洲那些文化古建筑，他就一直在想，是什么，让一个古代的建筑有了灵魂，是文化，是它的故事，是一些人的灵魂在这里上演过的那些故事，这才是本质，是这些故事打动了人的灵魂，使这个建筑有了不朽的生命感。

在他眼里，到底什么是文化资源？文化资源如何对价，这才是最关键的一步。你怎么把它变成一个故事。你怎么去发现它的价值，并把它的价值去重新兑现价值，可能这才能叫作产业。

你看在很多地方，那里有什么文化资源，说起来都很丰富，给你讲了一大堆历史典故，但是，怎么把它对价，这是最核心的。

所以这些天来他一直都在想，他要如何设计一个适合这里，甚至说得大一点，适合整个中国城乡统筹的一个照金村集团，它的平台，它的投资，它的运营管理，就有一套模式。

想到这里，他的心就激烈地跳动起来，血液也跟着快速流动，是这样吗？对于中国未来农村的走向和发展，真的可以这样去构想吗？他就这样多情反被无情恼似的，懵懵懂懂地想，手里捻动着的一根草芥，都被他捻烂了，小毛刺扎进他的手心里，他都没有感觉到疼。

接下来他要思考的，就是把资源发现梳理以后，如何搭建起一个和市场对价的通道，简单来讲，就是怎么和市场对接。比如说你要发展旅游，人来吃、住、行、游、购、娱，这六大要素，你怎么来构建，构建到哪一个层次，构建到什么程度是最合适的，并且用什么样的节奏来构建它，这都是他要具体去想的问题，他一边漫无边际地思考，一边慢慢地走下山去。

而让他锥心刺骨的却是，当他一个月之后的 8 月 19 日，带着他的新团队正式到达这里开展工作，再来看望两位老人家时，大爷却在十几天前上山采药时，摔了一跤，不幸去世了。这使他一进这个小镇，就变得焦虑不安，想要争分夺秒，想让就像给他拿新被子的大娘一样上了岁数的老人家们，除了找寻心底回忆中那个留存着珍稀岁月的照金，更能看见另一个照金的诞生。

他在返回西安的路上，一直靠在车座椅背上，山路弯弯，一路颠簸，闭目沉思。照金通往西安这条老国道的路面，早已变得坑坑洼洼，几乎可以说是很难走的了。上车返回前十分钟，他坐在照金山川沟谷的一块石头上，拿出因为山上信号不好、几乎处于关闭状态的手机，给近几年来一直和他一起工作的好兄弟和好搭档俞红通了一个电话，电话里他只是简短地说了一句话：

"兄弟，准备好照金项目的全部资料，要详细、全面、彻底。一个月以后准备上山。"

接着，他又给之前一起工作过的各路神仙、大咖和兄弟们分别打了电话，通话内容几乎一致：

"兄弟，帮我推荐一些各行各业的内行人才，最好是分门别类，懂得项目规划、城乡统筹、施工工程、行政人事、系统财务、行业招商、宣传策划等专业方面的行家里手。我要真正的内行。各高校大学里的专门人才那自然是最好，各单位那些专业水平好，但是不懂得逢迎、巴结的老实人，或是被排挤、孤立的失意分子也行，我不怕他认死理不通融，不怕性格轴，我就要这些有专业水准和专业特长的人。那些行业里浸泡、污染了的投机分子，还有那些光有一张嘴能说会道、一心捞油、吃利的，只会看人脸色行事的耍奸分子和利己分子，水平再高，我也不要。"

一个平时相处贴心些的兄弟在电话里问他：

"赵总，你这是真要招兵买马，决意上山了？你可想好了啊。你说圈里人谁看不明白，那可是一块没人愿意啃的干柴骨头。为什么这项目在一张白纸上空说了几年，一分钱都动弹不了？说白了，就是没人敢接这个盘哪。离西安又远又荒又费事，就是这个原因。干好出彩的可能性简直为零，还有可能到处挨骂受气，闹得不好，还会背上个办事不力的处分。说白了实在没什么油水可捞，大家能躲不能躲的，都躲得远远的，生怕手里抓上刺，都不去沾手，你可想好了，你这是图了个啥？"

"啊，我不图个啥。"

"你又犯轴了。"

"啊，好的。我这里电话信号不好，断断续续听不太清。你就帮我物色些可靠人手，你就说我这里有山有水有故事，还有老百姓，就是需要一些想干事又有能力干事的人，能把职业当事业干的人。你这么说就成。"

"知道了，兄弟，我会帮你打问打问。不过你也别抱太大希望。你也知道，现在的各行各业，就按你说的，那种有抱负的行家里手，不好找。说得不好听一点，你需要的那种人，大概已经绝迹了也说不定。现在人的职业定位，都很实际，谁有那个闲心去自讨苦吃？"

"啊，我也知道。可能是不好找。"他说，然后挂了电话。

坐上车之后，他又连续打了好几通电话，联系所能想到的朋友，搜罗各种专业信息资源，反复重申他自己对于专业需求和职业规划的想法，但是电话里回馈的信息都不是很理想，好多人一听到是上山工作，就不再关心其他方面的条件，冷静地退却了。

他不死心。又拨通一些时常不太联系的朋友们的电话问问，有没有这样、那样的专业人才可用。从照金回西安，老国道要颠簸五六个钟头的时间。一路上五个多小时的车程，他一直在打电话。但是电话里的消息依旧不理想。有人会问一下具体项目，有刚毕业的大学生，也有几年没找到工作的社会人，但是没有人贸然答应来这里一试身手。可能心里都有些顾虑。当然了，人们现在都是向大城市拥挤，谁会反向而去荒野求职？跟他跑到这种荒野去创业？甚至可能还要孤独、寂寞地在这深山老林里，住上几年，或许更久。偶尔想去最近的区县逛一逛，都要走上四五十公里。何况这里久隐深林，早已被大多数人慢慢遗忘，甚至简直可以说，几乎再也无人记起。电话里就这样偶然听他提起这个地方和这些故事，就像是天外来客，都很惊讶：

"是吗？还有那样一个地方？你说的是真的吗？"

"是啊，是真的。是有这样一个地方。"他回答道。听起来有些不搭调，嗓子发干，声音嘶哑，像是一只梦呓的野兽。

他把头重新靠在座椅背上，闭上眼，手里揣着手机，还想再打几个电话，但是连续十几天的跋涉，他实在太疲倦了，靠在座椅背上睡着了。

回到西安之后，除了总体规划和通盘思考，他安排俞红在各大媒体发布了招聘广告，又在四处寻找各行各业可靠又能干的专业人才。

这就是他的办法。俞红是他的战友和工作中的副手，他们之前一起搭档，经历了几个在当时看起来，也是有些不靠谱或是毫无把握的硬骨头项目，但是后来的事实反而做了很好的证明，甚至都成了业界的传奇。他们两个的搭档，也一直顺沿到这个项目。

恰当的好人手真是难寻。他需要帮助，可是没办法，应征打电话来问的人也不是很踊跃，又一听是在山里，交通不便，很可能几个星期都回不了家，了解到这些，大部分来问的人，多少都有些打退堂鼓。

他没有懈怠。但是他常常会想到他在那里遇到的那两位老人家。他们出山的机会很少，但是对他们认为是吃公饭的公家人，却给予了莫名的信任和招待。这种感情也很自然，它来自老人家对外面世界的想象和愿望。不论是天空里的繁星，还是与世隔绝的荒野，以及漫无边际的树林和逐渐被忘却的过去的记忆和风，每一样东西，都可以给他勇气。让他坚定自己的方向。他和俞红几个晚上加班，一遍一遍地修改，做好了项目具体规划精神，四五十页，规划布局，旅游项目，民生关照，资本和项目对人的在乎，对人的引导，对自然的顺应，这几乎是新型资本项目和资本文化所要传递的新型价值。那么，他要在那里呈现一个什么样的作品呢？他心里的想法，未来可期待的样子，都呈现在这几十张白纸上。

最后，他确定了他们出发上山的日期。

第二章
一个荒野故事

一周过去了。招聘回馈很不理想，他又延续了一周。离上山的时间越来越近，他和俞红作为项目负责人直接开始面试。

拉拉杂杂来了几十个应聘的人，在这些来应聘的人当中，一部分人是看到招聘信息来的，一部分是朋友介绍来的。

最先进来的是两位男生。据说都是本地名校成绩突出的往届毕业生，专业很符合，也有几年工作经验。

或许开局不错。正在翻阅应聘资料的赵海涛心里嘀咕。看到两位男生，相貌个头，端端正正，精神气质看起来也很自信，穿戴时尚得体，应是家境比较殷实。给人感觉很有礼貌，但是似乎也有些距离。

他们进来，见了坐在前面负责招聘的赵海涛和俞红两位面试官之后，听说这个项目距离西安又远又荒，条件自然有些艰苦，工资待遇在一般人看起来，应该算是不错了，但是好像并没有打动这两位男生，两位男生一前一后，均是面目表情模糊，沉吟半晌，大概内心也是斟酌半天，才说：

"嗯，啊，这样啊……以前也没听说过，还有那么个地方……原以为去那么远，薪酬标准是不是可能……"

言不由衷地谈了几句，不知对答了些什么，大概认为荒天野地，前途也不怎么可靠，最后还是表情有些失望地离开了。

紧接着，第三个走进来的是一位姑娘。看资料显示，她是从英国留学回来的。她好像犹豫了半天，在门外有些不安地转了几个来回。到底是推开这扇未知的门，还是要转身离开，她有些拿不定主意。听到叫号，她匆忙应答了一声。她开门的声音很轻，对负责招聘的两位看起来都很年轻的赵海涛和俞红，迟疑似的点了点头，心想：两位招聘官这么年轻，真是让人怀疑人生。

她暗暗叫苦。独自按下内心深处暗藏的无奈和慨叹，仿佛所有人的目光，都集中在自己身上，步伐犹疑不定，甚至略微有些别扭，坐到应聘席上。她应聘的是财务工作。来之前确实犹豫了很久。首先是离家这么远使她有些不满意。她是从英国留学回来的，但是她的年龄有一点点大，父母催婚的压力也随之而来，去那么个深山沟里工作怎么能行？回国之后曾在西安找了几家外企，结果人家或是已经额满，或是有了资历、学历比她更好的人而吃了闭门羹。最后在一个律师事务所实习了几个月，人稠事杂，工资还低得可怜。看到这里的招聘启事之后，或许因为有野外补贴，是不是薪酬可能会高一些？现在每天对着一个账本，对着一大堆数字，对着那些钱，又不是自己的。大部分时间，还要给人打杂，复印资料什么的，就像是一个廉价的跑腿。不知在什么时候，业界已是这么人满为患了？即便是她这样正规毕业的海归，都要忍受这种令人不适的待遇了。所以她犹豫再三，不管如何，还是过来探探深浅。反正在目前，自己也没有找到一个更称心的去处。

刚被两个名校毕业的男生淡然拒绝的赵海涛和俞红，按下多少有些失落的心境，从他们心底来说，由于这个项目的特殊地理条件，确是迫切需要一些有工作经验、体力又好、远离家里也基本上能撑得过去的男生。但是在现实中，好像也总是事与愿违。他们各自毫不显眼地暗暗收拾一下脸上的表情，为了化解时间上下衔接的缝隙，间隔性地咳嗽几声，清清嗓子，终于看清楚坐在应聘席上的这个姑娘。

姑娘眼睛不大，身材有一点儿丰满，脚上穿着一双高跟鞋，肩上挂着一个颜色素净的小包。双手放在腿上，说话措辞很小心，也很客气、很有礼貌，看起来也不是很年轻了，二十多岁，或是要往三十岁上靠拢的样子。

虽然没有什么可紧张的，不过她在打过招呼之后，又解释了一句：

"我本来是不怕吃苦的，恰好看到咱们这里招聘。"停了一下，又补充了一句，"我在英国上的研究生，待了近两年。"

"是吗？"赵海涛不太明白姑娘的意思，她说话声音不大，咬字也有些含混不清。

"是呢……"她回答，"我从小是生活在农村的矿区。"

"啊，是这样，"赵海涛说，"你刚才好像说，你不怕吃苦？"

"是的。"姑娘语气肯定地回答。

"对薪酬有什么要求吗？对你的未来职业，有什么规划？你也看到了，我们这个项目，远离城市。"赵海涛问。

"薪酬嘛，也是我主要考虑的一部分。职业规划……因为我刚回国不久……嗯……"姑娘又有些含混不清地回答。

"哦，是这样……"

"这个项目可能要好几年长期住在那里。远离大城市，远离家人，你可以做到这些吗？"

有了之前两位男生的失败，赵海涛说话变得有些谨慎，尽量先说些客观存在的实际困难。这个姑娘，从简历上看，二十六岁，岁数不算太小，又是单身，还算漂亮，在山沟沟里或许很难待得长久。但是谁能想得到呢，不管是怎么一回事，这个姑娘，并没有从山里逃走，反而留得最久，虽然这姑娘的婚事，直到后来也还一直耽搁着呢。

"嗯，我知道。那样的话，就想看看其他方面的待遇……"

一个老实姑娘。

俞红就像刚才对待那两位男生一样，把项目的简单情况和工资待遇大致介绍了一下。工资待遇，姑娘听到这几个字，心里咯噔一下，一个数字在她耳朵里盘旋，几乎又要让她怀疑人生。

"待遇不错！"姑娘心里暗暗赞叹。在姑娘看来，她耳朵里刚才听到的数目，几乎是一个天文数字，已是很高的薪酬了。比起自己一辈子出生在矿区的父母和哥哥，这个数目的工资，真的几乎算是一个天文数字，很给力了。父母一生所有的积蓄，都给她交了留学的费用。直到现在，一想起这几年自己出国留学的高昂费用，内心还是会不由自主地滴出血来。

所以，她在心里快速地打了几遍小盘算，对，没错，就算为了这份工资，她也不得不像一只饥饿的狐狸，扑到深山里去觅食了。没错，就是这样。虽然心里还是有些进退两难，但是，找对象的事，成家、结婚、生孩子的事，这些烦恼、扯淡的事，去他娘的腿，就先撂下再说吧，先去试上一段时间再作打算。不然还能怎么样呢？

"嗯……我觉得我至少可以去试试。或许这个项目的未来，也不会坏呢。不是吗？我猜那里的气候环境，一定很不错。就像外国一样，很多人气不错的旅游项目，反而就是远离大城市的荒野之地……"姑娘对着两位年轻的面试官，递上貌似真心表扬的微笑，甚至有些讨好地说。

现在赵海涛淡定多了。甚至一眼就能看得出来，姑娘纯粹是因为薪酬才想试着留下来，而不是什么气候原因和项目未来。她根本没有想那么多，她甚至对这个项目的未来，既没有做过深入的评估，也没有对这个未来有多少看好的心态，她就是目前非常需要这份有野外补贴，在她眼里还算不错的薪酬，这可能与她的家境和出身有关。但是她毕竟说出了一个道理，那就是无人知晓的偏远荒野，很有可能反而是一个不错的旅游去处。

"那你回家准备准备，两周后出发上山吧。"赵海涛对姑娘说。

姑娘答应了。姑娘的名字叫薛帆。

虽然是个姑娘，工作起来性别上可能也不占什么优势，但是，或许现在看起来，这才是这个项目真正的开局。嗯，也可以算作不错的开局。虽然是个海归，也没有什么别扭或是偏见，倒像是已被现实生活操练过一把，有了一些务实和朴素的劲头，那就在荒野中再操练一次吧。

招聘还在继续。

接着走进来一个肤色黝黑的男人。年纪比起刚才应聘的大学生们，显得年长一些。表情多少有些僵硬，性格生冷，不怎么随和，一看就是一个典型的关中男人。抑或像是比较有个性的那一种类型。看资料他是来应聘财务部长的职位。

这个来应聘的男人，看起来话少内向，又好像不安于现状。他这次出来想的是，老在一个企业待得时间长了，觉得没多大意思了。他印象最深的，干财务的时候，每年有搞审计的，有的年纪比较轻，甚至跟他年龄差不多，人家去审计，水平很高，一查就能查出问题，他们辛辛苦苦做了一年、两年的账，人家可能两天、三天就把你做的东西弄清楚了，还弄了个人仰马翻底朝天，仿佛你干的都是狗屎，没一件事是做得对的。他很羡慕那个工作。学东西，就得见得多，到处跑。他也喜欢到处跑。他到哪个景点玩，他不是想到那个地方，他是喜欢在路上。没到之前的感觉特别好，到了那个地方，有时候就反而觉得没那个意思了。

所以索性半路改行，跑到审计事务所去了。他家人只有他妻子赞成。那时候小孩刚一岁嘛，就到处跑，全省、省外，到处跑。基本上就顾不上家。干了四年时间，他觉得没走错。后来他觉得，一个是审计的过程中接触的人很多，他以前是性格太内向的。说老实话，他现在也很内向，以前有多内向，就更加不言而喻了。

在单位工作的时候，财务一般是不对外，搞审计就不一样了。首先到处跑，到一个企业跟不同的人打交道，包括高管，到底下的工人，可能都会去聊啊，整个企业的管理啊，各个方面的因素，所以，这才锻炼出来，以前他话很少的。他现在为什么话多，他妻子应该知道。什么时候话最多？是工作的时候话最多，平时他还真没话。

他觉得那是个转折点，以后又转了几个单位，也挺频繁的。说老实话，他来这里应聘是一个很意外的事情。说白了就是走一个程序。他是被总公司派遣到这里来的。当时他入职的时候，总公司领导给他说的是，要让他去传媒公司，担任财务部长，应该是那样。后面他也不知道是谁，怎么捣鼓的，把他捣鼓到这里来了。不过，对他来说，都没关系。这话不知道该说不该说。反正事情的最后，就是这样。他被分配到这个他一点儿都不了解的地方和项目上来了。

就是这么一回事。他也一脸蒙，不知道是怎么一回事。但是不管到哪里，他只是需要换一个地方升职。

赵海涛翻看着他的人事资料，问他："你去过照金没有？你对那里有什么想法，为什么想来这个公司？"

去过照金没有？刚来就问他这句话。他停了半晌，说：

"我没去过照金。也没听说过这个地方。也不是我想要来这个公司，我是总公司派来的。总公司答应给我升职，担任财务部长，我是因为这个部长职位来的。"他说他没去过。是的，他确实一次都没去过。

赵海涛当时看起来就有些生气的样子，口气别扭，好像责备似的，说：

"你看人家其他人，正式来这里以前，都会先去现场看看。你来这里还是应聘财务部门的负责人，你都不知道那是个啥地方，你就跑到这里来了。也不知道你是怎么规划你的职业计划的。"

"其他人我不了解。我是没顾上去。"

他当着这个项目的直接领导，他可能不应该说这话，他感觉赵海涛挺生气的，但是他就是不想说其他话。私下说句心里话，他真不想来这里。他这是内心实话。谁会愿意来这个项目呢？就整个项目来说，地方又远又前途迷茫，还说不上以后能不能进行得下去。他确实不知道会来这里。是总公司把他分派到这里来的，因为啥呢，财务是委派制，总公司把他委派到这个项目，他就得服从。不是他想来这里。

所以，他不知道这个项目在哪，也不知道这个项目咋弄，他们呢，他们其他人可能确实是提前去看过，比他知道的要多，最起码他们可能或是确实知道，这个项目地在哪里，但是他真的不知道这个项目，他真不知道照金在哪里，更对那里没有任何想法。

"干财务工作几年了，一直干财务？"赵海涛又问。

"简历上不是写着吗，财务、审计，什么都干过。"男人几乎面无表情地回答。

赵海涛抬起头，看了看这个男人：

"你确定你考虑好了，可以长期离家上山？"

"可以。"他简短地回答。

他的父亲是个军人，他说话也就直愣。他是个土生土长的关中人，大学毕业之后就干了财务。说老实话，他来这里以前就已经定型，见了上级也不会拐弯抹角了。他学了财务，干了财务，从学的那天开始，他就定型，他就干这个了。因为他干这个事情，不是说他爱干这个，就是他学了个啥就干了个啥而已。但是干了这个，想转行，他就不知道该干啥，你说他干个体力活，身体也不行，你说他去干个销售，又不会说话，你说干啥，还是干个财务。

他从原先那个单位出来以后，也想有个转变啥的呢。他出来以后，他羡慕人家，他就考，就考那个中国会计师资格认证，他考了五年。他和他妻子现在就教育儿子，就说你看，你是没看到你爸学习时候是怎么学的，你现在学习觉得辛苦，你爸那时候更是。下了班吃完饭，基本上就是晚上八点钟坐到凌晨两点钟。那是从哪一年开始考的他都记不清了，每年都是九月份考试，他每年十二月份成绩一出来的时候，又没考过。就又重新开始学。就是跨度那么大。一年中间，就只休息那么两到三个月，剩下的时间，都是在学。基本上没有什么娱乐活动，都是在学习。

可是那个中国会计师资格认证，他就是考不上，考了五年时间。他就那么笨，像人家有的人，有些大学刚毕业的年轻人，一年就考过了。他就愣是考不过。他到事务所的时候，他带着人去审计，他不是注册会计师，他底下有两三个年轻人都是注册会计师，他们年轻人考试会考，能通过，但是实际工作不一定会干，但是他会干。他没那个资格证书，但是他会干具体工作。所以，工作他干，签字的时候，人家拿签字费，他没有，他只能拿带项目的提成。所以，他一直坚持要把那个考上。在事务所那几年苦熬苦考，一个是他拓宽了视野；一个是他真的考上了那个苦闷的资格证书，考上以后，他的自信心就起来了，他才有一天坐到这把椅子上，才有机会走到这里，而且说话很轴，不看上级的脸色。他认为这是最重要的。

"好吧，两周以后收拾行李，准备上山。"赵海涛说。

这个男人，就是后来生冷硬倔的财务部部长张秦。

时间滑动得很快。几乎快要到中午下班的时间，招聘仍在继续。但是招聘的情况和结果，仍然不是那么理想。赵海涛眉头皱着，不停地翻看着手里的简历和人事资料，和每一位应聘的人仔细面谈。语气尽可能放缓，生怕错过任何一个或许是最恰当的专业人才。他太需要了。这几天他遇到每一位总公司的上级，都在催他：

"你赶紧招人，赶紧招人。"

他也想赶紧招人。要素质过硬的，业务精湛的，要好的里头拣好的。谁不想呢。

但说老实话，这个项目和这个地方，真不好招人。你从大城市往那荒野偏远的小地方招人，很多专业条件合适的人，他是不愿意去的。这么远的地方，你想，相对于大城市的普遍薪酬情况，待遇又不是特别高，这个地方离家远，所以说，确实不好招人。到此刻为止，加上他刚才面谈的十几个人，有的一直在犹豫，二心不定，有的倒也想去试试，但是，真要到做决定的时刻，又打了退堂鼓。之前他也四处打听，接触了很多有意向的人，但是一提地方，大部分人都摇摇头，觉得首要问题是，太远，根本没什么前途。

接下来正式面谈的是刘鑫。这是一个似乎有些朝气的年轻人。酷爱打游戏，段位很高。后来的实际工作也证明，他往往是工作压力越大，越需要狂打游戏。他应聘的是规划设计部部长。

大概在一个多月之前，他第一次听朋友介绍了这个项目。印象不是很深刻。他之前在省规划设计研究院做规划设计。做了六年时间的专业规划设计。感觉那个时候，工作进入一个"高原期"，前期成长很快，从一个大学毕业生，五六年之后，很快成为一个业务骨干。不过，在这种规划设计的专业单位，真可谓是人才济济，就连看门的大爷，大门曲线半径内的几个重要连接点，都能用几何图形的方式给你表达出来。想要在职位上再进一步提升，困难重重。

这时候，他认为他的个人成长，遇到前所未有的"瓶颈期"，他需要一个新的工作方式，需要一个新的未来谋划。他有了一些想要动一动工作单位的想法。正好一位朋友介绍，这个项目需要一些专业水平高的多面手，项目的建设、设计、规划，方方面面的工作可能都会包含。

他动了心。抱着试一试的念头，算是揭了赵海涛他们情急之下到处张贴的招贤榜。

但是，他心里多少还是有些不踏实。毕竟对这个项目，并没有深入了解。所以说起话来，就不是那么急于下什么结论。也许有时相互需要的双方，都在用各种机遇，试探彼此的水深水浅。

赵海涛看着他的简历。显然是一份比较中意的简历。

现在，这个招聘官的脸上，终于有了一丝缓和。

确实。这可能是一位有些见地的年轻人也说不定。不然他不会主动放弃一个大单位，出来重新尝试这种未知的新开始。对这样一个年轻人来说，这无疑是一个难得的机会。他不想让这个年轻人从他的鱼钩上滑走。他开始阐述这个项目。从它的起源和目的，从它的地理位置、历史变迁和未来面目，虽然连续一个上午，他已经这样给每一位来应聘的人，重复阐述了几十遍，口干舌燥，但是，他还是一遍又一遍地阐述。在他的阐述里，甚至可以突破之前的一切惯例，使人开始想象，说不定真有可能，会在一个无人知晓的荒野，诞生出一个连接过去和未来的新作品来。虽然这个项目偏远，在大部分人看起来，几乎可能是模糊不清，但是至少应该会有另外一部分人，反倒能看出它的本相，反倒能看出这样的项目，才有可能具有未来可期的野蛮生长。一个具有深厚的历史延续的荒野，它至少有可能具备那样爆发的空间和能力。大城市的发展，毕竟已经到达一定的峰值，像之前那样的爆发能量，或许已是不可能再现了。跳出大城市的壁垒，反而有可能在城乡统筹的开拓性这一块，发现崭新的舞台，谁知道呢？

赵海涛喝了一口水，和这个年轻人对视了一下，然后说：

"这种事情对于你的年纪来说，你现在可能还不能完全理解这是一个什么样的事业。这是一项事业，不是一个项目。对你来说，也不仅是一个职业。不然，就可能对你的将来，是一种失误。"

赵海涛放下手里的简历，仿佛是在总结一个什么事情。

听到"事业"两个字，这个来应聘的年轻人，心里一惊。

确实，在他之前的人生规划中，"事业"这个词，确实没有出现过。他之前设想到的，只是一份职业，或许还有改变和提升，但是确实，"事业"这个词汇，一次也没有在他的头脑中出现过。甚至他一次也没有仔细设想过，"职业"和"事业"，这两个词汇，能有什么关系。

进来之前，不管他内心是迷茫还是平静，此刻，他看着这个面试官锐利的目光，听见他说的这一番话，心里"咯噔"一下，像是被一支利箭射中，不知他年纪比自己能长几岁，也有可能和自己同龄，但是他刚才说的这几句话，却好像具有雷霆之力，对他以后各种职业道路和对现实生活的抉择，所起到的作用和分量，都注定要重重地沉积到他的血液当中去。

年轻人点了点头，说：

"虽然我之前也有一些犹豫和不解，但是我决定和你们一起上山试试看，看看这个项目，到底是一份职业，还是一番事业。"

直到许多年之后，他在回想起他当时的职业选择时，他都觉得，正如此刻这位有着刚毅、锐利目光的年轻的项目负责人，向他阐述的一样，他那时和这一帮山南海北来的年轻团队一起完成的，确实是一项"事业"，而不只是一份职业。

赵海涛也点点头，说："好。"

简单匆忙的午饭之后，或许是人的心里预期，在各个层面都做了一些妥协，还是别的什么原因，总之，下午的招聘稍微顺利一点儿。至少拒绝的和留下的，变成对半。

下午第一个来应聘的，是工程建设部部长的职位。由于工作性质的原因，来应聘的也是一位男性，三十多岁，在应聘者当中，算是年长了。少言寡语，表情务实，谈了几句，问了一些项目的薪酬、休假制度，不来什么虚的。对于干工程的工科男来说，基本也就是这样一副表情，喜怒不形于色，他也是通过朋友介绍而来的。十年前大学毕业，去了兰州，结婚后回到西安、咸阳，到处干些工程，也去国外待过几年，都是一些大型项目，一年才能回一趟家。对于他来说，离家在外，几乎是一种常态。这样说来，眼下这个项目，首先在地理位置上来看，就已经称心如意了。虽然薪酬上比起在国外干工程，要差很多，但是毕竟，可以一个月或是几周回一趟家，职务上也有了实质性的提升，对他来说，已是很上算的事了。

"那么，我们以后就是同事了。康工。"赵海涛说。

"工程干久了，性子也就野了，就叫我老康吧。"事实证明，工科男人，表面上看起来谦和低调，彬彬有礼，实际上也是一个出了名的犟干。

那么，总算大体上没费什么周折，他的名字也就出现在两周后第一批上山的十三人团队名单上了。

紧接着，是合同预算部部长岗位，合同预算，采购招标，也算是项目的第一道大门。需要和各种社会机构和人员打交道。是一位年轻男人，活泼开朗，性格倒是符合。看履历，他在大学学的专业就是这个，毕业之后，也在施工单位待过，然后在审计单位，之后去地产公司，甚至是上市公司，之后去了曲江，他是从曲江过来的。

看起来不错。名字叫田晓，年纪不大，又是个男生，在这种部门能顶得住门户。而且，这位年轻人，相对于从业经历来说，甲方也干过，乙方也干过，中介机构也干过，各种大的企业也都待过。

合同预算，这个岗位主要是什么样的工作性质呢。其实说白了，就是给这个项目选择适合的各种施工团队、材料供应商。然后在实施过程中进行成本控制。比如价格的控制，比如各种软硬兼施的潜规则控制，然后就是合同履约，合同执行过程中一些直接的对接。施工方或是供应商的选择，一般都是招标形式的。作为国企，按照国家的规定，达到各种招标条件的才能进行招标，所有的都应当是公开、公正、透明的那种模式。他们的招标，施工方和供应商的选择，一般都是从几个方面，或是方向上去选择的。比如一个就是企业的实力，这种所说的实力，又体现在几个方面，比如说它的名气、市场占有率、业主的评价，然后到厂家去考察它的实力，它的工程、规模，还有另外一个，就是价格。他来接触这个项目，也算是紧急上岗。他也是朋友推荐，接触了一下，听说这个岗位确实是非常急，但是一直没有找到一个合适的人。相对于这个岗位，作为一个企业来说，成本控制是很重要的一个岗位，牵扯到项目的直接经济效益和建设层级。

所以，在这一段时间紧锣密鼓的筹备当中，这个年轻人听说这里缺一个合同预算部的部长，然后他就来了。

当时这个年轻人处于什么状况呢，他在那个上市企业，任副部长职位，由于这个上市企业，家大业大，资源集中，人事复杂，个人上升空间势必逐渐狭窄，他感觉自己的未来能动性，好像不能完全发挥出来。有个朋友打电话给他，说了这个项目，正在寻找合适的人，他在电话里听得好像是延安，来了才知道是照金。反正说的就是一个深山老区，要做一个文化景区开发，这样的一个简单信息，问他有没有想法。他刚好处于工作的焦虑状态，一听是深山老区，跟他原来完全不同的工作模式，虽然离家是远，但是他认为年轻人还是要出去冲一下。就没有犹豫，答应来了。他问朋友大概什么时候上项目，朋友说一两周就走。你收拾一下，可能马上就要走。

"那我单位的手续怎么办？"他曾经这样问他的朋友，此刻他也这样问赵海涛，"项目这么着急，我单位的手续怎么办？原先的单位，别看在的时候不怎么重用你，但是你决定走的时候，也不一定会痛快放人。"

"你先来，你的手续可以按照那种标准流程走。你先走你的，自然有人会处理你的后事。"赵海涛说。

然后两周以后，他就回家收拾了几件衣服，第一批上山了。

就是这样的一个过程，他就到这边来了。

原来他觉得，作为他来讲，在大城市待着，确实比较浮躁一些，再一个，他觉得是革命老区的地方，可能是有着某一种情结吧，当时没想那么多，就直接过来了。也觉得他是做贡献来了。刚好脱离他工作的"瓶颈期"，然后就到了这里，后来才补办的手续。他上了山之后，原先单位的领导，一直催他回去上班，然后说，你到底是因为什么原因要离开这里。包括他走了以后那边的老总、董事长也说，你回来，回来给你怎样的平台。作为他来说，既然已经走了，肯定是不会回去的。

之后他上了山，果然工作多到火烧屁股似的，在山里一待大概就有一个多月没回家，这中间好像一直没顾上回去办离职手续，那边也一直催，大概有四十天，中间就没有回去过。一去山上就火线上岗，最后实在没办法，请假专门回去办的离职手续。

接下来的一位，也是由总公司转岗过来的年轻人，他叫武悦。和他的名字一样，面目和悦，表情随心，看起来性格比较稳定，不装也不过。之前他学的专业是人力资源，总公司成立之初，他就在那里入职，三四个年头，算得上是一位老员工了。

他们这个总公司，属于一个文化投资类的新型国有企业，听起来像是资本和文化产业的融合，不过，没什么其他老国企固有的陈年包袱，所以也常有特别或是出奇的招式。文化演出，宣传策划，什么都干过。这个项目开盘，上级来和他谈话，说照金那边有一个项目，看他有什么想法。

一个新的项目，他有可能可以做一些专业对口的工作，做他的专业本行，行政部门或是人力资源部，情况合适的话，也可能会升职。他仔细想了想，虽然一开始，也不知道这十几号人组建的一个核心小团队，会有什么光明的前途，也不知道这个小团队，能在那个野地里折腾出个什么样子来，但是，既然上级推荐这个项目，或许也是一种新的想法和出路，他就答应过来看看了。

果然之后的情况，也符合了他的预期。他虽然没有在人力资源部门任职，却在更为艰辛一些的城乡统筹部门，做了一名算得上是年轻的部长，直接与五花八门的土地流转和村民打交道。

当时他一开始去的时候，还不在城乡统筹部，确实是在人力资源部，也不是什么部长。因为城乡统筹部没人，所以他就补位过去，提升为部长。刚到城乡统筹部门的时候，他也在暗暗思考，城乡统筹，到底是什么？好像很多项目或是公司，都没有这个机构和部门，他当时也问领导，这个城乡统筹是个啥，也包括仔细研究他们项目的一些宣传资料，后来他的理解是什么？城乡统筹可能就是，因为赵海涛之前就提出来的历史即未来，文化即民生，提出这样一个文化即民生的特殊概念，所以，城乡统筹就成了这个项目的基本亮点。文化，或是旅游，归根结底就是为了改善民生，城乡统筹就是改善民生，提高村民的收入，解决就业，帮助他们创富增收。这可能属于一个大的概念，具体来做，就是像赵海涛说的那样，以人为根本，以之后紧锣密鼓成立的照金村集团为平台，如果它做大了，一方面可以让村民过来就业，这样，村民们有公司了，有工作了，收入也提高了，可能这个就是城乡统筹吧。他是这样理解的，也不知道对不对。

多年之后，他仍是在那个特别的地方扎根时间最久的年轻人。

他真觉得他是来对了。虽然他一向不是话多的人，但是，他看到赵海涛递给他的这个项目的前期策划和项目介绍，第一页上，就有赵海涛写给未来团队的几句话：

"你来见证：项目是一部作品，行动是一种语言；人在乎人的问题，是一项长久的事业。"

这个年轻人，看见这几句话的时候，简直被震惊了，虽然他一向面目温和，少于言辞，因此也没有表什么决心，甚至什么话都没有说，只是仔细翻看着这几页资料。间或抬头看看赵海涛，再看看俞红，这两个年轻的面试官，只觉得他们的精神气质，好像完全不同于旁人。然后再把目光收回来，他已经慢慢地陷入这个未来格局的情网里了。或者说是更加迷恋起未来即将要发生的谁也无法预估的开始和变化了。这和他之前所做的一切似乎大不相同，或者不管是怎么一回事，他打算接受这个或许真有可能发生的改变了。

这个夏末，许多人的固定轨迹，确实发生了一些像是头发丝那样，细枝末节的改动。这其中，很有可能也包括他在内，他把这个下午玻璃窗以外的天空和微风，都保存到他的思想当中里去了。

执行力。这个年轻人随后想，对于这样意想不到的人生相遇或是职业相遇来说，或许他能思考的，便是他要具备什么样的执行力，才可以配得上这种思想深处的非凡考证。他把他自己这次应聘，或是说转岗，看作一次人生际遇的非凡考证。

"好吧。两周后见，一起上山。"赵海涛声调简洁地说。

年轻人点点头。

接下来应聘的职位，是行政人事部副部长。官职也不算大，特别合适的人选，也不好找。

来应聘的也是一位年轻人。个子很高，长相也很不错。名叫李军。单看他的履历，之前一直在高校，党委管宣传的，也带过班级学生。并且一边上班，一边读研究生。

他从高校过来之前，因为他的导师建议说，年轻人，要有自己的想法，追求自己的事业去。所以研究生上完之后，他就开始向朋友们打听，看有没有适合的去处。在那之前，就一直关注这个项目，对这个传闻已久的项目，早有耳闻。研究生毕业之后，就有到这个项目的意思。

很多人不理解，你一个大学老师，你干的是正式事业单位的工作，为啥要辞掉，为啥要到企业去应聘，弄得不好，都朝不保夕的，甚至可能是饥一顿饱一顿的，你图个啥。但是他觉得，年轻人还是要到外面闯一闯。要不然，时间长了以后，你以后再想出来尝试，就很不容易，甚至更没有那份勇气和能力了。

所以，他算是最早就入职这个项目的人了。就在几天前，他先去了一趟照金。也算是先看看这个地方。项目还没有正式开张运转，然后他就来这里了，就上山了。

他是第一次来，前期赵海涛他们先行一步，上山和当地政府签旅游开发项目协议的时候，他没有来。他第一次来的时候，也算带着这个项目最初的工作任务，来看现场环境。看完现场环境之后，要为两周之后第一批来上山打前站开展项目的团队，订好住宿和吃饭的地方。和山上当地煤老板刚修建的照金宾馆，达成了初步的意向，员工的吃住问题算是有了一点儿眉目。就是当天来上山当天吃饭、住宿的事情定下来了。因为时间比较紧嘛，所以，要求是来了之后的事情就要定，不能再往返跑两次，做好第一批员工正式来上岗的前期准备工作。

接下来，进来应聘的是一位漂亮的女演员。她叫肖娥，白白净净，二十来岁，西安女娃，个子高挑，长相清丽。戏剧学院刚毕业，出演过一些小角色。要不是大家亲眼所见这个女孩子站在眼前说话，赵海涛和俞红可能都没有办法相信，这个有些艰苦的项目，竟然吸引来了一位演员加入，不知这将是一个奇迹的制造者，还是一种不负责任的随意选择。可是……

这几乎有些过分，对，这太离谱了，之前形形色色来这里碰运气的人，虽然有的选择留下，有的选择离开，都还可以让人接受，可是一位年轻的女演员，她从哪里来的，保不准是哪里出了什么问题，然后来这里寻求刺激也说不定啊。现在的年轻人，谁能琢磨得透呢。

"我来这里应聘不合适吗？"姑娘先开口说。

赵海涛说："也没有什么不合适。不过，你为啥要来应聘这个深山里的项目呢？我们这个项目，离大城市有一点儿距离。你对这个地方，有什么了解吗？"

她说："说实话，我是没有什么了解。不过，我也有我自己的想法，我想考验一下自己，看自己能不能吃得了这个苦。行政、接待、旅游讲解什么的，和我的专业是没什么搭边，但是我想，我应该都可以试试。我看你们这个招聘，是要开发文化旅游项目，又是红色老区，所以我想来试试。"姑娘倒是想得很长远。

"是吗？如果你真是这么想的话，那应该算是来对地方了。"

"我想来试试……是真的。您是不相信我吗？不过……"姑娘好像有些不好意思，扭头笑了一下，又说，"还有一个原因就是，我虽然是在外地上的戏剧学院，但是父母就我一个独生子女，家里想让我回来工作。回来以后，我学的这专业，在咱这地方，您想想也知道，好像不好找到合适的工作，就想过来试试。我虽然是独生子女，但我比较喜欢尝试新的东西。"好像她已经准备好了要吃苦一样，说完又笑了一下。

赵海涛说："那好吧，你来试试吧。也许不会让你失望。"

还有严宇和冯康，他们两个年轻人，也是从项目小组一开始筹备的时候，就过来了。

严宇是从总公司转来的，到这个项目组任副总，配合赵海涛和俞红，分管行政和城乡统筹。几个月前刚进这个筹备小组的时候，在总公司的项目筹备会上，听赵海涛会上发了一次言，他用一个笔记本做着记录，用赵海涛自己的话说，简单概括也就是几个要点：

"红色是旗帜，民生是根本，产业是支撑。也就是整合历史、现实资源，市场化算账。照金老区，老一辈的人，不就是为了百姓能过上好日子，才流血流汗打江山的吗？我们现在又不用流血。但是，可能需要用一点儿心思。两纵两横：横轴上文、商、旅全面配套，由北往南，开辟一条大商圈旅游线，纵轴上县里有什么镇上就有什么，什么是与世界接轨的未来文旅小镇？镇政府、学校、医院、七站、八所，行政规划功能实用，初心是民生，市场是手段，说一句实在话，什么是新型城镇化的城乡统筹？这里就是一个新探索，大的有战略，小的有打法。让人在乎人，把事当事业干。"

严宇在本子上记着，感觉真有一点儿烧心，以前开会的时候，他喜欢在本子上画圈圈。但是，眼下这是一个什么样的构想？恐怕在当时，确实没有人敢这么去构想。也没有人会这么跳出大城市，放眼荒野自然，反向思考和反向去实践。这或许真是一个大手笔也说不定。他心里翻江倒海似的翻腾着，另外，虽然他第一次来参加这个项目会的时候，心里还直打鼓，但是，直到此刻，会议开始也就半个多小时的时间，他在记笔记的时候，就决定服从总公司的调动，去那里看个究竟了。

就是这么一会儿工夫，使他的想法有了改变。

人们总说，看见台上的演员翻跟头，总认为他翻得不好，真正自己上去翻一下，就知道那有多不容易了。

冯康来这个项目，也算是机缘巧合。已经打算来这里的工程部康部长给他介绍，说是照金老区有一个新项目马上要开，离西安有点远，但是他觉得比起一般的项目，有特点，可能还有一些干头，让他想一想。

他之前在中铁一局，城轨公司，修地铁的。那应该也是一个很好的单位吧。大学毕业修了五年地铁。但是，都不在西安本地，福州、杭州、南京都跑遍了。一修就是好几年。他主要的顾虑，还是家里照顾不上。以前的他，几乎没在陕西工作过，都是在外地，一年回上两次家，一次回去一个礼拜。有小孩了以后，就会觉得，生活不能这么过。工作干得也蛮顺的，但是家里顾不上，后院着火了不行。虽然修地铁待遇也不错。因为地铁是百年工程，风险利润点比房建要高，风险大，利润也高一点，它可能省下来的钱，就很不一般。怎么说呢，你一个好的管理，好的组织计划，你可以省出来的钱，小打小闹，就是好几百万的钱。所以一个好的安排，好的组织，好的协调，省下的钱是很关键的，不是说你光在那里闷着头干。你不仅要干好，还要学会算账。

他是学土建的，本身地铁工程要求标准高，耐久性要好，属于百年工程，和其他工程定级不同，选材上也有区别。对他来说，修了五年地铁，吃苦耐劳是没问题的。可能换一个地方也好，在一个地方待久了，会产生疲倦。以前在工程上，和康部长有过合作，听康部长说，照金是个老区，为陕北红军保存了一支很重要的革命队伍。大概是出于好奇，也可能是出于对康部长的信任，更因为家里实在需要回来照看一下，虽然项目在山区，毕竟是本省，比在外省离家近得多了。所以，他准备过来试试。

果然不出所料，他后来也不负众望，成为这个项目工程部的"照金五虎"之一。

还有屈军，也是一位年轻人，2011年进入总公司，起先的时候，提拔到这个项目投资部部长上挂着呢。最早和赵海涛、俞红一起成立照金全域文化旅游项目筹备组，全面整合照金红色资源、绿色资源、自然资源、文化资源，山区前期考察，跟着赵海涛、俞红一次次往山里头跑，考察旅游线路，跟当地政府洽谈、磨合。一个深山老区，自然资源和文化资源都很特别的一个地方，怎么介入，怎么融资，怎么开发。先看规划，赵海涛定的基调是红色民生做保障，全域文化旅游，尽力不破坏一棵古树的无伤痕开发。也是一直跟随赵海涛的十几个人的年轻团队的骨干分子。也算是亲眼见证了这个小团队，如何从最起初只是在赵海涛思想上的那些头脑风暴，如何在照金，一步一步变为现实和奇迹的人之一。

一整天匆忙过去了，天色已晚。黄昏在大城市来说，总是那么姗姗来迟，又模糊不清。

赵海涛和俞红晚上在西安总公司的大灶上吃饭。

俞红以前在媒体，接触的社会复杂度和之后现在的策划、搞国际性的大活动，以及现在要去接触的这个项目，完全不一样，几乎就像是一个人生大课堂。对他而言，每天一觉睡起来，面临的就是各式各样的困难。每次赵海涛给他提出的一些要求，大多都是一些具体的困难，要怎么解决，要什么样的完成度，这些都是他要考虑的。直接面临各式各样的员工，对他们的有效管理，和如何完成既定的工作，这些对他来说，每一步都至关重要。还有工作中的自我要求准则，赵海涛格局之中的头脑风暴如何实施，几乎每次都面临很大的挑战。对他来说，就是这样。如何给员工带个好头，做起来并不容易。前几年的工作比较纯粹，大家虽然疲倦，但是同时也是一种很好的职业体验。如何配合，如何战略消化，如何实实在在地把工作落地，琐碎又艰辛。几乎没有办法重走一遍。

眼下的这个新项目，对俞红来说，也是全新的考验。和之前的工作性质有很大的不同。甚至它不能称之为一项单纯的工作，而是一个小社会组织的综合改造，对眼下的现实时间来说，它的小社会体系改造非常完整。和当地政府、民众都有比较完整和深刻的一种实践活动，大小地域的行为习惯、思想观念，都不是一两句话能说得清的事情。

一个小山区的社会更新，人文特色，重新寻找过去的时光和历史，这种衡量，社会的接受程度，项目的社会历史性质，虽然这些都不是他来考量的，但是，他必须试图提前理解这些，那样他才能和赵海涛的跳跃式思维争取同步。他很随和，不论是和赵海涛还是和底下的员工，比较起来，更像是兄弟姐妹。清闲的时候，偶尔打打麻将，出去爬个山，听听底下的员工吐吐槽，发发牢骚，都是一些时光怀念。都市工作，永远找不到十全十美，不过，偶尔也会有些倦意。

过去的时光，他几乎就是一个至关重要的黏合剂。在赵海涛和员工之间黏合。赵海涛对每一项工作，有时几乎可以达到无理的完美，严厉程度也是第一。之前做产业文化，偶尔和招商部的部长去散步，突然就会问招商中的具体数字。对方说没想过这些数据，回答不上来，赵海涛批评的严厉程度，就会达到顶峰。那个部长第二天就辞职走了，不干了。

赵海涛在言辞气质上，天生就咄咄逼人。在他看来，赵海涛的个人气场太足，几乎要把人的灵魂吸走。性格真不是吃素的。他就势必要成为赵海涛的另一面，随和、圆融，熟练掌握彼此的性格特点，在组织内发挥作用、化解各种矛盾、落实每个人的工作职责，成为一个成熟组织中的某个序列。

为了随时保持头脑清醒，他早上从不吃饭，吃了早饭会犯困。中午也从不午休，年轻人就是有这些可以挥霍的资本。他身体很好，早上习惯洗冷水澡，时刻保持一种人生饥饿感，保持对外界的警戒感和吸收感，眼观六路，深度熟悉自己管辖的一亩三分地。通过各种信息量对事情研判，训练自己的个人能力和行为习惯，不论在哪个单位，和哪个时间节点，他总是第一个上班，最后一个下班，对总公司保持百分之九十九的熟知，总公司一个时间段之内都在忙啥，目标定位是什么，才能在关键时刻补位。很重情义，也不太计较个人得失，对组织机构大局意识有把控。对时间、任务、各种事务承接划入可控范围，很少对下属发火，觉得那样没意义。手下员工的宣传稿子写的不满意，就自己下手写，他的文笔在业界也是一个传奇，是有名的笔杆子。之前是新华社的驻站记者出身，自然也有这个底气。新闻不是简单的文字，可能更是各种关系的认知和表达。有一次他熬了几个通宵，写了一篇三千字的宣传稿，媒体登了整版，很多人看到都很吃惊，也有领导问是谁写的稿子，这么牛，三千多字，有感染力，在当时的影响很大。

尽量与人为善，一件事经常重复去做，一个问题，也经常重复去思考，如何更完善，如何更能尽责。多年下来，强化训练成了一种职业习惯，从中也获得一些收获和乐趣。

人生本来，每个人的性格状态都不一样。从之前他和赵海涛的工作磨合来说，在赵海涛看来，一个团队，就是一个灵魂，向前，向前，第三个问题，还是向前。在赵海涛那个高度，这没有问题，甚至也是每个阶段都能成为传奇的根本。但是在他来说，作为某个既定目标的具体带领者和实践者来说，他却必须将每个员工的个性化挖掘出来，存异之后才可能求同。在这个过程中，组织的温暖和沟通也很重要，每一句言语，都要以情动人，切忌演戏，说那些不着边际的话语，更要为对方考虑，更要多考虑对方的困难，你对一个员工说几句话，起码百分之九十以上要是真心，大家才能感受得到。上下左右这些力气，才能聚合。

在这中间，不知不觉，他对于自己的更新认识，也有一些惊人的发现。之前他在媒体，一个人单兵作战的时候，好像更热衷于暗访，更容易发现那种言语阴沉的社会线索，特别热衷于那种负面报道，热衷于强烈的社会冲突，热衷于那种独特的行事风格。一说到环境就想到污染，一说到任何一件事都想到要批判，强烈的批判，对其他各种社会线索都很抵触，那种暗访爱好，那种行为意识的偏执，好像时时跟随着他一样。但是，随着他走上管理位置，随着他对管理工作的逐渐成熟，面对手下各式各样的员工，面临的问题更多，几乎时时刻刻都在想对策，都在协调和管理这些琐碎又实际的问题时，他好像发现了这个社会肌体组织里另外的潜能。具体业务的突破，学习模仿的能力，灵魂的磨合，实用战略，如何快速有效地修正，这些都需要他把每一个人身上有效的能力，在短时间内挖掘出来，进行聚合，团队精神和个人印记的结合，变得那么不可或缺。他开始每天习惯记流水账。在这本流水账里面，感受到那种缓慢改变的现场感。早上五点钟起来，在自己管辖的地方去散步，走了一圈，看见街上那些商铺，那些树，看见东边的第一缕曙光升起来，或是夜深人静的时候出去走一走，都会发现美的细胞和元素。后来他逐步发现，人在正念环境中看到对方，看到彼此，看到一些事物，可能才能打破一些固有的界限、成见或是偏见。一个事物，才能有更多层次或是更接近本质的呈现。关注组织肌体内每个人的状态，找到这些组织细胞颗粒的优化度，互相交织，确立团队的稳定度，针对不同的人，写一些暖人的小卡片，写一些小建议，对他们的个人缺点也会提及，不同的人，用不同的方法和尺度，每一个人即便是手下员工，也都是一个独立个体，根本没有办法让谁成为谁。

领导能有员工的心，员工要想领导的事，才有可能达到赵海涛的要求：凡事必完美，凡事必执行，凡事必反馈，凡事必担责。

这些东西，说起来容易，做起来却是千般苦和万般难。不过他们必须要这样才行，才有可能成为开创者。

正如赵海涛所说的，目前来说，他们还没有变得世故，而成为社会机构的守成者。他们必须去开拓、去打江山。

随时随地梳理，之前一天工作的条理化，当天必须完成什么，什么时间节点要办完什么事情，他的本子上都有记录。问候，说事，铺垫，细致的梳理，员工情绪好不好，哪个员工心情不好，因为什么事心情不好，今天需要和对方聊一下。几点有接待，几点要对接什么，想到有价值的事，要随时记录下来。本子上的事，也要一件一件落实，落实一件，勾掉一件。冬天别人穿羽绒服时，他常常只穿一件短袖，他需要让自己保持寒冷。寒冷可以使自己头脑清醒，不犯浑。他习惯用这种极度的寒冷，来提醒自己的情绪、行为习惯和人生状态的管理度。

但是比起这些，更使他感到惊讶的，还是自己意识形态的某种转变，对人的正念的重视和挖掘，和这些正念在彼此工作中的重要性。

对于现在接手的这个项目，他做了一个详细的五年规划，断断续续，总结了各方面的一些思考，革命老区的一条新路子。这样说应该也不为过。策划，思想，提法，情怀，考量，虽然经常也被改变，但是按赵海涛的话说："万事都需开头，我们先去实现，我们至少要做到，这个项目完成离开照金的时候，照金的老百姓，会像当年欢迎红军队伍一样，舍不得我们，这才是我们这个项目的真正核心。确保我们在社会组织历史当中，发挥了作用。"之后的几年时间，事实上也确实验证了赵海涛所预示的这一点，他们这些人和这个项目，平和地对待，最后完全融入了照金人，成了照金人本身。

三十来岁，正是好时光。热情更充分的阶段，江湖不深，既不是老油条，也不是愣头青，有一点儿人生的判断、体察和经验了，而激情也还在。骨子里或许还有一些文艺性。自认为去一个区域，是去改变和创造，是去影响一个地块的固有性。认为或许镰刀也能在荆棘中砍一条路出来。工作、职场、人生，他们这一代人该有的东西，都在慢慢寻找和接近。

大概就是这样吧。这些东西的形成，或许和他小时候的经历有关。

他从小在宁波的海边长大。十岁父母离婚，理论上他是判给爸爸，但是实际上，他和姐姐，都跟着母亲生活在一起。

后来母亲再婚，他就有了一个后爸。组成了一个特殊的家庭。父母离婚，加上要适应一个新的环境，后爸也是一位老实巴交的农民，这方面的影响，基本上没有什么修正，所以他的性格比较内向，也比较理性。从小喜欢文学，甚至希望自己能走上一条文学道路。上中学的时候，要写一篇作文，他就写了自己回老家的历程，隐隐约约写到了自己的家庭。本来他的数学很好，但是因为这篇作文，被老师在班上当作范文念了，他后来就报考了文科，以他对自己的认识，其实文科是他的弱项，但是最终他还是考上了浙大新闻系，走上了一条和文字打交道的全新道路。大学毕业后考入新华社浙江分社。娶了自己喜欢的女人，常常被自己的情绪所感动。他的媳妇是一个陕西姑娘，咸阳人，两个人当时属于很时髦的网恋，先是网聊，因为两地分居，所以一直都面临分手的可能，心理状态特别微妙。断断续续，他写了十个小故事，收在《给我的娟》一书中，几乎成为一本网恋教科书。

如果你愿意阅读，之后也可以专门辟出一个章节回顾。

每次到了分别的时候，他们分别要回到各自所在的城市，俞红都会对她说：

"看来还是我爱你多一点，刚才我都回头了，而你就没有回头多看我一眼。"

他的陕西媳妇说：

"在你还没有回头看我的时候，我就回头看你了。"

之后也尝试过让他的爱人去浙江，和他一起工作，但是南方和北方的差距，使她感觉难以逾越，所以，俞红就辞掉公职，来西安了。

一个人出来，来到西安，人生地不熟的，职业上的艰难可想而知。换了几家报社，北方的气候，都使他有些难熬和不适应。之后经朋友介绍，接触到赵海涛这个人，后来调到文化局，再后来到这个未知的项目，不管如何，他都看作一个新的台阶。人生的增量并不是匀速的，一个人静下来的时候，他常常对着他的工作流水账，目光遥远地回想。

第三章
我深思过你的一切行动

对于赵海涛来说，他和俞红，是两个性格相反的例子。

这一点儿都不奇怪。至于其中缘由，谁又能说得清呢。

就拿2012年左右在业界似乎颇为流行的文化旅游来说，在赵海涛看来，那也不过只是常识性的知识。区域开发必须具备这六大要素：起码要满足吃、住、行，交通，游玩，看什么，玩什么，住什么，购物怎么解决，有什么娱乐，这必然是最基本的。吃、住、行、游、购、娱。

他有时看到一些设计，细看便觉得内容单调，当然不能说都是垃圾，哄人的，也不能否定那些东西，业界忌讳这样。但是，他之前拿到欧洲的一个团队设计的未来景区，针对照金眼下这个项目来说，崎岖山野，十里花海，但是一个荒野，沟壑纵横，自由自在，毫无违和，你见过它的野花就有多少种类？可能你数都数不过来。它们一年四季如何次第开放和凋谢？那本身就涉及荒野哲学的地步了。反而要种成区块一致的花海，怎么种？四季怎么维护？这需要多大的成本？根本不可能实现。当时他就问那个欧洲设计团队：

"花海怎么飞播？怎么养护？成本如何核算？你去过那个山谷吗？你有没有看过它的实际地质、地貌？有没有考察过它的气候成本？自然成本？"

他问一句，他们就不甘心似的辩解一句。他当时很窝火。显然，他们根本不知道项目所在地在哪里，也没有亲身去看看，也没有研究它的自然特性，设计思路和设计文本，可能也只是从某一个什么完全不搭界的地方，统一贩卖而来的，但是说到设计费用，那倒是世界顶级的昂贵。这是想哄骗谁呢。就是这样心虚，还不让他追问，总是不停地打断他的问话，言辞重复地辩解，最后他说：

"能不能请你们先不说话，等我说完我的疑问，你们再说。"

他就说项目所在的那个地方的地理地貌、气候条件，和其他地方有什么不同，他的疑虑，和他们这张纸上的设计理念有什么不同。他就说欧洲文化如何闻名于世界，就是它的文化对价。它的文化资源，最终如何对价。可是在这张纸上，他并没有看到这个项目的特点和文化对价，就只是一个空架子，和一些不切实际的闪转腾挪。

意想不到的是，他说完以后，他们直接就蒙了。他们问："你是不是在国外待了很长时间？"

他说他没出过这个省会城市。他说你们哄我们陕西人，就是这样哄的啊。有可能会让我们花很多冤枉钱，还不知道为了什么要花这些冤枉钱。当然这也是探索。或许明眼人一看就知道，光有那种花花肠子是不行的。但是或许大部分人，也有可能只是看破，却不说破。

他有时就犯轴，就爱较个真。

他说我们和搞房产公司的区别是什么，作为一个文化产业投资集团，我们写一本书也可能就算是文化，但是，那也只是片面的东西。我们是用我们的双手和我们的思想，到一个新的地方中去践行、去开拓。它的核心问题，就是怎么去在乎人，怎么在乎这个孩子，怎么在乎农民的感受，怎么在乎游客的感受，怎么关注政府的职能，凡是一切人，之所以为人，便可称之为文化，和自然的东西相区别的，或许可能才是文化。

他说的这个文化是好的问题，他常谈到的一个文化概念，活文化、新文化，活文化是我们还在用的一些东西，新文化是我们创造的一些东西。所以文字的真正力量，来源于我们的想法，文字就是那几千个字，它的生命来源于我们的想法，来源于智慧，来源于对文字有很好的把控能力。他习惯在纸上涂写，包括一些配图，就每一个文字，包括让老百姓过上好日子。

让老百姓过上好日子，什么是好日子？单是有钱了，那叫富了。不仅有钱了，生活品质也提高了，平日开心了，无后顾之忧了，有想要思谋点有文化的事了，那才叫好日子。

所以他常想，做项目最重要的是创意能力和高屋建瓴地对精神的捕捉能力。你是把控者，你是文化投资企业，你不是政府，但你要考虑一个项目落地，它至少要创造些什么，留下些什么。

但是，到底要创造些什么？留下些什么？是的，这些元素，无伤痕开发，这个小镇，除了近80%的原始森林覆盖率，绝对要求无伤痕开发这一条，便是因为它特定的红色革命历史，所以，红色便是民生。

2011年的7月，也就是进山的一年前，他第一次到照金，看了一下那个地方，了解了一下那个地方。随后的一年，一有时间，他就会去那里，一去就是十几天，去辨认、去思考、去感受。然后自己回来，形成了一套东西。

之前那个地方到底在哪，是什么样的，很少有人知道。在他眼里，或许这也是优势。

从2011年7月份开始介入，一年之后，照金十三人团队入驻，已经是两周之后的8月19日的事了。

2011年来的时候，当时他们还没有十二个人。到的时候只有个照金项目小组，有两三个人。一直到了2012年四五月份才开始招人。招人的结果一直不是很理想。所以一直拖到最后要上山的前两周，还在招人。是的，原来集团项目组只有他们三四个人，而且是一个草台班子，临时搭起来的，包括后来招来的第一批上山的人，十三个人也可以说是临时组合，互相都不了解，每天都在找人，介绍人，到处招人。有一些来应聘的，他没要；也有几个他想招来的，人家不愿意来。

十三个人，就预备上山开始工作了。很多部门没有建立，因为一个合适的人都没有招到。开始合同预算部都没人，从别的地方挖了一个过来。边干边招人，后来陆陆续续进了三十多个。

虽然没有人，但是各个口上，都有一个人顶着。有的部门一个人都没有。那怎么办？有时也只能勉为其难，其他人互相补位盯着。一切都只能先走一步，后面的事后面再说。

2012年6月9日，照金项目公司成立。当时公司注册资本10个亿。说是10个亿，预定先到一半，注册资本和实收资本是两个概念。注册资本就10个亿，实收资本是4.5亿。项目公司资本构成是4、3、3，总公司是40%，4个亿，另外一个能源资方公司3个亿，当地政府3

个亿。

　　但是，这个地方几年之内能发展到什么样的规模，能收回多少钱？经济分析这块是有的，首先是他们和政府达成一致，公建部分，基础设施配套、学校、医院、镇区政府办公楼等一些民生配套，是由政府买单，他们只是统一规划和统一代建，加10%政府回购，大约就是这样。

　　之前他在这个省会城市国家文化示范区担任首席文化执行官、产业中心主任、文化局局长等十几个大大小小的职务时，电影、音乐、美术、戏剧，无不涉猎。一年进入班子决策层。不靠任何私人关系，文化招商区块入驻一千多家文化产业，之前的新区，只卖土地，只盖房子，没有产业，只能收一次钱。

　　他常常想，土地卖完之后的公共设施维护、环境保洁怎么养活？必须有建立文化商业产业区块，引来人，留住人，一个国家级文化示范区，究竟要示范什么？

　　他向上级递交了一份文化产业对价策划书，上级当场拍板支持，到后来三年时间的实际介入和最终打造呈现，他找出了一些答案：

　　一开始吸引人的，或许是商业，但是，留住人的却是文化。

　　他想，如果没有在乎人心底灵魂所需求的微妙的甚至是看不见的东西，最终会使人厌倦和抛弃，而成为一个城市的创伤和垃圾。这些东西，时间和人的感知，都会给出答案。

　　后来调任他去这个文化产业投资的总公司任职，来接手这个既热又冷的项目，都像是一场命运的预知。

　　他或许就是这样的。离开时窗外下着细雨，三年前从高校出来，初到这里的那一天，窗外也下着细雨。他在这里学到很多，总结了很多。稍微回顾一下，都觉得不可思议，过程虽也不外乎是磕磕绊绊，但是想来却都是感念。除了感激，还是感激。大概和他谈话的上级是担心他不愿意离开，毕竟这个位置他也刚刚坐热，甚至传闻还要提拔晋升。可能担心他不适应或是没有预想。上级对他几乎想要柔声细语，咬文嚼字，话里好像坠着一个秤砣，看怎么能把戏唱圆，怎么才能把话说得更好听一些。总之，职务要变动，讲了很多。他说：

　　"好，我让人找十个大纸箱，我把办公室里的书捆好装箱，马上去那边上班。"

　　上级评价他明白事理，是个踏实上进的年轻人。

这好歹算作前传。到了总公司，也算是回到了老娘家。几个月就在等项目、等规划。其间开过几次总公司工作分析会，规定每个人发言十分钟，结果每人发言三十分钟都过了，还在滔滔不绝。企业分析会，挣钱了，还是赔钱了，下一步怎么走，结果每个发言的人，都在摆功劳。听得多了，一个接一个，他一下子就有点忍受不了，形式主义。他说：

"我能不能发个言。"

领导说："你说一下。"

"通知每个人十分钟发言时间，结果一个一个都是三十分钟，要么就把会议通知改了，改成每人发言三十分钟。"

领导很生气，会后把他叫到办公室批评他：

"小伙子，你话说的有些过分了。不就是三十分钟嘛，大家辛辛苦苦的，多说几句能咋？"

过几天上级部门要来总公司调研。他又跑到领导办公室，心热地说：

"一般公司和文化企业属性不同，上级来看，就只有这些整齐划一的办公区块，没什么看的。"

领导问："那你有什么想法。"

"在一楼做一个展厅。把公司以前干过的，现在正干的，以后要干的事情，清清楚楚展示出来。"

"只有几天时间，能来得及？"

"能来得及。保证赶下周调研之前弄好。"比起以前他干的区块文化，简单的太多了。

他脑子里有想法。他把俞红叫来。俞红懂这一行。他们连夜把文案做好，不到一周时间，边设计边施工，没花多少钱，大家早上来上班的时候，一个有理有据的展区就做好了。领导点了点头。嗯，这个年轻人，爱干活。对他说："喜欢你这个透明人。有啥说啥，还说在当面。"

就在要预备上山的前几个月开始，一杯清茶，半屋子阳光，他就在构思这个项目。他去了几次之后，更是觉得必须坚持无伤痕开发，不能损毁森林和树木，红色历史和民生关系，大香山寺，薛家寨一线天当年红军基地，古石门关隘，宋代范宽溪山行旅原景地，国家丹霞地貌公园，百姓邻里关系，构成了这个照金项目的未来。朋友开玩笑揶揄他：

"不像以前权力大了，很失落吧。"

"失落个啥？"

权力基本没成为他的拖累。所以权力大了、小了，也没什么切身体会，只要让他有事情干就行。他这人呀，就是爱干事。没办法，自己也管不住自己。忍不住。看见事情就想干，一干开，还就想费尽心思干好。晚上就上微博，在微博上结识了一帮年轻人，每晚在微博上抛出话题，大家一起争执、讨论、研究、用哲学破题。知己、知人、知自然。

之后接到这个项目。为了熟悉前期设计，去了照金十几次。

之前也有一家英国公司做了一个规划设计，当时他在现场听了汇报，一生记忆犹新，规划要把山头凿成人像，群雕，成本有多高，环境山体破坏又有多大，二十几个设计要素，虚头巴脑，几乎就是明目张胆的骗子。根本不顾这是个荒野老区，毫无成本约束，压根儿没办法呈现。之前说过的另一家欧洲设计公司，设计了十公里花海，十公里！望山跑死马，山沟崎岖不平，一年养护成本也能吓死个人。甚至还想把丹霞地貌凿成人像，光是设计费就要上亿的天价。沉积岩土石不分，那么大的一座山，不去做任何调查。可见外国公司，也不是都有职业精神。一个项目，社会经济调查分析必不可少。地区资源文化梳理，至少也要结合人家本地人的想法，这个区块的民生人际构成，他们的发展状态是啥，生活状态是个啥，把核心用在人身上。这些规划设计，倒是简单了，几张图纸，一个概念，十几家种花种草的、二十几个做凿山雕塑的，也随之冒出来了，沟里撒上花籽儿、草籽儿，山上凿上几刀，费用就算了一个多亿。

轮到镇区学校、医院、道路、水电暖这些民生基本费用，倒是在设计图纸上一直往少压缩。几乎是本末倒置。他是坚决斗争。他在会上直言不讳，对那些看起来虚张声势头脸大的国际化公司，百分之百否定。

"大资本最起码应该重构的是人的社会关系、生存方式、文化理念，城镇意识的重大变革，最起码你应该考虑一切问题都应该把人放在第一位，否则你和一个盖楼捞钱的，有什么区别。要是这种伤天害理、破坏自然生态、主次不分的规划，我是不去干，你们另寻旁人。"他一脚踢了桌子，撂了狠话。

他说他要以人为本，重构社会人文关系，不光是盖一片房子，更要构建一个看不见的照金，体现人在乎人，在乎自然，在乎社会的照金精神。别人自然不理解，以为他疯了，尽说些不着边际的话。

但是他想，照金这个地方，究竟要做什么文化？照金人未来的房子，不再是土坯房和茅草棚，那么屋子多大多小，会使他们更省心更方便？系统文化旅游产业的依靠是什么？

踢了桌子之后的几天，领导都不知道他在做什么。他心里仍然在思谋这些问题。经历了无数次的斗争、汇报。领导桌子上除了蓝图，还是各种蓝图。

上级领导给他打电话，他说：

"领导别急，我心里有数。"

领导说："你简直胡说，你心里有什么数。"

在照金原先很小很旧的革命纪念馆坡上，他陪着领导去看现场，看墙板上的蓝图，当时也下着小雨，他穿着一件蓝格子短袖，卷着袖子，说：

"领导放心，我带着这十三个人要是干不成这个项目，你再找不到能干成的人了。"

领导没说话，上车走了。

他究竟要怎么干？或许人家要的只是房子，只是一个字母 A，但是，他要干的是 W，要比那个多出很多。对他人了解，在乎他人内心的感受，以大地为纸张，画出对人的恻隐心，他不停地为干这个事找到看似充足的理由。

他在关中的农村长大，在大自然的怀抱里长大。他看到过万物是怎样从泥土里生长出来的，对每一个有生命的东西，有一种天然的亲切感，了解树荫对我们的作用。

村子里每一条道路两边的树荫，夏天的时候，很小的时候，光着屁股跑过。上学时每天都会走过田野，熟悉每一种植物，它们会开什么花，果实能不能吃，探索每一个生命的哲学意义。农村和社会关系能不能这样构建？他常常爱胡思乱想：社会构建，人心构建，说起来就像是做梦一样，有时反倒成了不真实。如果从自己的本心出发，或许就错不了。别丢了自己。每一个人身处的社会系统当中，谁都逃不脱，无一幸免，良性互动也会受益，理想中的社会，温暖美好安全，不是与我无关，而是与我有关。

大学毕业之后的几年，他一直在高校当大学老师。寒暑假时他就出去兼职，开公司，办厂矿，他都尝试过。都失败了。那时他一个月当老

第三章　我深思过你的一切行动

师的工资很低，他把以前的积蓄都给了一起合伙做生意失败的朋友，几万块钱的债务，都背在自己身上。他在他教书学校的单身宿舍，奋笔疾书，一个晚上写了几万字。

这种情形，让他沉浸在自己的世界里。激情和理性，哲学和现实，情绪大于表达，却不能跳出自己。激情淹没了他的表达。

随后，他一个人背了一个背包，跑到太白山上。走的时候告诉朋友，他要一个人上山，如果这个星期不回来，那就是回不来了。但是，假如他能回来，他就从零开始。

他只带了一包常规药，一条绳子，两把刀，身上装了他的所有财产，四百块钱，一个人从涝峪口就进山了。就在山民家里，十块钱住一个晚上，一路向山上攀登。就去没人能爬上去的山头。就在荒无人烟的山头，一个人感受死亡逼近的恐惧和孤独。山顶上风呼呼地刮着，把电线削成一片一片，刀子一样，剐在脸上。

也不知什么时候，天黑下来，他不知能不能顺利下山。他想，或许人活着活着，就死了。那一刻他感到特别的顿悟，也感受到生命中自然的力量。

下山的时候，就在白沙沙的月亮底下，各种野生动物，有的安歇，有的惊慌，各种奇怪恐怖的叫声，混成一片。他用刀割开前面的灌木，深一脚浅一脚，往山下走，内心极度恐惧死亡和孤独。

但是，当时他明白了两个道理：为什么你可以成功，一个人没有身处悬崖，光听几首老歌并不能感受失败的恐惧；另一个，是他对死亡的思考。看到三兆火葬场的烟筒，没什么过不去的。无非是冒一股青烟，着什么急呢。他在荒无人烟的黑暗中走着。

他把背包里背着的日记，一把火全烧了，他就是这样，要和过去决裂。

下山之后，一个好朋友找他帮忙进山开金矿。朋友也知道他已是身无分文，不用他出钱，一块合伙开，只要把金子开出来，就给他发个高工资。

他对金子并不了解，倒是有一身壮实力气。反正也是假期，他也无所去处，就跟着朋友上了山。朋友平时也不怎么进山，偶尔来看看，只有他带着几个小弟兄，守在山里，没日没夜地在山上挖金子。

山里开矿的人多，规矩也就多。为了抢山头，占地盘，他和一个小伙子拼酒，一瓶子白酒，谁喝倒了谁就退出。他根本就不会喝酒，也不知道酒的威力，全靠自己的意志力，一阵阵的烧心，就像被一条很长很长的蛇缠住脖子，但是他不能退却，退却就会被别人控制。

他勉强没有倒下，给朋友占住一个山头。

他摇摇晃晃爬上山，把炸药填进去，点着了，期待着能找到金子。但是，几个月下来，他没有挖到一粒金子。淘金子的全套设备，眼看要被另一伙人抢走。

原来，这里并没有什么金子，大家都被一个倒卖淘金设备的骗子给骗了。最后，几伙子人都疯狂了。一群人围住他，要抢走他们的设备，朋友和几个小兄弟看到害怕，都跑了。他没有跑，站在那里，虽然也只剩下一堆破铜烂铁，但是弟兄一场，没挖到金子，他不能给朋友把设备都弄丢了。他知道朋友手头也不宽裕，这几乎是朋友的全部身家性命。所以，他没有退缩，他对围住他的人说：

"这不是我的设备，要是我的设备，就送给你们了。这是我朋友的设备，你们不能从我手里抢走，你们要是硬抢，我也没什么好说的，就一句话，你们就从我的尸体上踩过去。"

他没有退却。平时看起来，一个文质彬彬的人，说话也很有礼貌，没想到这么轴。双方撕扯、对阵了半个晚上，最后对方有些泄气，怕了他了。可能也不想闹出人命，最终，他把设备给朋友连夜拉回去了。

挖矿那一阵，他在山上，整夜整夜睡不着，他治疗失眠的方法，和别人不一样。他想着，人大不了就是死。他就看着自己，想着自己在死，看着自己在死，在腐烂，变成一堆白骨，躺在床上，坦然接受的时候，就再也不会失眠了。

后来他听人说，这就是观骨法，他在二十几岁，就过了这个关了。其实他的朋友，也是被一个挖矿的给骗了，那个人一开始也是一个挖矿的，但是后来改卖淘金设备了。然而这座山里，根本就没有金子。

淘金的这套设备，也很原始，放炮开山，把石头挖出来，用碾子碾碎，倒上水银，水银就把金子吸出来了。火烧也能炼金。这座山里，本来就只是一堆石头，哪里有什么金子呢？那几个人赌博输了，合伙骗人来山里投资。

一个假期，好几个月，他的鞋都跑烂了，给朋友把设备从山里抢运出来，自己坐长途车出山。一个老乡说：

"小伙，你四十多岁了吧？看你晒得黑的，比咱山里人还黑。"

他说："是啊，就是晒得黑了一些，可能我看着面嫩。"说着他笑了，黝黑的脸上，露出一排洁白整齐的牙齿。

这些都还不是最要命的。最要命的是朋友的改变，或者也可以说是背信。出山之后，朋友叫他招呼这几个一起跟着他进山的小弟兄，去一个小旅馆的房间等他，说好六点见面，他们饿着肚子一直在等。八点钟以后，朋友过来了，喝得醉醺醺的。他想着，他冒着生命危险，把朋友的设备给运回来了，以为朋友会和他一起吃顿饭，或是喝顿酒。但是没有，朋友来的时候，不知在哪里喝得大醉。他想，他也能理解，朋友把自己装修房子的钱都扔进山里了，不用说，虽然把他晒成一个黑锤，差一点儿丢了性命，但是，这几个月朋友说好的高工资，他也不会要了。

但是还没等他露出一个笑脸，朋友一进门，黑着一张脸，带进来一股黑风，开口就骂人，他就知道，暴风雨要来了：

"一粒金子没挖到，你们几个月钻到山里，是寻女人的屁股去了？"

对着一帮小弟兄，一个一个点评，一个一个骂，没良心、没责任，混饭吃，就像是在演戏，大概是不想给弟兄们发工资了，所以在演戏。几个小弟兄们，都不敢反嘴，但是他突然清醒了，站起身来，把小旅馆的门一脚踢开，回头说：

"兄弟，我看不起你。"转身走了。

他能听明白，就是赔了一笔钱，卖血了，还是卖肾了？但是走在黑夜中的他，哭了。他在街上一直游荡到夜深人静，他在自己的内心深处，嘶哑、怒吼，用滴血的内心，写了一首歌《雇用自己》：

"吵完架我摔门而去，失去知己失去了友谊，路灯下的落叶飘零，看看广告看看身影，哦……空旷的力量弥漫时空，哦……我挣扎着却不肯屈从。我一无所有无所畏惧，我拥有的一切就是我自己，我全部下注毫不犹疑，举起皮鞭，雇用了我自己，哦……哦……追赶太阳，奔向天尽头……已没有任何力量，可以阻挡……"

他想到以前朋友们多好。却一夜之间，经历了这么多酸甜苦辣，上演了一场人间大戏。朋友骂骂咧咧，要找个替罪羊，把大家唬住了。你要是和他兵戎相见，还是你扇人几巴掌，他都没意见，但是，你把辛辛苦苦干了一场的人这样辱骂，他却受不了。觉得一下子失去了人间，失去了友谊。

他一个人走在建设西路，一直往前走，没有目标。不知道在看啥，看到哪个人都觉得是一场阴谋，像神经了一样。觉得每个人的眼神，都要害他一样，几乎到了崩溃的边缘，变得怀疑一切，但是在内心深处，好像又有一个声音告诉他：

"世界不全是这样的……"

"饶了那个人吧，或许他不知道自己在做什么……"

这件事情，对他的打击，无法衡量。他只觉得，神在自己的内心崩塌了。神的崩塌，足以使人发疯。他不知道要坚守什么，内心不甘，自己拿命相信的朋友，自己信任的神，抛弃了你。他想，自己以后永远不会抛弃别人，绝不抛弃跟着自己的兄弟、姐妹。如果以后干事业出了事情，责任都是自己的，功劳都是大家的。这个想法，就在那一刻，在他心里扎了根。在大街上游荡了一个晚上的他，暗暗下了这样的决心。

这是他人生第一次对友谊，产生了爆裂般的信任危机。但是，他还是挣扎着，依靠自己内心的力量，义无反顾，继续选择了"信任"这个世界。他一直在内心，一遍一遍地嘶吼着自己写的歌词：

"回到家我和衣躺下，没失去勇气没丢失自己，灯光昏暗我辗转难眠，想想太阳想想明天，哦……希望的火苗点亮心灯，哦……第一次能够把自己看清，我一无所有无所畏惧，我拥有的一切就是我自己，我全部下注毫不犹豫，举起皮鞭，雇用了我自己，哦……哦……追赶太阳，奔向天尽头……已没有任何力量，可以阻挡……"

凤凰涅槃一般，震荡着他的灵魂。

最后，他游荡到同学家住了一个晚上，第二天回到学校。马上就要开学了，他又开始了两点一线的生活。除了教学，就是在宿舍里闭门苦读，下了狠劲，他只用了半年时间，就考上了西安交通大学工商管理的研究生。

三年之后，研究生毕业，因为他给政府官员们讲的管理课出了名，他又成了他们学校历史上最年轻的处长。但是，再后来，他还是选择离开高校，到社会体系的汪洋大海中，继续翻滚、遨游。

这一切煎熬或是经历，也使他在后来带团队时，知道了人的价值。虽然他也没有对人说，不要害怕，那就是真理，那就是道路，那就是未来。但是，一件事情，只要是他触摸到了它的大致形状，闻到了它的味道，他的心里有了一种认识，他就会一个人率先迈开步子，走在那条他认定的道路上。他往那里走的时候，也总会有那么一些人，跟在他身后。

即便跟在他身后的他们，有时也会动摇，甚至经常会动摇，但是最终，却成了一心一意跟随他的人。不管怎么样，他都要继续往前。虽然世上既有真诚也有虚假，但是，如果不失去本心，那么最终还是在于，你选择了什么。

后来，有一天他突然开车去了西藏。在西藏住了十几天。他仰天睡在帐篷里，参加当地的赛马会，看着蓝天、草地，云层的佛母，非常美丽。姑娘们的眼睛清澈，虽然她们的手指夹缝里是黑的牛粪，但是，他忍不住想，究竟什么才是一个人生命的高位，万物或许一样朴实，而只是我在我外，心在心中而已。每个人可能都在找寻那个最像自己的自己。

他在西藏的荒原上，反复循环播放着他自己写的一首歌：

"我一直努力行走，却走不出荒漠，走不出自己，我浑身疲惫伸开四肢仰面躺下，看见乌云遮住了天也遮住了地，泪水滴在干涸的土地汇成汪洋，我慢慢飘起，没有挣扎没有慌乱没有哭泣，就这样我随波逐流我等待奇迹，就这样任千年的风吹着，神灵在天外才能洞悉万物，我在我外，找到自己，不喜也不悲……"

不知道该做什么的时候，他就阅读。虽然都只是在假期，但是，他确实是在社会上结结实实折腾了两圈，接着，又是三年和社会几乎不接触，学习风险管理和人力系统管理，认真读书，是可怕的海量阅读。其间他迷上了一本书，《第五项修炼》，对他几乎产生了颠覆性的影响。说白了，就是训练他自己的思考能力，像技术一样训练，像技术一样思考。发疯似的思考，抓住思考因素之间的互相动力，经济学中的错觉，管理系统的迷思，高于规划的哲学和灵魂，在他的脑子里盘旋不去。他想，所谓的管理学，便是人性。他甚至突然觉悟，没有灵魂和哲学的思考，或许就是他之前只有莽撞行动，处处失败的原因。

他好像一下子顿悟了很多事。或许那次挖金子失败事件，也说不上是朋友背叛，而只是人性，只是蒙顿不可知的人性使然。他感觉身上一下子轻了许多。这本书，几乎让他穿透了他之前的所有感受和认知，让他觉得，外部世界的决定因素，束缚感轻了很多，自身脑子里的思想分量，却反而觉得重了很多。

这样疯子似的学习三年之后，他又回到高校。他回去的时候，正好赶上学校承接了省里政府官员的培训课程。给成年人上课，尤其是给政府官员上课，他觉得应该这么、这么上……他在会上说出了自己的观点。学校领导当时正犯愁，给这些政府官员培训，风险很大。这些当地有头有脸的官老爷们，可不是吃素的，一旦弄得不好就是个大事情。

别人害怕这些风险。听见他在会上这么笃定地说要怎么怎么上课，觉得他可以弄这个事情。可以交给他试试。

他又开始了这个新的尝试。他带着一个教务处的职员，每晚都到办公室加班，他也没对学校提啥要求，就配备了一台专门的电脑，他就开始做他的课件，分析管理培训课程和理论。课程的核心是什么，国际前沿是什么，观念在内心，像是演电影一样，一幕一幕，培训课程中，如何和培训学员三分钟破冰，和学员达成一致，怎么互动，一步一步推导出来。

他花三个月时间做的课件，创新思维训练、系统思考模式，要给省部级领导上课。总共两节课，一节是专门从北京请来的五个博士讲课，但是，不能只请外来的和尚，必须有自己本校的培训课程。这本来也是一个科研培训项目的一部分。所以，一节课是他用自己做的课件来讲课，他当时还只是一个研究生毕业的大学讲师而已。但是赶鸭子上架，后来他回想起来，可能也是一件非常"二"的事。但是别人不敢做这个尝试，没办法。上课那一天，学校领导也要来旁听。早上领导专门找到他，问他：

"你准备得怎么样了？"

他说："肯定比那五个博士牛皮。"

领导听了，几乎蒙了，以为他神经出了问题，表情复杂地说：

"年轻人，压力不要太大。虽然是给省部级领导培训，但是我们专门请了五个北京的博士压阵，你就是配合一下。"

不过，在他看来，读书和自由，都是为了使人的生活和精神更好，而不是为了让人变成神经病。

上了第一节课，五分钟课堂沸腾，效果好得超出所有人的想象。课间休息，中央电视台记者采访他，他只是淡然地笑了。他讲课特别认真。之前他专门去听了五个博士的课程，找到自己与他们理念的不同之处，在课堂上自然地呈现出来。

课程结束后他往宿舍走，校长的车"咔嚓"一下停在他身边，校长摇下车窗玻璃，对他说：

"你确实比那五个博士牛皮。"

接着学校以这个培训课题为主，专门成立了一个高校培训中心，破格提拔他为学校建校以来最年轻的处长。他只有一个条件，跟着他干的人，必须由他自己挑。三个月以后，培训中心就开班培训了。他又设置了各种五花八门的课程，风险管理、系统思维、国际视野……很快就在业界出了名，成了一道很抢眼的风景。

不过，事业有起色了，受到领导重视了，破格提拔了，做出一些成绩了，以后要往哪里走，他又迷茫了，又迷糊了。或许等一辈子，等人叫一声校长，在这里就是登峰造极了。

就是这样，又过了一段时间，他正吃着饭，或是正干个什么，就会突然思考这个问题。到底以后自己要往哪里去。

有一天一个同学来电话，这位同学，便是国家级文化示范新区管委会的副主任。好久不联系了。突然给他打来电话说，晚上一起吃个饭。

他说："别虚伪了，到底有什么事。不然也不会这么亲密地联系。"

同学说，确实正在区里开会，区上缺个文化局局长。之前的局长领导不满意，想撤换，想换一种文化思路。又给他说了年薪多少。

"我不光为钱做事。"他在电话里说。

后来他辞掉公职，去了那里担任文化局局长。

不知为什么，这几年过去，他对挣钱的事没什么兴趣。但是到大池子里去见识见识，他觉得自己是长见识了。市级、世界、国际，各种高人，那些文化产业界是怎么一回事儿，1个亿怎么花出去的，10个亿怎么挣回来的，他觉得自己，开始有了一些独立思考和鉴别的能力了。

无非是国际对接，文化对价，江山地盘越打越大，上级也表扬，认为他是领兵打仗的大师之才。不过，他基本上也有一些能力，可以对自己的虚荣心有所控制了。自古荣誉越让越多，利益越争越少。

他一开始来时，文化局只有五六个人，如何布局产业体系，划分几个产业片区，实现数字化，三年搏击，他明白了一个道理：作为政府的新区，它要有产业，它有义务也必须培养未来支柱产业；作为企业的新区，它的运营、地产、各种新型公司，是另外一种表达形式。一直以来的政府职能，核心是地产思维，除了卖地，还是卖地。他觉得除了这些，还应该找到另一条出路：文化产业思维。不然，纯粹的商业地产，它就是一个水泥森林。所以，第一个中国诗歌节，世界各地文艺团队演出，国际文化节，一个接着一个，在他的手里点燃火炬。他都没有时间庆祝胜利。一件事刚干完，另一件事就来了。燃烧，燃烧时间和生命，就是他那一段时间的感受。后来他们文化局干的事情越来越多，队伍也越来越大。他对他们的要求也很简单：

"工作是你们的事，你们的事是我的事。不需分心，只需干好你们的本职工作，你们提拔进步的事是我考虑的，我保证咱这一亩三分地，不入俗流，不受污染，让想干事的人和能干事的人充分发挥作用。"

他一直认为，世界上不可战胜的力量，是工作方法。只是每一件工作，都要具体到厘清目标，一箭到底，围绕目标，组织资源，实现目标。在他眼里，这几乎算是一个人生方法。他给下属们打电话，铃响三声，必须接，没人接他火气就上来了，因为事情实在太多了，没办法。回家洗澡时都得用塑料纸包着手机，接不到一个电话，就有可能耽误一大堆事情。

跟着他工作，简直就是魔鬼训练。和他一起工作共事，每个人光是从观念上，可能就要蜕几层皮。他需要的是工作的专注力和爆发力，他也不知他这么偏执地苛求工作上的完美，究竟是为了啥。一个人，假如能和他一起工作三个月以上，基本上就可以出师，在沙漠中都可以存活下来了。

产业对价、国际艺术，出书，他甚至写了几本书。他把他认为得意的那些想法，都写进书里，并且销量不错。他很高兴他的书没有像其他书一样，浪费纸张和滞销。他认为产业也是一种艺术，而艺术就是上帝的语言。他所有的做事过程，就是找到这种特殊的语言。

自然他可能又要得到上级的提拔。他成了业界的传说，或是传奇，上马可以横刀立马，下马可以著书立说。不过池子大了，暗流汹涌也是常事。自然各种黏附胶着，复杂程度也就难免，他又只是一个特别热衷于冲在一线干事情的人，几乎可以说是实验性人生，其他背后桌子底下的事情，他根本不屑于去弄。所以，不论他多么被看好，本事大的要吃天了，自然也常常会有出马枪，自古都是明枪易躲，暗箭难防。

提拔的事，最后自然也就要凉了。凉了就凉了。所以，就在那个下雨的午后，他搬走他的十几纸箱书籍，只身去他的新单位报到。除了这些翻旧的书籍以外，他就没什么东西可搬了。

他的新单位，就是目前他接到这个偏远项目的文化投资总公司。

好吧，这也没有什么不好，他甚至认为可能又要开始一番新的折腾。

他甚至固执地认为，除了那些固有的书籍，他还收获了一些人心。或许是吧，他可能就是和旁人的侧重点有所不同。比如，他的好兄弟俞红。在文化局时他需要能干事的人手，朋友推荐给他，后来在工作中认识了这个人，新华社驻站记者出身，是个江南才子，为了和媳妇团聚，才到西安来闯荡。有才，人好，又勤奋，他总认为，这个年轻人的未来也是不可限量的。也是一位思考者，而且思考问题时比较周全，有头脑。一些工作计划，他总爱头脑一热，就要实施，有时就会有意无意得罪一些利益相关者，得罪了他也不管不顾。而俞红就会去修复一些，工作实施能力也强。

而今，两周之后，他们又要去一个新的战场了，虽然跟着他一起工作，有时山高顶峰，有时又可能会坐冷板凳，但是，他这位兄弟，都几乎没有什么犹豫，就跟着他出来。过去的经验，现在的状态或是未来的趋势，也可能都是扯淡，几乎都是重新从零开始，冲锋陷阵了，这才是本质。

他还能说些什么呢。或许这就是事情的本质。说白了本身就科学而言，所有飞机航线的飞行，事实上都并不在飞行航线上，而飞机驾驶员一路上所做的事情，就是一直都在纠偏。

那么你坐在那样的飞机上，你会担心飞机掉下来吗？如果你了解实际偏离航线的情况，或许也是会担心的。只是可能大部分坐上飞机的人，都不知道这个事实而已。而有些人，或许是知道这个科学道理的，但是，他可能还是会选择坐上这趟飞机。因为他可能是对航行本身，更感兴趣。

他总是在顺心或是不怎么顺心的时候，点上一支烟，心里默默地想：

"其实社会上，一定有比金钱更重要的东西，只是人们慢慢把它忘记了。"

年轻时他喜欢罗曼·罗兰的《约翰·克利斯朵夫》，扉页上的那句话，他记在了他的本子上，后来有时也会忘却，但有时，又会记起来：

"献给各国的受苦、奋斗，而必战胜的自由灵魂。"在他看来，自由或许就是常常失去，而一无所有时，又开始继续旅行。

或许十年之后的某一个下午，或许就在此刻当下，他坐下来喝了一杯茶，简单地有一会儿出神，他可能会思考一个问题，人和神的问题，人和神的关系。有时候人们评价一个人，会说：

"你像神一样存在。"

或者是说："你这个神人。"心念一闪，震动四方。

他想，或许认识自己的人，也就认识神。人身上的神性还是神身上的人性，或许当人发现自己身上的神性时，神才能安坐庙堂。

所以，甚至在旁人看来，他几乎也是一个有调性的人了。

就是这样，跌跌撞撞，再过两周，他就要带着他的不着调或是有些不靠谱的十三个人的前期小团队，上山去了。他迷迷糊糊，半夜从被窝里爬起来，写了一首歌《追梦照金》：

"阳光普照，遍地似金，燃烧青春，山水之间流淌着多少代人追梦的脚印……"

天亮以后，他去找以前做音乐的朋友帮忙，谱好了曲子。

第四章
时间倒转的过程

2012年的8月19日，这个日子在旁人看来，可能并没有什么特别。是的，季节看起来很随和，和往年一样，完全是一个标准的夏末初秋的样子。天上下着蒙蒙细雨，有一点儿风，不冷不热。雨中的大雾，把城市的一大部分面目很好地掩饰起来，捉摸不定，忽隐忽现，尤其是眼睛看不清的远方，更像是一个未知。

今天是他们上山的日子。一大早，十几个人陆陆续续来到他们集合的地点，他们乘坐一辆中巴，一起出发，要上山了。

赵海涛看了一下人数，俞红、严宇、王建、屈军、李军、张秦、老康、武悦、薛帆、刘鑫、冯康、肖娥，加上他自己，不多不少，正好十三个人。

他看着这些人，背着背包，提着行李，远离大城市，这个马上就要去深山荒野攻坚的小团队，他们的学历和经历都不同，但是，还好，没有一个人脱队。从今天开始，他就要依靠这个小团队了。对他来说，这当然不能算是负担，相反，可能更是一种思想、脑筋上的激发也说不定。而且接下来还有很多事情，都需要他去了解。

中巴车逐渐开出市区。

肖娥看见薛帆带着一大包衣服和零食，从火腿肠、方便面到瓜子、糖果一样不少，把她吓了一跳，惊奇地问她：

"你打算一辈子住到山沟里吗？带了这么一大堆吃的喝的。"车上只有她们两个女生，她们挨着坐在最后一排。

"我不知道去了会怎么样，有备无患总是好一些。"

"你在外国留过学，难道是饿怕了？"

两个姑娘低声笑了起来。

因为马上就要离开大家熟悉的生活环境，去一个几乎不怎么了解的新地方，大家的心情五味杂陈。也说不清是彷徨还是紧张，大家互相谈论了一些天气、道路、行李，不知道什么时候才能回来之类的话题，就陷入了沉默。中巴车的气氛有一些不自然。

赵海涛把自己连夜写的歌词《追梦照金》拿出来，他已请朋友普好了曲子，提前打印出来，他把歌词和曲谱分发给大家，他站在中巴车的前排，靠着座椅，打着节拍，带着大家唱起来：

"阳光普照，遍地似金，燃烧青春，山水之间流淌着多少代人追梦的脚印……桥山绵绵，丹霞似锦，曾经多少岁月燃情，如今梦想缤纷，在爱的大地上书写着民生的温情……"

唱着唱着，唱了一遍，大家又接着唱起来。也不知是因为紧张还是因为激动，大家都说不清了，几乎是莫名其妙、毫无节奏地喊了起来：

"啊，红色的山岭，永远的深情，照亮这金色的梦想……"

他们一路上唱着关于梦想的歌曲，想象着各自不同的梦想，一群看起来有些不靠谱的年轻人，向山里开拔。

汽车行驶了将近一个多小时，才走了全程的三分之一都不到，就已经进入了山区公路。老国道坑坑洼洼，崎岖不平。左晃右晃，把人晃得迷迷糊糊，直犯困。

有几个忍不住打起瞌睡来。也有几个怎么都睡不着，神情好像有些担忧，忍不住小声问身边的同伴说：

"你确定就我们这十三个人的小团队，能干出什么惊天动地的大事来？"

"谁知道呢……"旁边的人随口应道。

赵海涛听到大家小声议论，他高傲的那一面又出来了，他又在前排站起来，告诉大家说：

"大家可能对我们的未来还不是很清楚，但是，我敢负责任地说，大家今后这几年，一定会不虚此行。我今天对着咱一路上这些山神土地爷向大家保证，我会让你们在未来这几年，登上事业的巅峰，绝不会让想干事和能干事的人寒心。"

当然啦，他们眼前这个看起来认真而沉稳的男人，他或许真的不赖，这些话也或许并不是假话，也不是吹牛，给他们一点儿时间，这些都不成问题，早晚都会实现的。至于他们认识这个男人以前，他们或许并不了解，但是现在，他们为了某一个有可能实现的构想，走到了一起。

"知道大自然为什么会刮风，为什么会下雨吗？是为了超越而刮风，为了逗留而下雨。我们都赶上了，唯有这样的超越和逗留，咱们才有可能飞翔。"赵海涛又说。

虽然大家大部分是刚接触赵海涛这个人，也都感觉到了这个男人身上的哲学气质，动不动就要长篇大论讲哲学问题，那么，就在这辆中巴车上，给他取个外号，就叫他哲学总裁吧。所以，大家在赵海涛非常认真严肃的哲学气氛中，又变得活跃起来，毕竟都是一伙年轻人，年轻人对于这些，总是很容易叨上钩。有人马上开玩笑说：

"赵总，咱们可是照金项目第一批上山的突击队员，没错吧？"

"那当然啦！要说咱是敢死队那有些过火，咱不过就是离家远一点儿，又不是去送死。不多不少，咱们这十三个人，也是一个有模有样的小团队了。咱们后续还要继续招聘新同事到岗，不管咋说，咱们可是第一批上山的先头精锐部队啊。"

一路盘山，盘啊盘啊，没完没了。沟底有一条小河，闯入大家的视线。虽然在颠簸的汽车上，隔着车窗玻璃，看起来河水清澈动人，河面很浅，看得见水底，时而流向这里，时而流向那里。这条小河，倒是没有被人忽视，先是一个人发现了它，紧接着大家都发现了它，有几个人激动地叫起来：

"快看，小河。"

"啊，小河。"

或许它是从山涧深处流出来的，这些事物对于久居大城市的人来说，真是极大的惊喜。有几个人侧脸去看，水声潺潺，就像是从他们的身边流淌而过。

"啊，这是从哪里来的小河……"

几个人小声惊叹，马上把大家几个小时坐车的疲倦赶走了。并且感到惊奇。这些小河，从来没有这么贴近过他们，这么安静、祥和，从来没有变得和他们的工作有关系，但是以后不同了，这很可能就是他们以后经常打交道的东西，几乎都有些感动和不可思议。如果不是对未来的一点点不安，和长途山路的疲倦，这些小河简直就是福星，就是他们眼下最想要的东西了。丛林的颜色，青翠碧绿，大地的颜色也是这样奢侈，和大城市完全不同，能如此近距离地亲近大自然，对他们来说，也算是个安慰了。

中巴车继续向山谷深处前行。现在深山和河流都有了，还有山谷后面看不清楚的迷雾，还有细雨，真让他们感到新奇和振奋。除此之外，还有他们的行李和衣服。哦，确实，从今天晚上开始，他们就要在这深山里歇息，他们真的带了好多东西，衣服，生活用品，甚至有人怕吃不惯这里的食物，还带了巧克力和各种肉食。再多带的话，恐怕这辆车都装不下了。

中巴车一直在山谷中盘旋，爬坡，发动机的声音，听起来也像是气喘吁吁的。旁边的女演员可能是被摇晃的瞌睡劲儿上来了，不再左瞧瞧，右瞧瞧，靠在座位上开始打瞌睡。薛帆把脸贴在车窗玻璃上，照见自己的脸，这张脸，显然让她自己很满意，虽然她天生也算美人，或许正因如此，在她的少女时代，也就没什么朋友。或许还有，因为她来自一个乡下的小煤矿，后来上大学的时候，虽然去了大城市，还是经常被人另眼相看，这让她心里憋了一口气，后来执意去了英国留学。上了研究生，虽然她的学习成绩很好，头脑也很聪明，心地也善良，其他方面也不逊色，可是，那些男生们，好像还是看不到她身上独有的魅力，转而便向另外的姑娘献殷勤去了，只剩下她孤身一人。此刻，这辆不算新的中巴车，载着她的月薪和梦想，一直在山道上盘旋，她贴在车窗玻璃上的脸，像一朵花儿一样，或许假以时日，这朵花儿，就会像一只花蝴蝶一样绽放，接下来，也许就是鹏程万里了。谁能知道呢？这段时间，出国，回国，找工作，打拼，薛帆，你辛苦了！她对着车窗玻璃上的一张笑眯眯的脸，对自己暖心地说。嘿，人生不就是如此吗。或许正是因为人们无法预知，未来才会更使人无限遐想。

又是一个很大的弯道。大家渐渐变得有耐心起来，基本上能平静地接受眼前的山路和时断时续的小溪了。路旁的山坡上长满荆棘，看起来波澜起伏，以后，他们很可能会有足够的时间和这些山沟打交道，这一切都像是上天提前安排好的一样。这一群人，先是一通紧锣密鼓的招兵买马，然后就是这一群山南海北思想各异的年轻人，带着衣服、生活用品，像是要在这里打江山似的，在这某一条山沟沟里安营扎寨了。要不是这样，在这一座座大山里，还真找不到这样一群年轻人。那就把这看作命运罢了，有时候莫名其妙地，往不可知的未来那里走上几步，或许也是一件好事。

当然还有一件事情不能忘了。夏天的时候，赵海涛一趟趟来这山里的时候，他都住在那一对老人家的家里，这次他来，带着这个先遣团队，打算长期驻扎在这里的时候，他给老人家带了一些城里好吃的东西，送给他们。

到达照金镇上的时候，已是午后一点了，他们在镇政府的灶上吃了一顿非常简单的午饭，简单到超出大家的想象，桌子和碗筷，都像是蒙了一层灰尘。赵海涛对大家说：

"别嫌弃伙食不好，这里的老百姓，可能连这个伙食都没有。别以为你们是来享福的。你们以前在城里，享福太多啦。以后超出大家想象的事还会有很多。难道你们认为来这山里，是享福来了吗？我也是铁了心了，就是要给大家一个不一般的事业体验。这里就是这个条件，你们都想清楚了，也给自己心里打好预防针。不愿意吃这苦的，我看可以趁早回家。"

大家谁说什么了吗，也只是吃饭的时候，看见黑乎乎的镇政府破旧的食堂和皱巴巴的饭菜，吃惊地瞪大了眼睛而已。

但是赵海涛看见大家这副表情，心里就好像窝上了火气，就跟大家情绪上有点不对盘。可能他是看不惯这些年轻人，一路上的激情高涨哪里去了，看见一顿朴素的乡下饭菜，就一脸蒙了，以后要如何在这里开展工作？

吃了午饭，在山坡上煤老板还没完全装修出来的酒店里先住下来。因为正在装修，还没有来得及开业，所以装修的味道很重。

下午队形散开，按照赵海涛的安排，两个人一个小组，分成若干个小组，挨家挨户去做群众的思想工作，宣传拆迁政策。

一个老婆婆牵着一头牛在镇子的土坡上放牧，老黄牛在吃草，老婆婆在晒太阳，薛帆和肖娥两个姑娘一组，问老婆婆：

"大娘，那是什么？是一头老黄牛吗？"

"不是，是俺们乡下人的神。"她把牛鼻子上的绳子动了一下，说，

"到季节以后，它会耕地，会发出叫声，还会产崽子，给咱家生下个小神神。"

"大娘，您家里有几口人？您丈夫在家吗？"

"他在地里干活。娃娃们都出门打工去了。"

"咱们这里要拆迁，您听说了吗？"年轻姑娘很小心地问道。

"拆迁？谁说的？"

"是真的，我们照金公司来这里，就是想了解一下老人家您的想法。"

"照金公司是个啥？大娘不知道。大娘老了。"

"大娘，我们照金公司，就是要在咱们这里搞建设，就是想让大娘以后过上更好的日子。"两个姑娘，尽力想把赵海涛一路上灌输的思路理清楚，也想给大娘解释清楚。

"大娘是听邻居们说，土地都是国家的，家里头的这些牛呀鸡呀的，可都是大娘的。"

"是啊是啊，您这儿的每一寸土地和每一点儿东西，都是你们用自己的汗水换来的。"

"那咋说拆就拆了呢？老祖辈的坟地都在这里，几辈辈人了拆了要到哪里住啊？"大娘摆弄着手里的缰绳，眼神迷茫，四处张望。

土地，山林，就在这里，他们一点一点种出来的庄稼和植物，一年四季，又铲又刨的，在地里寻找食物。吃的喝的，都是这土地里长出来的，他们和这土地，相依为命的时间太久、太久啦！

几个小组的年轻人，在这个山沟沟里一分布，几乎什么都看不清了。这个山沟，在一整座一整座的山边夹缝中间，用人的肉眼看起来，狭小细长，实际上容量很大，这十几个年轻人，说话之间，就进入各家各户，边坡沟壑，很快就看不见个人影儿啦。

一个老大爷，在村口的地头上歇息，他刚把这块地从杂草中间开挖出来，给地块上了粪土，明年打算种上玉米。他也听说了镇上好像要拆迁，风言风语的，说好的，说赖的，说什么的都有。哪天要是在街道上遇到出来吃饭的镇上干部了，好好问一下，这段时间听说的拆迁，到底是咋回事情，难道是真的吗？祖祖辈辈都是这个样子的这里，要变成什么样子？可镇上那些干部，也不是随便能搭上话的。

谁知这一天，镇上的一位小干部，倒是夹着一个本子，找到他这儿，还带了一个同伴。没错，来人正是镇上的一位年轻小伙儿，还带了一位照金公司的小伙子。

这位镇干部，看了一眼广阔的山坡，还有老大爷新开出来的一片荒地，荒地的黄土，抹得光溜溜的，一看就是一位种庄稼的行家里手，他这样问道：

"大爷，这么一大片荒地，你开了几天？你不会认为国家的土地，你可以随便都变成自己的吧？"

正在擦汗的大爷，一下子沉默了，也可能是被吓了一跳。

"你之前应该在这附近，开过几块荒地，我都没有说过你。"

"是。"大爷神情黯然地说。

镇上的干部挥动着双臂，滔滔不绝地说了很多。这块地的国家属性、估价，然后又说到几块荒地的边界问题，国家的各项政策。听他说的时候，大爷可能也觉得他说得有道理，频频地点头。镇干部转向他带来的同伴，照金公司负责拆迁的年轻人，开玩笑似的问：

"你们公司要来拆迁，你看这块地的面积有多大？你打算赔给他多少钱呢？"

还没等他的同伴回答，自己报了一个数字。当然，是他估计的。接着，他又问了问老大爷一年收成多少，粮食能卖多少钱，为什么要开这块荒地，以及国家土地的地界问题。他们不可能拿着尺子，一寸一寸地去丈量这个地块，而到了盛夏，这里几乎被荒草淹没，根本就没有人会重视这些。老大爷能知道这块地有多大吗？当然知道。他一眼望过去，就能知道这块地能有多大。

"你将来要报上确切的数字，才能给你算出赔偿款。其实，这些荒地，也都是国家的土地。不过，话说得好听一点，也有可能给你一些赔偿。"

"嗯。"

"当然，不可能你想要多少，就给你赔偿多少。而是给你们适当的赔偿。毕竟你们是靠这些土地为生的。"

"嗯。"老大爷神情慌乱地答应着。这两个年轻人，到底是什么样的人？来这里说这些话，到底是为了什么？

"大爷，你想过咱们这里马上就要拆迁了吗？"

"我不知道，我还没有想过，这是不是真的？"

"我说的当然是真的，你没有看见我带来的这个年轻人吗？他就是来这里拆迁的人，照金公司的人。"

"啊……"老大爷看看站在旁边的年轻人，"照金公司？那是哪里的公司啊……"

"省城来的公司。这个你就不用管啦。你就想想，看你愿不愿意把你手里这些荒地，变成现钱……"

"变成现钱……大概能变成多少现钱？"

"说不好，要看什么情况啦……说实话，看你这么辛辛苦苦开出一块荒地，虽然是国家的土地，不过，咱们会考虑给你一些适当的赔偿的……打报告的时候，我会给你说几句好话的，尽量给你争取一些，你们这个家族，在咱镇上，是个大家族，你要是能带头支持这个拆迁，到时候我看看，能给你多少赔偿款。"

"啊……"大爷并没有急于表态，也可能是不知道该怎么表达自己的心态。当他干完活，突然听说，这里可能真的要拆迁，似乎也并没有想象中的那么高兴。他不知道该怎么办，打算继续种地，和之前做的一样，播种，收获，虽然日子过得不富裕，但是，自己不种地能干什么呢？不管发生什么事情，他都只会在土地上种植。

后来他们又在地畔上说了几句话，他们又谈起这块地可能会得到的赔偿款，小伙子又说："大爷，我们很快有专门的人来测量赔付的，我也会给照金公司的工作组，提出意见和建议。你这块地挺好的，但是说真的，这确实也是国家的土地。"

大爷靠着铁锹的手有些颤抖。他小心翼翼，很小声地解释，也不是整个山坡都是荒地，只是零零星星的几个小块拼在了一起，他也没有动用国家的土地，他只是在自家的土地边坡，出了一点力，下了一点苦，在耕地旁边，做了一点改善。

"当然，我会给你多争取一点儿赔偿款的，我也想多给你一点儿，但是这也不由我，国家会有规定的，不会让大爷你吃亏就是了。"小伙子又说。

大爷仍是半信半疑，没有轻易发表自己的意见，而是给自己卷了一根旱烟，坐在地头，"滋滋滋滋"地吸了起来。

据说另一个小组的工作进展，也不怎么顺利。他们走进一户人家，一位大爷正在院子里整理他住的土坯房，房子有点儿漏雨，他正在往墙

第四章　时间倒转的过程

上的缝隙里抹泥灰。照金公司的两个年轻人说明来意，大爷停下手里的活儿，招呼他们坐在院子里，拿出一把干透了的旱烟叶子，在手里碾碎，坐在院子里的石条上，看着这两个陌生人。他们说的话，因为口音或是什么原因，他有几句能听得懂，另外的一大部分都听不懂，所以脸上的表情，看起来就好像是一脸不了解或是嫌弃的样子。

两个年轻人讲述了半天，他才大概听出一点儿眉目，问：

"拆迁？是谁说的？我没听说，我不知道。"大爷掏出他的烟袋锅子，点起了烟，放在嘴里，"滋滋滋滋"地抽开了烟，"是我自己坡后种的，旱烟叶子。这烟劲儿大。你们没见过。"真是奇怪的烟斗，大爷的脸上布满皱纹，上面像是刻上了岁月的符咒。作为"80后"的他们，除了在以前的老电影里，怎么也没有见过这个东西。那种老电影，现在也早就绝迹了，所以，他们就像是真的穿越回了过去的岁月。

"不用说，你们这些年轻人，都很厉害。"大爷又有些奉承似的说，"大爷这一辈子，都没见过城里来的年轻人……"

"是吗？"

"是啊，不怕你们笑话，大爷一辈子没出过这个山沟。"说着，把烟袋锅子磕掉，他已经抽了一锅烟了。

年轻人惊呆了，现在还有这样的人吗？

"大爷，以后咱们这里建设好了，好多外头的人都可以来这里旅游，大爷您也可以到山沟外面去旅游。"

"真的吗？去旅游？"大爷疑惑地问，目光躲闪，手里一直在摆弄他的烟袋锅子。

"当然是真的啦，大爷。"两个人和大爷渐渐地熟络起来，但是一说到拆迁，大爷就不吐口了。

晚上，照金公司和镇政府两家的全部人马聚在一起开会，讨论拆迁问题。设计再好，拆迁是最大的制约。连夜布置，组织农民，和政府讨论征迁方案。各个小组汇报了下去登门入户的大致情况，简单摸了个底，概括来说，几乎所有的乡亲们，大家多多少少都有疑虑。不知道拆迁意味着什么，也不知道将来的前途是什么，对这些陌生的年轻人没什么信任感，甚至内心还有一些抵触情绪，怕吃亏，也有的是情感上舍不得这个老地方、老家产、老祖业。

赵海涛在会上说：

"我们要开一个拆迁动员大会，把农民叫到一块，我们要给大家讲清政策，让大家心服口服。"

镇上一位副书记说："那样不行，根本不能开动员会，必须各个击破，这些群众，根本不敢叫到一块，如果一村子的人一起哄，就要出大问题。"

赵海涛说："不行。我们坚决要开会，会上我来讲，我出面给乡亲们讲清楚。我们不要动不动就害怕面对群众。我们是来为乡亲们搞建设的，又不是来偷来抢的，如果我们真的是为群众着想的，那为什么会害怕和群众见面？"

镇上的领导，虽然根本不看好这种办法，但是一来拗不过赵海涛；二来也想给这个说话不靠谱的年轻人一个深刻的教训。你一个动员会，能解决什么问题？扯淡。所以，镇上几位镇长、副镇长什么的，都不说话了。大家心想，就让他去碰上一鼻子灰，再回来求我们这些和农民打了一辈子交道的基层干部吧。

接着讨论在什么地方开动员会。

镇上的领导开始说，在小学的小操场，小学操场露天地方大，沟沟岔岔大人小孩都能容纳得下。赵海涛说：

"不行，小学操场孩子哭大人叫的，一下子就乱场了，谁还有心听你的政策。就放在这个新装修的酒店里，这种新鲜场合，本身就是一种完全的冲击和变化。虽然在乡亲们家门口呢，乡亲们还是不敢进酒店，缩手缩脚的，可能酒店那个旋转门，他们都不会进。可是为什么我们执意要放在酒店里来开？因为我们就是要告诉乡亲们，这就是他们的未来。如果是在到处鸡跳狗跑的操场开，你一言我一语，乱七八糟，一下子就乱套了。将来的照金，比这个煤矿老板的酒店，要漂亮的多，阔气的多，而且将来都是乡亲们的产业。这都是细节，很重要，不但是转化主场，更具有一种聚合的心理作用。"

接下来的几天，布置好酒店会议大厅，彩带、鲜花、大红地毯、矿泉水、一次性纸杯、热茶水供应，一样都不能少。鲜花这里是没有，但是出门坡上，有的是色彩斑斓的野花，这个季节，正开的火热疯狂呢。

晚上，紧接着他们十三个人开了一个会，现场布置任务，立即动手连夜做一个村民手册，薄薄的那种，就是几个问题，一问一答，画上简单的图画。

公司十三个人一起出动，去给每一家村民发送邀请，登记人数，会场领位，8月23号，在煤老板的酒店会议室大厅，第一次村民拆迁动员大会正式召开。

年轻人大部分外出打工不在家，大部分是这些留守的老人和妇女们来开的动员大会。

这些老人、妇女和小孩子，他们在酒店的旋转大门外，转来转去，两腿有些打战，倒背着两只手，像是怕别人看出他们内心的好奇和不安来，站在门外，熙熙攘攘，绕来绕去，就是不知道如何进那道旋转玻璃门。

要是在以前，虽然这道门就在他们眼前，但是他们一辈子，都不会想着要踏进这扇未知的大门。

此刻，他们被照金公司的年轻人们，一位一位请进会场，就像做梦一样。第一次踩在软绵绵的大红地毯上，端着身子，坐在各自的位置上，桌子上一人一杯浓浓的热茶水，还有每人一瓶矿泉水，一人一本小册子，册子上面印着照金未来的样子，住宅区、学校、医院、牧场花园、酒店、道路、广场，如画般展现在他们沟壑纵横的手里。

赵海涛在这个山沟沟里召开的形式有些特别的拆迁动员大会上说：

"照金的各位父老乡亲，大家好。我是照金公司董事长兼总经理赵海涛。

"今天你们多少人不敢踩那个地毯，踩那个让你腿都发抖，但是明年这个时候，你家可能就是这样，我们搞旅游发展，照金的明天就是一个比这里漂亮一百倍的大花园，咱们就是要建设景镇合一。"

会场上几乎是鸦雀无声。大部分老人们坐在崭新的椅子上，手里拿着一瓶矿泉水，拧来拧去，也不喝，就看着赵海涛在他们面前说话。

赵海涛手里也没什么稿子，只是用情感在和大家拉话。布置会场的时候，他没有让布置讲台，所以，现在他和大家，就站在一个平面上，就像平时一样，拿着话筒，和大家面对面地拉话：

"乡亲们可能也一言半语地听说过，去年8月，我们开始负责照金城镇规划工作，到现在整整一年了。这一年，我们的设计队伍、策划队伍，已经跑了好多趟，已经对照金有了很深的感情。

"当年，刘志丹、谢子长、习仲勋等老一辈无产阶级革命家打天下，在咱们照金建立陕甘边革命根据地，就是来照金追梦，就是为了让咱老百姓过上好日子。今天，我们照金公司到咱们山里来工作，其中有留洋的，有博士生、硕士生，也一块来追梦。我们和老一辈革命家一样，追同样的梦，就是让百姓过上好日子。所以我们的口号就是'红色即民生'，无伤痕开发，就是要切切实实地给大家办好事。大家说对不对啊？"

会场上出奇的安静，每一位老乡，都睁大眼睛，生怕漏听一个字，他们第一次来这种奇怪的地方。在他们看来，简直就是金碧辉煌，使他们大部分时间，头都不敢抬，眼睛里的视线，也不知道往哪里搁放，就直勾勾地看着站在他们头一排几步远的地方，手里拿着话筒，和他们说话的赵海涛：

"乡亲们，田园牧歌、红色照金——这就是我们对梦想的概括。我们有信心，通过两到三年的努力，把照金镇建成国内一流的文化休闲小镇。

"咱们照金，在咱们国家的革命早期当中是一个什么样的历史地位？用一句话概括，就是'两点一存'。'两点'是什么？一个是党中央、红军长征的落脚点；一个就是抗日战争的出发点。'一存'就是硕果仅存，土地革命后期硕果仅存的革命根据地。而照金，就是西北革命的源头。老一辈革命家、国务院原副总理习仲勋说过一句话，'是照金的人民群众，救了我，给了我新的生命。'那个时候人很穷，吃不饱穿不暖，习仲勋在这一带受伤的时候，群众冒着生命危险把他掩藏起来，悄悄接济吃的、喝的。那时的一个馒头，大概比我们今天的一百斤粮食都值钱。他们把自己的财产、粮食省下来给革命人员用、吃，还随时有可能被国民党抓住、杀头……"

有几位乡亲，听到这里，眼眶就悄悄地湿了。主动鼓起掌来。这几位鼓掌的人，正是当年红军的后人，但是甚至就连他们自己，也都忘却了这些点滴。多少年之后的今天，听到有人提到那一段历史，勾起他们已经变得有些陌生的感情，不禁使他们的眼睛，变得模糊起来。

"乡亲们，我们就是要寻觅这些过去的时间和历史，重温他们追寻过的梦想，重温乡亲们的梦想。所以说，今天，也是改写照金历史的一天，转变，不仅仅是住在一个水、电、气、暖非常完备的房子里；转变，更要从我们的观念开始。不知道乡亲们想过这些事情没有？"

乡亲们互相疑惑地看看周围的同伴，都没有说话。不知道说什么才好。这件事情，头绪太多，他们一时根本无法适应过来，只是看着赵海涛对着他们说话。赵海涛在说话的时候，从场地的一端，走到另一端，然后再从另一端走过来，他竭力想看清每一位乡亲的脸，但说真的，他也不知道乡亲们对他说的话，能接受几成，他自己也很忐忑。所以，他只看见一双双疑惑、迷茫，甚至都有些不安的眼睛。但是他不能退缩，他必须坚信这一切可以打动乡亲们，可以给乡亲们说清楚他们的意图，说清楚未来的改变。所以，他接着又说：

"咱们照金红色旅游景区，规划了12平方公里，处于国家级丹霞地质公园之中，根据咱们这里的地形地貌，规划了'一带五区'的格局。'一带'，就是丹霞风貌和红色文化景观带，'五区'就是照金红色旅游名镇、渭北田园生态走廊、薛家寨景区、陈家坡景区和香山景区，整个大景区建成以后，首先造福的，就是咱照金人啊。

"咱们这里，山林密布、植被丰富，我们的规划建设的原则是，坚决保护生态、不破坏山体，进行无伤痕开发。我们规划的主旨，是对红色历史文化进行系统提升，原先的1933旧纪念馆广场，我们要进行修整，尽可能减少浪费，实现新的改造提升，使这个广场变得更美，更符合居民和游客的感受。再比如说，广场西侧的山坡是退耕还林带，将来要设计一个主题公园，一日看尽陕甘边，将陕甘边革命的重大历史节点和故事，在咱们这里集中展示。"

说到这里，他环顾四周，乡亲们默默地听着，偶尔咳嗽一声，一双双青筋纵横交错的双手，一会儿举起来，一会儿放下去，不知往哪里搁放才好。他们一知半解地听着这个年轻人，和他们说话。

但是，他们不知道该如何回答，他们自己也不知道自己有没有信心。这是实话，从他们迷茫的视线里，就可以看出这一点来。哎，也许时间和历史总是如此循环，以前老一辈打江山闯天下的时候，可能也经历过这些模糊不清的摸索，在这些探索的路上，总会有人在跌跌撞撞地往前奔着，试图追上前面那些开创者们开拓的道路。这些过程，都很常见。他停顿了一下，对着坐在前排的几位乡亲们笑笑，又说：

"乡亲们，我能理解大家心里的疑虑。我们正式来这里驻扎下来开展工作，也只有短短的三天时间。但是我今天，就是想和大家说一说心里话。我们说，要建设国内一流的红色文化休闲名镇，那么休闲要怎么做？后山将规划建设成非常打眼、漂亮的照金牧场，发展休闲观光体验游，将休闲观光和大地景观相结合，将大地景观与现代农业相结合，将现代农业与乡亲们的就业相结合，吸引城里人到我们这里来旅游，来增加咱们乡亲们方方面面的收入。今天的这个宾馆，红毯铺地，这就是我们的明天，这没有什么了不起的，只要我们发展，我们有钱了，我们就能在大自然的怀抱里，过上这样的生活！干部培训中心、省团校分校、酒店、会所、牧场、客栈，冬天可以在滑雪场工作，一年四季，就在咱们自家门口，乡亲们都有工作！咱们照金人的将来，就是这样的大气势、大格局。今天的征迁，就代表着照金人民的观念转变开始了。所有的变化，将要从咱们的头脑开始，所有的变化，从咱们的脚下开始。"

终于，一直规规矩矩坐着的乡亲们，开始了窃窃私语：

"什么啊？客栈？宾馆？啥牧场啊、滑雪场啊，是咱们这里吗？简直不能信哩，孩子他爸，你信吗？那是什么啊？是在哄人吧。光是把咱手里的一点土地，没收走，把咱撂在空里，是不是啊？"

大家开始小声议论起来："这是真的吗？咱们这里，要变成什么样子的啊？全是哄人的吧？"

"牧场？你说的是真的吗？谁能保证，你说的是真的？"有些人坐不住了，急切地问道。

他看到乡亲们开始进入他的思路，开始发问，他马上笑着回答说：

"这位乡亲问得好啊。谁来保证这些梦想变成实际的呢？等咱们今天开完这个动员大会，如果大家愿意，咱们就可以在这张桌子上签订这些合同，土地征迁合同，劳务合同，农产品收购合同，咱们都会和大家正式签订合同，咱们一旦签订了这些合同，国家的法律就会保障大家的合法权益。乡亲们，咱们的国家会保证！"

说到这里，他觉得，乡亲们的情绪，仿佛已经开始了战战兢兢的想象，开始了丝丝入扣的探寻……

他不怕大家提问，他就怕大家不关心，或者是不去思谋这些事，只要大家介入，他就能把他们往好的方面去带。

他看看大家逐渐踊跃的表情，刚坐在这里时的迷茫、疑虑和距离感，正在一点一点慢慢融化。乡亲们内心的破冰之旅，要缓慢得多，但是，一旦破冰，乡亲们的纯真度也会很高。他对着乡亲们笑了笑，他握着话筒的手，已经出了汗，他把话筒换到另一只手上。

开弓没有回头箭。他又接着说：

"到明年 7 月份，大家就能住上新小区，小区内配套和城里一样，甚至比城里还要先进。目前我们设计了 60、90、120、140 平方米四种户型，到了明年 7 月，水电气暖全通了，大家搬着家具、抱着被子就能住进去，幸福的日子就开始了。小区里也有幼儿园，奶奶一下楼就把孙子送到幼儿园，让我们的孩子也享受和城里人一样的教育，让他们也有一个快乐而美好的童年记忆。我们的老年活动中心，老人们在那里跳舞，我们的文化室，老人们在那里娱乐，'老有所养、老有所乐'。咱们这片热土，出了一个非常伟大的画家，宋代三大山水画家之一，一代名师，他的名字叫范宽，他画了一幅稀世珍品，叫《溪山行旅图》，画的就是咱们的丹霞地貌。咱们这个社区前面有一条小溪，后面有山，我们把这个现代化的社区，叫作溪山新家园。"

乡亲们听他这么一说，脸上表现出一种惊奇的神情，他们祖祖辈辈住在这里，天天和这个地方打交道，但是他们一点儿都不知道，这里出过什么画家之类的大人物。但是，现在要把他们将来的居住小区，也叫这个名字，听到他对未来的描画，不知道该不该相信，不相信的话，机会会不会从此溜走，他们既担心又憧憬，既想希望又担心失望，他们的好奇心又上来了。

这个讲话的年轻人，他到底靠不靠谱呢？他说的话是不是真的呢？大家心里几乎是翻江倒海，五味杂陈，做着各种盘算，看着这个年轻人，在前面拿着一个话筒，一直对大家笑着，又听见他说：

"明年的 8 月，一定是照金最快乐的时刻。那时候，就在咱们这个山沟沟里欢庆，期待父老乡亲的重新归来。涉及乡亲们的利益，我们会按国家规定的赔付标准，给大家赔付，绝不会让大家吃亏受累。会后大家都可以到我们项目组去了解赔付标准，我们会给大家细心讲解，如果乡亲们愿意，我们很快就可以和大家签订拆迁合同，正式上门核实测量面积。我今天在这里给乡亲们承诺，我们一切按照国家规定，和我们将来签订的合同办事，我代表我们照金公司，也代表我个人，向乡亲们保证，我们对乡亲们今天所承诺过的，我们说到做到，绝不对乡亲们食言。"

一说到乡亲们的利益部分，大家的发言一下子急迫起来，问这问那，提出各种问题。渐渐地，大家把赵海涛和项目组的工作人员，团团围住……

或许这个脾气让人琢磨不透的年轻管理者，看来是召开了一个滴水不漏的会议，乡亲们聚在一起，并没有出现闹事和不讲理的局面。一个至关重要的开局。他的语言，仿佛让人无法驳倒，乡亲们想要找到不相信他的理由，但是他们无论怎么看，都找不到多少理由。而且他和大家说话，没念稿子，他手里也没有准备稿子，他就是和大家说话，时不时征求大家的意见，想了解大家的想法，这与以往干部们的工作方式截然不同。

不过，乡亲们最关心的还是赔偿款的多少，以及赔偿款的到位情况。所以会议开到最后，赵海涛和项目组的工作人员，基本上被大家围到中间，赵海涛大汗淋漓地表示，一定会遵守今天的所有承诺，尽力帮助乡亲们脱贫致富，他擦了一把汗，又说：

"我今天给大家承诺，我希望大家都能获得这个产业资本改善生活的机会，过上收入接近城里人，环境超过城里人的好日子。让这里秋天变成故事，冬天变成风景，春天变成梦想，夏天变成希望。咱们这里，有这个环境先决条件。我们给乡亲们设定了五道保险锁，保障乡亲们的个人利益最大化，咱们的第一道保险锁，就是全覆盖就业，大家失地以后，将来的生活怎么解决？大家都到咱们马上就要成立的照金村集团来上班，你就成了自己公司的主人公。咱们的酒店，咱们的纪念馆，咱们的牧场，都需要大量的产业工人，咱们所有的农产品合作化，都要统一回购，玉米面、核桃、小米、药材，都有地方统一销售。咱们的第二道保险锁……"他还没有说完，就被乡亲们的问话打断，大家对这五道保险锁，几乎像是着了魔，他急忙挥挥手，大声说：

"乡亲们不要着急，听我讲完，咱们的第二道保险锁，就是咱们手里的土地流转收入，每年有固定收入；咱们的第三道保险锁……"

"那公司要是亏了，还能保证给我们分钱吗？"有一位上了年纪的大爷喊道。其他人马上呼应："啊！是啊，你们的公司要是挣不了钱，你拿什么给我们发钱？"

赵海涛说："乡亲们放心，这个村集团，是咱们照金村自己的公司，咱们的旅游，咱们的农业合作社，咱们的政府服务项目，比如说，政府需要在咱们这个镇区打扫卫生，这些费用，都是咱们当地政府托底出钱的，所以，这些工作，将来都是咱们今天在座的乡亲们来完成，所以，咱们挣到的钱，都是乡亲们自己的钱！咱们的第三道保险锁，就是创业，咱们这里，就是城乡统筹农民创业的示范基地，乡亲们会成为未来农民的带头人和示范者啊……"

又有几个人打断他的话，急切地拉住他的手，问各种问题，他说：

"乡亲们，先让我把话说完，我一会儿给大家统一回答问题。咱们的第四道保险锁，就是咱们将来的商业街，咱们每家每户乡亲们，都能分到十平方米的商铺，大家可以自己经营，也可以委托咱们的村集团集体经营。乡亲们不要往前挤，听我把话说完……咱们的第五条保险锁，就是咱们的村集团分红，一年不低于10%的分红，除了集体土地入股的，每位乡亲们按人头，都有的分红，乡亲们还可以自愿入股，然后每年再分一次红，这个部分，等咱们拆迁完成，立刻就会成立照金村集团的招股大会……每一位乡亲们……呃，这五条保险锁……"

"啊，照金村集团……"

"五条保险锁……都是咋回事啊……"

这些前所未有的词汇一出口，几乎在人群里炸了锅……有史以来，这个小小的山村，这些几乎足不出山的乡亲们，第一次被这些目不暇接的新词汇、新问题推上了潮头。第一次听到这些新词汇的乡亲们，简直就是闻所未闻，想所未想，一头雾水啊……

拆迁的时候，一百多户同意拆迁的家户，公司准备了专门的摄影小组，一家一户，把他们一家人叫在一起，和他们的老房子合影，和他们的镂犁地耙合影，和他们的鸡鸭猫狗合影。他们都要搬去新的地方，都要开始新的生活。建立专门的影像档案，把他们老房子的照片和影像资料保存起来，等将来新房子下来，再把一家人叫到一起，再摄影，然后把这些所有的影像资料，和新房子的钥匙一起，交还给乡亲们手里。

接着就是那些不同意拆迁的乡亲们，其实也算不上是什么钉子户，只是每家有每家的实际遗留问题。就是说，让人感到最不可思议的中国农村的那些琐碎问题、顽固问题。所谓不同意拆迁的钉子户，他不是因为你拆迁给他赔偿的不够，而是他说在10年20年前，谁给了村上5万块钱，要盖学校什么的，但是后来根本没有见到什么学校，那现在你们要把那个钱公开，看那笔钱花到哪里去了。就是那些乡亲们，认为是不公平的陈年旧账，隐藏着很多和本次拆迁无关的问题。但是被掩盖的，他们无处诉求的大量的问题。他们都把这些旧账，都算到这些年过去的时间里，所发酵出来的不信任，现在就把这些事情，要求照金公司，要求赵海涛来解决这些不公平。

他感到他要永远记着这块地方。

这几天来发生的总体情况，使他清楚地看到，拆迁难，也不是难在本身，而是乡亲们要趁着有人和他们说说话的这个机会，解决很多问题。包括镇上配合拆迁的，当时遇到的问题，乡亲们那些所谓的钉子户，他们的问题是什么，诉求是什么，原因是什么？追溯起来，犹如高山坠石，自有其历史根源。

事实上到 9 月 10 日左右，整个镇区就很顺利地拆完了，照金这 10 天的小册子，就印出来了。想想那种工作节奏，就知道他们当时所面临的情况。

8 月 19 日他们开完会，23 日开的征迁动员会，这个时间节点，让他很难忘记。然后他记得总公司的上级领导，当时在 8 月 19 日布置完工作就出国了，9 月 10 日左右，来了照金，看见照金公司的工作进展，看见最难的拆迁部分，已经全部完成，那天晚上，领导在走廊上对他说：

"年轻人，你是英雄。我感到用英雄这个词，都不足以形容你。"那时候他记得是 9 月 12 日，省里的领导也给他打了一个电话，领导刚从国外回来，这是领导事后给他说的，一到国内打的第一个电话，就是给他打的，问他说：

"拆迁难度大不大？"

他说："已经拆完了。"

领导后来专门到山上，请大家吃了一顿农家乐，吃饭的时候，领导说：

"这个拆迁的事情我最担心，今天总算结束了。"领导回忆起当时回国给他打一个电话时的情景，说到那细节的时候，眼泪都出来了。省里搞了这么多年的拆迁和建设工作，知道拆迁难度是非常大的，但是领导根本没想到，照金公司这么快就弄完了。

事后他觉得，一般的政府官员，或多或少，好像总是有一点儿害怕见老百姓的面，这是为什么？可能因为他不是政府官员，所以他并不害怕见老百姓，他愿意听一听老百姓的问题和意见，他们心里的真实想法，能帮助他们解决什么样的实际问题，他就全力以赴地去解决。实在解决不了的问题，给大家说清楚，为什么解决不了，问题在哪里，在什么情况下，什么时间段，才有可能解决，大家也会理解和体谅。

关于这个时代背景，他来这个项目之前，就想了很多，新型城镇化、旅游、人心浮躁、欲望膨胀，说白了，大致都一样。别的项目，可能只是做一些建设性的事情，给钱，拆迁了事，并不考虑他们以后面临的生存问题和困难，他们手里的钱花完了怎么办？并没有人去实际考虑。

但是，他们这个团队不一样，他们想把失地农民变成脱地农民，要让他们成为这块土地的产业工人，成为这块土地真正的主人。他觉得本来是很平常地关心别人，在乎别人的感受和生存现状，这本来就是这些建设者们应该考虑的问题，最后反而弄成了一种稀有的理想，好像是一件不可思议的事。事实上他觉得，也不是他们做出了什么奇迹，可能是因为这样考虑的人太少、太不正常。

他想，这大概涉及了社会性的哲学问题。因为人本来可以靠理想去生活，但是好像大部分人，把这个东西淡忘了，只考虑眼下和自身利益，所以显得他们这个理想，反而有点高山流水、阳春白雪和不现实、不真实、不靠谱了。

在设计房子的时候，乡亲们的农具往哪里放，这些在设计前都需要仔细地考虑周到，所以当时给他们把阳台是分开的，一个生活阳台，一个观景阳台，还有地下室什么的。现在农具用不上了，但有一些老东西，可能有记忆在里面，就放到地下室。包括集中供暖什么的，西北地区，照金这里，是第一个镇区实现集中供暖的地方。

这样说来，好像有一点儿虚假，但是事实的确如此。

第五章

一条河流

一大早，财务部长张秦急匆匆离开照金。

照金公司成立，要开银行账户，前期手续都是他一手办的，到了银行开户，才发现企业法人印鉴不对。前期工商登记，就等了几天。照金公司要直接对接乡亲们，二十五日签订拆迁合同，说好三天之内给乡亲们准时付拆迁款，一分钱不拖欠，一分钟也不能耽搁。合同上写的清楚明白。谁知之前给的企业法人印鉴不对，张秦和司机已经从照金和西安往返了好几趟，回总公司，去另外两家合作投资方。照金公司是三方合资，三家都要找到企业法人重新换印鉴。到了合作投资公司，找不到人。张秦找到办公室，办公室的人正忙别的，上级给打了个电话督促，结果管印章的心里就不爽，张秦从照金颠簸了五个小时返回西安去找他，结果却是话不投机：

"我不管你有多着急，不管你让谁打电话来，我就是不给你盖章，我必须按章办事，我必须见到领导的亲笔批示，才能给你盖章。"说什么也不给立马盖章。非要等领导人回来。

张秦说："一开始印鉴是你们给错的，我们已经在当地跑了好几趟，现在我们和照金老乡们的拆迁合同都签了，就等咱们公司的银行开户，要给老乡们按时付款呢，你这样误了大事，你能负得起责任？"张秦是个脾气火暴的直男，一着急，说话就有些冒火。

"我管你误事不误事，我就是要等领导回来才能给你们盖章。"

磨到下午三点钟，还不给盖章。时间一分一分地滑过去：

"今天开不了银行账户，不能按时给第一批拆迁户付款，要出大乱子呢……"

张秦无奈，只好放下面子，低声恳求办公室管章子的年轻人。年轻人根本不买账，把脸扭到一边，自顾自忙自己的事情，理都不理。

张秦又给合作方打电话，对方也联系不上领导，又给办公室管章子的人打电话，管章子的年轻人正不爽呢，他才不管你事情着急不着急，关他什么事呢。一口咬定要走程序，要见领导正式批示，不然绝不给盖章。大家火气都不小，又在电话里吵起来了。

正闹得不可开交，赵海涛给张秦打来电话，张秦在电话里说：

"没办法了，现在都三点多了，我还在这里盖不出企业法人印鉴来，之前是他们给的印鉴不对，他们公司领导岗位调整，企业法人换了，所以给的印鉴不对。这件事不能怪我。"

赵海涛在电话里一听，几乎是气急败坏地对着电话吼叫：

"这事不怪你怪谁？张秦，今天你必须把公司银行账户开好！"

张秦说："我尽量办吧。实在办不下，我也没办法啊。人家死活不给新印鉴，要走程序。"

"程序你个头！你知不知道今天开不了账户，就要失信于照金人民，失信于民，你知道对咱们照金公司意味着什么？要出大乱子的！要死人的！你知不知道？你能负得起这个责任吗？你还是人吗？"

张秦的火气也上来了："那我有什么办法啊？赵总你讲不讲理啊？我这几天，就为了这事，跑得嘴上都起燎泡了，人家扯皮，我有什么办法啊？"

"你跑了几天有啥用？你这财务部长是咋当的？国家给你发工资，是让你吃干饭的？你还有没有一点儿职业信誉？账户开不好你就别回公司了，公司要你干什么？你今天办不好，就等于是我们整个公司严重失职，你知不知道？这是你个人的事吗？你和我说这话有屁用？我们公司一旦失信于人民，我们大家都不能好走，你是想要谁的命啊？"

赵海涛在电话里一声比一声音量高，火气大，没等张秦辩解，"咔嚓"一声，把电话挂了。

张秦气得够呛，但是也没办法，只好硬着头皮，又三番五次给合作投资方的新领导打电话，又把赵海涛的话复述了一遍：

"我们照金公司，我的领导哥啊，虽说是三方投资，是伙穿着一条裤子的啊，我们照金公司失信于民，说好的按时、按量支付拆迁款，要是不能揸时揸点到位，真要出大乱子啊。照金公司第一步就失信于人，以后大家的工作，就别想在那个地界上再开展啦。"

一边等领导的答复，又一边给照金当地的银行打电话沟通，今天无论如何，要等着他们换好印鉴回去开户。当地银行倒是知道，千万不能失信于最基层的乡亲们，说：

"放心吧，今天我们这个小银行，就是熬到晚上十二点，也开着大门，等着你们。"

快到下班时间，才费尽周折，联系上对方的最大领导，亲自做了批示，合理合法，走了最后一步程序，拿到了印鉴。办完手续，开好公司账户，赶回照金，都快到夜里十二点。

走进他们临时办公的酒店西餐厅，开放式办公，大家都还在加班。赵海涛坐在最顶头，知道他办好一切手续回来，从椅子上转过身来，抽出一支烟递给他说：

"张部长，抽支烟。"给了他一支烟，就好像他在电话里的那一通大骂，都不存在了一样。

张秦心里还是不爽。来到这个项目，满打满算，也就一周时间，每周从早到晚，都在这个临时办公室度过，每天都要加班到凌晨一两点。哪个部门去办手续，都得求人说好话，嘴唇都磨破了，自己给自己找一堆借口，图个啥？起早贪黑，有人能体谅了还好说，谁体谅呢？自己一直都是凭本事吃饭，受这鸟气干吗？凌晨一点多一个人走出酒店，手里夹着赵海涛递给他的一支烟，一边抽烟，一边抬头，望着天上星星点点的夜空，想：明天回，受这鸟气干啥，不讲理的赵海涛，我辛辛苦苦为这个公司，简直跑断了腿，你也不分析分析，是谁造成这种情况的，投资合作方的领导，是他这个小部长能呼来喝去指挥得了的吗，凭什么一打电话张口就是个骂人啊，你算老几啊，不问青红皂白，骂人骂得那么难听，你训斥三岁的小孩啊，老子凭本事吃饭，谁能把谁咋样啊？心里气不过，决心辞职走人。

第二天一大早，吃过早饭，张秦就想辞职走人。俞红把他的辞职报告一把撕烂，说：

"你呀，还不了解赵总？我当时跟了赵总半年，也和你一样，时时想走。那气人的方式，还不止骂人这一招呢，工作上逼起人来，那是真不讲理啊。你也先别提辞职的事，先别急着下结论。你再忍耐几天，明天，后天，一个月，两个月，再试试，我以前跟着赵总干事的时候，和你一样，每天都想辞职。可是，我告诉自己，我再试试看看，一天，两天，一个月，两个月，我到现在，好几年都过去啦，都没走。为什么？赵总这个人，工作上一旦着了急，说话就不饶人，但说实话，是个干事的人，也不是为了他自己骂人。你再试上一两个月，到时候，实在不满意，你还想走，你就走。我不拦你。"

说实话，一开始，张秦对赵海涛，真没好印象，太严厉，逮着谁削谁，跟谁都欠他的一样。他有时候一进餐厅，有几个人怕挨骂，看见他就吓跑了。

他们财务部，一开始也就只有两个人，他带着薛帆，拆迁款、土地赔偿等，每天从早上八点到晚上一两点，随时做好一家一户的付款结算，农村里的乡亲们，特别容易反悔，对任何事都有疑虑。所以除了征迁动员会后，首先签订的一百七十一户是集中付的款，其他剩下的几百户，都是一对一挨家挨户，谁家一说好拆迁，款就到位，有时甚至是他和薛帆，一人背着一个大包，装满现金，谁家一说好，马上付钱。有时乡亲们看见现钱，才会打消心里的顾虑，马上动心。

见了赵海涛，他会躲着走。怕他又骂人，面子上顶不住。张秦也是个轴人，虽然知道这个项目难，一家一户去说服，不好推进，但是不符合财务手续的，一分钱也从他这里提不出来。再忙再紧，他必须要求财务手续健全，连夜加班赶，也得按财务制度来。谁到他这里提钱，没有正式手续，门儿都没有。赵海涛有时就批评他：

"外面的人为难咱们，咱也就忍了，自己人也为难。"嫌他的财务制度太严格了。但是他不这么认为。财务制度必须严格，才是对公司的负责。这道理谁都懂。赵海涛有时看见他，就说：

"我知道你是对的，就得这么严格要求，不然就麻烦大了。来，给你一盒茶叶喝着，下下火气。"

后来他也就习惯了。赵海涛这个人，是很严厉，但是，确实是为干事情，谁只要把事情干好，他就表扬谁，就欣赏谁，没有一点儿花架子。

有时跟行政部的屈军私下吐槽，屈军说，赵海涛不休息，办公室就不敢休息。赵海涛是个夜猫子，到夜里两三点钟，还在进行各种哲学思考，还在考虑各种规划，还要经常向他们突然提问：

"你说，苏格拉底和老子的哲学是什么关系？"

答不上来就是一通批评，然后又是讲一通哲学道理。办公室的人开始是全员陪着，反正大家都在一个大厅里办公，谁也不能偷懒，后来大家实在熬不住了，就轮流着，一个一个留下来一边加班一边陪，要什么资料，必须马上拿出来。而且你根本猜测不到他突然要谁家的资料，村子里谁家有几个小孩，小孩什么情况，谁家有什么困难，需要什么帮扶，镇子这么大，他自己都清清楚楚，也不知道他是怎么弄清楚的，大家就是拿他没办法。想起什么事情来，就马上要落实，基本上是事不过夜，要谁家的资料和解决方案，你就得立马详详细细地拿出来，拿不出来他就训你。

你非得过上一段时间，才能知道赵海涛这个人是个好人。虽然表面上看起来不留情面，其实是个很有人情味儿的男人。照金镇上的乡亲们提起他来，简直就认为他是个神。

公司里的小兄弟们私下吐槽，觉得赵海涛这个人，就是个哲学霸道总裁。动不动就捋人，非要把不同性格的人，都给你捋直了。捋了一遍，再捋一遍，就是看见一棵长歪了的树，他也要把你捋直了。太强势，弄的大家都像是打了鸡血一样，干起活来拼命，挨起骂来也拼命，劈头盖脸骂了你，他倒是不记仇，你只要把事干好，他就马上有说有笑的。他就是对事不对人，还真气得人没办法回嘴。对工作上要求太完美，个人特点很明显。有时候晚上吃完饭，一起去山上散步，他就突然问管工程的人：

"你说这个水泥，它的标号是多少。"

对方答不上来，他就批你：

"你去照金村里，随便问问那些乡亲们，看人家知不知道这些水泥标号是多少，他们都知道。为什么？这是在给他们自己家盖房子呢，他就能了解到这个水泥标号是不是合格。你们专门干这一行的，不把事当自己家的事情干，所以你就没有操到那个心，你就不负责任，你就当这是给旁人盖房子呢，你当然就不关心这个水泥的标号是多少，所以你在我们这个照金公司，你就不合格。我要的公司职员，是把公家的事当自己的事那样负责到底，这你才算合格。"

接下来，又是一顿数落，一开始谁都不能理解，经常是跳跃式的思维，叫谁出去，谁都不愿意，因为不用说，总有你回答不上来的问题，总是挨一顿骂。

之前招聘的招商部的一个员工，出去跟人喝了酒，和人打架，对当地镇上的人，说话不注意分寸，没大没小。赵海涛看不惯，就批他：

"你以为你是谁呀，在这里看不起当地人？你眼长到头上了，你家大人是咋教你的？"

第二天那个年轻人经受不住，对张秦说：

"张哥，我可受不了这个数落了，我就是对当地人说了几句粗话，他凭什么说我家大人管教的不好，我要走了。"卷了铺盖就走了，不干了。

他那个严厉劲儿，一般人确实承受不了。张秦也是受了他半年折磨。往家户走访跑得慢了挨骂；有时对老乡们没有客气招呼到，也会挨骂；钱支付的慢了更会挨骂，张秦是天天挨骂，天天想走。自己一个财务职业经理人，天天窝在这个山沟沟里，还要挨骂受气，你还不能说他骂得完全不对，这就把人气得不行。每次他想走，俞红就会劝他说：

"赵总这个人，是能干成事的人。这样的人，一定有他的独特性格。他在业界打过很多硬仗，凭得就是他这股狠劲儿。他要是没有这股狠劲儿，你说这年头，什么事你能简简单单的干成。"

他也不能说，俞红说得不在理。他想走的心一次次起来，再一次次按下，就这样循环往复，交替矛盾着。

但是渐渐地，跟着赵海涛的人，就熟悉他的性格了。出门会随时带上笔记本，上门入户去乡亲们家里做思想工作，会开着手机录音，谁家有什么困难，怎么解决都是现场解决、现场处置，笔记本上和录音里都记得清清楚楚。一件一件要落实，你不落实，你忘记了一件乡亲们的小事，在赵海涛这里，就是犯了大错，他会冷不丁地问你，你根本不知道他会拷问哪一件，所以，你只好把所有的事情都做好了。久而久之，你就成了能独当一面、能文能武的行家里手了。

张秦经常恨不得把赵海涛打一顿。但是赵海涛这个牛人，他就是恨你做不好的那些事，他一点儿都不恨你这个人。简直就是个现代工作狂，平时好好的人，一提工作就完全不近人情，翻脸跟翻书一样快，有时真让人气得连一杯水都喝不下去。所以张秦拿他根本没办法，简直从心里，就是征服不了这个男人，压不过这个男人的气势，讲理也讲不过这个男人，动不动张口就是一大套哲学问题和理论甩出来，听得人烦，还不如挨一顿训斥了事。就是这一点，有时候偶尔想起来，真让人气得不行，但是也哭笑不得。

世间的事，大概就是这样，不能事事全都跟了人的心思，时间的空隙也是，时而疏可跑马，时而密不透风吧。

在张秦眼里，俞红就是个稳压剂，要不是俞红，他真不知道自己能不能忍到现在。

紧接着，第二批上山的人也来了。

席玟、张杰、燕敏、雅琳、张涛、胡军、兆鹏、王浩、王磊、小宇等二十几位年轻人，也从四面八方，会聚到一辆中巴车上，摇摇晃晃，从西安出发，经过五个小时的长途跋涉，弯弯曲曲，盘过有名的九里坡，上山来了。

席玟原先在西安一家小报当记者，长得也很漂亮，平时喜欢穿汉服，有时心血来潮，也会把发髻高高地盘起，倒有几分冰雪之姿的妖娆。是出了名的黑桃大侠，喜欢路见不平，拔刀相助，更喜欢行侠仗义。看见什么企业黑了心坑害顾客，或是接到什么新闻线索，又有什么不平之事出现，心急火燎地赶到现场，风里火里作了采访，回到报社，点灯熬油，连夜写了批评稿子交给上司，大有一番语不惊人死不休的气概，指望替人出头摆平一些事情。不过，第二天、第三天、第四天，她辛辛苦苦写的批评报道，一篇也没有登出来的，而登出来的尽是一些鸡毛蒜皮、无关痛痒的社会新闻，谁家的狗失踪了，或是谁家的鸡下蛋了，尽是一些扯淡的事情。她是个火暴脾气，跑去追问上司，上司说：

"你也不看看咱们报纸的广告版面，是谁家登的广告？成天热衷于写什么批评报道、负面报道，你眼里就看见那些黑暗的东西？你是不是想三拳两脚踢了大家的饭碗不成！你要喝西北风啊？一家蝇头小报，你以为一家小报想活下去，是那么容易的吗？"

她被上司骂了个狗血淋头，灰头丧脸地出来，在街上游荡，心里一直想不通，看见黑暗的东西，不对的东西，不是应该大胆地站出来去纠正、去监督、去改善吗？新闻人的职业操守哪里去了呢？就算是一家小报，就可以这样瞎混日子吗。

但是，她又能怎么样呢，她手里又不掌握报纸版面，自己的文凭也不高，又考不到大的报社，还能怎么样呢。

久而久之，为了活下去，她也和大多数人一样，写一些似是而非的软文，有时也拿企业给的红包。但是，她看到那个小信封就难受得要命，明明里面只有区区两百块钱，她就得昧着良心，说一大堆违心的瞎话。毕竟大多数人都不太了解这些行业，还是会有人相信这些瞎话。这就让她更加讨厌自己、痛恨自己。渐渐地，她的心脏和热血，也就慢慢地冷却了。也和大家一样，出去采访一些不疼不痒的事，写一些带水分的文章，消磨、打发些时间。

后来，她到了谈婚论嫁的年龄，经人介绍，认识了现在的老公。然后结了婚，很快也就怀上了孩子。干脆辞了那家半死不活的小报，专心在家带孩子，当起了全职太太。

孩子两岁的时候，她和婆婆发生了很多摩擦。本身在坐月子的时候，就和婆婆结下了深仇大恨。在孩子几个月的时候，婆婆总认为她不出去上班，不挣钱，还大手大脚花她儿子的钱，儿子一个人养家，压力太大。这些都让婆婆感到窝火。婆婆嫌她不做饭，不干活，过日子还不知道节俭，一个马桶圈都要在网上买，大手花钱。在对孩子的喂养上，也说不到一起。总之，就是互相看不惯彼此。总是在一些琐事上一言不合，就吵架上火。老公夹在中间，左右为难，一声不吭。这也加重了她的脾气。矛盾的两方，就都赌上气，天天对峙，势必要争个你长我短。

最严重的一次吵架，婆婆怒气冲冲地扑上来，两只手紧紧抓住她的衣服领子，大声呵斥她，喊着要她儿子和席玟离婚。席玟也不甘示弱，使出吃奶的劲头，把婆婆的手拿开，也狠狠回敬了婆婆几句狠话，然后夺门而去。

当时夜已经很深，她一个人坐上一辆出租车，一直默默地流泪。当时她想，这个时候，要是随便有一个什么人，愿意把她领回家，她就会跟着走的，管他是瞎子还是瘸子。后来，在西安市区绕了一个大圈子，也没有什么人要领她回去。最后去了一个同学家，住了一晚，哭诉了一番，同学也安慰了她一番。第二天，又回了家里，她能去哪里呢，况且孩子还很小。但是看到婆婆的脸，她就觉得要抓狂，几乎到了难以忍受的地步。

每天晚上，都会抱着孩子哭。回想起来，当一个小报记者，真不容易，根本挣不到什么钱，还天天被一些鸡毛蒜皮的小利益分子们穿小鞋，都快累死个人了啊。后来总算黑了眼，放下一切头绪，结了婚，结果这扯淡、糟糕的家庭生活，也是个耗人、坑人的牢房啊。

她想逃离，想逃离这些使她窒息的东西，又无处可逃。晚上，她把自己关进卫生间，放满浴池里的水，和衣躺了进去，就那样慢慢地往下滑、往下滑……就在这时，正好她放在卫生间台子上的手机响了。以前在小报的时候，怕耽误了新闻线索，她一直有个习惯，手机基本上会放在手边。这个看似不经意的习惯，救了她一命。她的头已经埋进水里，想要彻底逃离乱糟糟的生活，但是听到电话铃声，她的一只手还是神经质似的，拿起了手机。她把头从水里伸出来，接听了电话。

是俞红打来的电话，以前在小报出去采访时，偶然认识了同是媒体人的俞红，后来渐渐成了朋友，有时遇见，也比较能说得来。俞红在电话里说：

"席玫，照金有个项目，说实话是在山区。不知你听说过这个地方没有。宣传策划这块，需要有个合适的人。"

"没有。我没听说过这个地方。"席玫伸出湿淋淋的脑袋说。

俞红说："虽然离家是有点儿远，不过，你想不想来试试，搞宣传策划，也算是你的老本行。"

席玫说："我去。不管它在哪里，不管去做什么，我都去。"老天有眼，她终于有一个可以逃离的地方了。

生活中经历的这些事，她也从来没有给任何人提起过，但她确实是为了逃离，才来到这个地方的。这个后来让她大吃一惊的地方。她不止一次在心里感叹：

"啊，原来世界上，还有这种令人惊叹的地方。它的不可思议和神奇，都使人惊叹。"她几乎要感谢命运对她的垂顾了。

不过，在当时第一次进山的时候，还是让她有些大跌眼镜和措手不及。中巴车在山路上盘啊盘，她起初还有一点儿好奇，接着越走山越深，越走路越窄，脑袋昏昏沉沉的，头都大了，心里嘀咕：

"天哪，这是被贩卖到山里来了吗，就算是逃离，这地方是不是也太不合常规、太不靠谱、太荒蛮了一些啊？"

的确，一开始，她真不愿意来这山沟沟里啊。她一个大城市里飞来的花燕，她能在这个深不见底的山沟沟里，坚持几天？几个星期？还是几个月呢？她自己心里都没个盘算了。她不相信自己能在这里久待下去。她本是一个性格阔气的人，她也不是一个什么官迷，来当个宣传策划部的副部长，寻寻思思就想着升官发财。之前只是因为没有寻下一个好主顾，所以受尽了零落，本是想来这里避难，谁知来了不到一个月，却每天都有一种强烈的挫败感。太想孩子，也不适应这种山沟沟里的大工地，更不适应赵海涛一切都是为了工作的紧张气氛，餐桌上吃饭的时候，他也会冷不丁地，突然拷问你的灵魂：

"席玫，宣传策划部的主体职能是什么？"

她一时语塞，回答不上来。赵海涛就立马黑下脸来，一点儿都不留情面，说：

"你都不知道你的主体职能是什么，你一个宣传策划部的副部长，你是怎么当的？"

接着就会长篇大论，训你一顿，让你要看书、要学习、要思考你的工作，还要思考你工作的意义，还要给你开一长溜子你根本就没有听说过的书单。这一番话，句句听来都是硬茬。她自然也不敢反抗，只有频频点头的份儿。说心里话，开始的一个月里，每天吃饭去餐厅，都觉得有压力，看见赵海涛就想跑开。

工作上，跟她以前当记者时的单兵作战，也完全不一样。现在，她是宣传策划部的副部长了，她要考虑一个部门的策划，和跟其他部门的配合，一开始进入这种前所未有的高压态势，毫无头绪，觉得这么追命鬼似的工作方式，真的很扯淡。

在这样一个鸟不拉屎的山沟沟里，由于她乱糟糟的家庭生活，无奈之下，突然出现在这个与她毫不相干的穷山沟，碰上一个工作上追求完美，气势上又咄咄逼人，还不怎么讲理，动不动就是长篇大论提一堆哲学问题的霸道总裁，她每天晚上都会不知所措，偷偷哭上一阵子，而且是一个人蒙在被子里，哭得很厉害。

但是，谁能想到，后来，她却也成了最爱这个山沟沟里的人之一。

而张杰呢，是一位有名的阳泉帅哥，后来分管行政部，主要负责人力资源这块儿，说起来除了帅，好像其他方面，优点也比较多。怎么说呢，心细、善良、敬业……不过，最突出的还是他的舞蹈才能，伦巴、桑巴、恰恰、啥都会跳。后来在照金，不管是照金宾馆、镇政府、学校还是书院，但凡镇子上有文艺活动，肯定都会找他排舞，几乎成了照金镇有名的文艺天才，特别红。

当时或许也是歪打正着了。上大学的时候，稀里糊涂，也没怎么搞清楚，结果就业余去学了一些舞蹈。他们学校，当时有两个比较有特色的地方，一个是舞蹈，另一个是攀岩。当时他参与了舞蹈和攀岩的学习。结果学的时间久，主业没学好，但是，这些副业，好像反倒是钻了一些。也到处打了一些比赛，参与了一些活动，所以，毕业以后，正好有这个机会，包括年终有一些晚会，就参与了，就是玩，其他也没啥。他的本科是在山东地质学院读的，他其实是学地质的。当时归中央直属，后来搬迁，划归到经济口了。研究生毕业于云南财经大学，在云南居住了两到三年。

大家发现他特别爱笑，哪看哪爱笑，笑得可灿烂了。身体形态好，样子特别乐观，看起来很年轻，1982年的，读书时间比别人久一些。初期组建队伍的时候，其实他不在。他算是第二批上山的人了。

当时一般招聘的渠道，还是那种大型的网站。再一个，集团总公司那一块，也是有渠道的，因为他以前在西安市人才服务中心工作过，他们也是提供平台吧。最后是员工，他觉得员工可以互相推荐，只要人好。因为当时组建团队的时候，尤其人员这块，是非常非常紧俏的。再加上工作地点又在照金镇。远离大城市，所以，也是碰到了非常大的阻力，他个人认为，包括他当时来的时候，也有这种隐忧。他自己能在这里坚持下去吗？能有几个人在这里坚持下去呢？他当时并不知道，也无从想象。

第一次来的时候，感觉一个镇子，好像几乎拆完了，地面上乱七八糟，然后下着雨，山里的雨水好像特别多。当时是包了一辆中巴车，拉着他们这二十几个互不相识的年轻人。过来的时候，路也没修好，两边山体陡峭，感觉就像没有路一样，雨雾弥漫，泥泞不堪。他记得当时他们面试结束的时候，那个司机跟他说了一句：

"这地方你不能来。你住不惯。"

当时面完试，他就回去了，确实是内心阻力很大。但是，真正来了以后，他个人觉得还是触目惊心。因为他从小生长的环境，是在城市里，这种长时间的乡村生活，他还是第一次经历，第一次见识。

之前他从来没有听说过这个地方。只是听说来这里工作，苦是苦，但是有山区补贴，薪酬比西安稍微高一点，也是为了解决个人温饱问题，所以，就决定来试试了。虽然父母都反对，妻子也正怀孕，他还是想来看看这个地方，大不了再返回西安。

抱着来尝试一下的心境，没看见这里拆房子的过程，但是之后的岁月，却看见了它从无到有的那个历程。大家一起把这个城镇，从无到有建设起来了，撇开工作来讲，对这个地方，还是很有感情的。

他来的时候，这里就是废墟。整个基本上都拆完了，不论白天晚上，出来买个东西，都找不到个地方。绕绕绕，感觉全是施工现场。虽然保留了几家商户，但是可以买到的东西屈指可数，不是你想买什么就能买什么，就是那种场景。

一开始几乎不适应。为啥不适应？就是这种节奏感，他是长期在大城市做人事方面的工作的，就是八小时工作制，最多没干完，回家弄一下，这种情况都很少。

但是在照金，头一天来就开始加班，每天晚上到 12 点之前结束，都是最早的。但是这种加班，却不是被动的，而是主动的加班。很多工作压在那里，自己不加班干完，心里都不踏实，生怕耽误后面同事们的工序。说实话，他们也没有考勤。赵海涛带的这支队伍，他不考勤。却是自觉的，下意识的，总感觉有干不完的工作，总有压力。为什么呢？天天都有那么多急迫的乡亲们包围着你，裹挟着你，他们的目光，他们的疑惑，他们的胆怯，甚至他们颤抖的期望，都要大家一起去解决，解决不了这些，你在工作上就寸步难行。

就是包括他们人事部门，张杰之前分内的工作，无非就是薪酬啊，绩效啊，招聘啊，劳动关系啊，就只是这些本职工作。但是来到这个团队以后，你就感觉远远不够，他可能人事方面的工作做完以后，策划部门的工作他也必须要参与，这不是一个单纯的岗位职责问题，给你安排一个什么工作做，你必须要马上到位。思想、手上都要到位。整个一个团队，全部是按工程建设往前走的，他生平是第一次接触这种工作。

这里的工作，总是没完没了，头一天刚解决一个问题，第二天就会生出一大堆新的难题来。不过，虽然是劳动强度大了，但是那段时间，他个人感觉，给他的印象却是饱满。而且，他也不知道哪来的那么大的力量。可能是这个环境啊，领导风格啊，但是也不求别的，就是想把这个事情做好，就是想看到村子里乡亲们的一个个笑脸。一两个月回一次西安，跟这里的工作强度相比，可能会减轻一些，但是，偶尔放松一两天，反倒感觉不适应了。

有人说，你回了大城市，可能就会迷茫了。也有人担忧说，你在这大山里，假如你一干就干上个几年，远离大城市，在思想意识上和大地方脱节了，就跟不上时代了，跟不上社会形势和人们的意识了，就落后于人了，你怎么办？你下一步何去何从？包括家庭的稳定问题，其他种种担忧，都随之而来。

他倒不喜欢那种无目标性的工作。而且说白了就是大家逐渐地步调一致，不为别的，就是为了做好这一件单纯的事，没时间、没娱乐、没攀比，大家都一样忙，没什么可分心的。包括他们排岗，常常是一个多月都回不了家，但是，这就是他们的工作，他们的目标，虽然很简单。

他以前在大城市的人才中心工作，和这里相比，确实是天壤之别。人才中心嘛，西安市人事局下面的，但是，现在让他重新回那里，去当那个半吊子官老爷，他还不适应了。

他这种心理，也真算是刻骨铭心啊。

王浩也是第二批上山的人之一。他进山之前，换的单位比较多，来这里，是他第一次涉入甲方这个行业。在工程上来说，甲方单位，是代表政府行使职权的职能部门。他原来一直在施工单位干，一直是看人脸色的乙方单位。他从 2003 年大学毕业，一直在施工单位，当时也比较辛苦。要来这个甲方单位时，他觉得这个项目好大。因为之前在一个施工单位，你可能就是盖一两栋楼，负责一两栋楼的技术和现场质量要求，他是总工，但是，到这边来之后，一个人管得更多了，不再是单纯的管技术，方方面面的问题都要管，还要和乙方单位对接。在他眼里，照金这个项目，几乎大得让他感到吃惊。当然，也可能是之前自己待得地方太小的缘故吧。

之前他在亚美公司，都是总工了，待遇条件也非常不错。亚美公司总部在西安，在丰庆公园那儿，开发了一个亚美伟博广场，那个房地产也有一定的实力，尤其是 20 世纪 90 年代的时候，在高新区的亚美大厦，那个地方，可以说是一个标志性的建筑。

虽然他在那边工作的顺风顺水，做得很不错。他在亚美时，几栋楼的主体基本上已经起来了，主体起来之后，后续的工作相当烦琐，这个项目在外省，在一个小县城里面，比较远。以前他生活清贫一点儿，家里的第一个目标，就是多赚钱。后来经济条件稍微好一点儿了，在外地也有好几年了，他媳妇说："你不要再往省外跑了，你都跑了多少年了，找一个近一点儿的单位。西安的单位。"

出于这方面的考虑，其实之前他的工资真的不低，和他现在的工资比的话，比他现在的工资还高。但是，西安的单位真没有那么好找啊，所以，他就来照金了。总算比起外省的工地来，离西安近一点儿。

还有胡军，招商部的部长，他的主要任务就是拆迁前和商户沟通，征询村民意见，建立意见库，就此设计商铺……因为和村民的复杂关系处理，以及招商任务重，之前一个招商部长受不了这种泼烦和苦累，辞职了。

一个山沟沟里如何招商，商户招进来之后又如何养商？招商和景区管理，他的感受和想法就是，这里在早期，真的不好招商。或者说根本就不具备一般招商的条件。现有的条件和环境，有难度。

之前，他从没想到自己有一天，会从大城市到山沟沟里，来从事招商的营生。成天和绿油油的大山，白天面对面，晚上床对床。当天进山的时候，在他眼里，根本就没有什么正常的路可走，刚下过雨，整个小镇，就像是一个烂泥塘。他来第一眼看到的，就是大开间临时办公室桌子上的那些商业街草图、规划草图、大致楼位。这种荒野商业怎么做，怎么规划，他心里真没个底。居民和游客规划，招商哪有客人来，从招商到运营如何对接，对他这个大城市来的年轻人来说，基本上都是新课题。

图纸上标注的商业面积是两万两千多平方米，在他看来，是个小得不能再小的一个小麻雀，比起他之前做的大型商业综合大楼的招商，几乎不能同日而语。

他在烂泥塘里慢慢走。首先是这里的区域，离大城市远，没有任何商业基础，这里的乡亲们，种了一辈子地，没有任何商业意识。

当然，这在招聘他来这里的赵海涛眼里，却是另一番商业爆发的底蕴：因为之前一切为零，甚至是负数，所以，赵海涛给他的招商任务，就是挖掘出这条深藏在荒野沉睡的商业巨龙。但是，他根本不知道这要从何做起，如何像赵海涛描绘的那样，把这条沉睡在荒野之中的商业巨龙唤醒。至少他目前不知道，要如何掘地三尺去唤醒。

第一批拆迁之后，专门留了西街几家小饭馆，他去了几家，饭特别不好吃，跟山外相比，没任何商业头脑和经济意识，可能就是卖一碗面、一碗饸饹。地上油腻，碗筷也油腻，应付村里和附近小煤矿上的少量人吃饭，勉强可以凑合，但接待外来游客，几乎是天方夜谭。

有一个永宏小卖部，特别小、特别破旧，他进去想买点东西，所有的东西上面都是一层灰。在这里，他至少要培养出一个好的大型超市模式，要具备线上收银系统，系统里有多少库存，哪个卖得好，库存系统都会自动提示，他和这个小卖部的老板一直聊、一直聊，下一步这里拆迁以后，在将来的商业街上如何打造一个大型综合超市。这个小老板，后来成为照金小镇商业街转变最好的一个老板，成为照金大型综合超市的老总，还自己学习了英语、日语和韩语，接待外国游客。

俗话说，宽街无市。他在街上走，是越走心越凉。晚上在餐厅吃饭，碰到赵海涛，赵海涛问他：

"在镇上转了几圈，你要用什么方法去招商？你想好了没有。"

胡军说："这里我感觉……好像不大好招商啊……"

"好招的话，养一只狗来看着大门就好了。花钱请你来干什么？"赵海涛面无表情地说，眼睛也不看他。

赵海涛最见不得人在办公室里闲着，每次在办公室逮着他就训他，逼命一样，他几乎是天天挨骂。尤其吃饭的时候一看见他，随时都会叫他过来。问他：

"你们部招到几家商户了？"

胡军拿着餐盘，小心解释："还是不怎么理想。我觉得是不是因为咱们这里太偏远了，谁会愿意来咱们这里做生意啊？"

"你穿戴得整整齐齐的，端端地坐在办公室里干等，你怎么知道没人愿意来？照你这工作方法，社会都要倒退几百年。"

是啊，干等确实不是办法。其实他也不是在办公室干等，他心里也有他的小算盘，他是在自己的电脑上，简单地制作了一个商铺分布图谱和简单的业态介绍，不然你跑出去见了客户，你怎么跟人家介绍呢？他和他们部门的王磊——招商部牌子底下，也只有他们两个人。他们抱着铜川市的电话黄页，一家一家打电话筛选。选好具备招商条件的客户以后，他们就抱着笔记本电脑，去一家一家跑，一家一家去介绍，照金的现在，照金的未来，就这样吧啦吧啦如实地给人家说、说、说。结果，还真跑成了几家。还真有那些愿意吃熊心豹子胆的，愿意来这高山揽月，一试身手。

这些鼓舞了信心，他们就跑得越欢了。原来赵海涛骂的倒是骂对了几句，你不出去跑，不给人家说明白你的项目和意图，咋知道没人愿意来？在一个青山绿水的环境里头做生意，就一定比大城市里头差？

胡军出身于一个典型的煤矿世家。他的爷爷从河南逃荒出来，来陕西当矿工挖煤，到他这里，已经挖了三代人。他好歹上了个煤矿技校，也找不到什么好的工作，就回去挖了两年煤。旁人可能无法想象，他就和路遥《平凡的世界》里的主人公一模一样，生活场景，使用的工具，下坑劳动的强度，简直一模一样。

当时他还年轻，二十岁左右，每天都要干十到十四个小时的重体力活，三班倒。两个肩膀上就长不住皮，经常磨得稀烂。给坑下的工人们送材料，送的慢会挨骂，因为他的肩膀太疼了，几十斤重的大铁链子，在肩膀上往前拖，一边拖一边哭。后来他读到了《平凡的世界》，他就报了本科自考，新闻学专业，他也想和书里的主人公一样，和自己的命运抗争一下。

他坚持了三年，边吃饭边背书，最后，终于考出来了，拿到了新闻学的自考本科毕业证。他想逃离深不见底的矿坑。表哥给他介绍了一个工作，在康复路上的多彩集团。当市场管理员，一直做招商，管商场，一直做到商场招商部经理。对他来说，这是一个新的挑战。那时在商场里卖衣服的，做生意的，都是西安周边刚刚撂了锄头把的郊区农民，特别乱，都是一些老婆娘们儿，不好管。他就应聘去了西安的一家商业小报。在经济版当记者，写一些关于商业方面的报道。做了半年，发现记者这个行业，也不怎么美好，说是写什么经济报道，其实就是个拉赞助的。基本上打碎了自己之前对媒体和记者的理解，甚至打碎了对文化人的理解。

他一个煤矿工人出身，看啥不顺，就爱说，这种秉性，在这种文化圈子里，也惹人不待见。其他人私底下常常干一些乱七八糟的事，嘴上还要立牌坊。他看不惯，所以，无奈之下，他又回到之前的商业公司，继续做他的招商。相比之下，和那些卖东西的老婆娘们儿打交道，也觉得没有之前那么困难了。

后来，他又换了一家大一点的地产公司，在招商部门当经理。每一个企业，在困难时期，他都能放下身段，展会上拿个二维码，请别人扫，做商业招商，一家一家出去送资料，在路边发传单，常常在外出差，工作状态一开始很充实，因为他是煤矿下坑的出身，所以不怕吃苦，任何苦和煤窑工人的苦比起来，都不算是苦。

但是，随着公司的发展和上市，利益冲突就越来越加剧。工作也不再是简单、吃苦的工作，而往往是各种派系和小鞋满天飞，同事之间勾心斗角，为了一点儿利益，简直就能杀人于无声。

他一个矿工出身的人，又感觉到了极度的不适应。薪水是比以前高了，职位是比以前高了，内心却惶惶不可终日。再后来结婚生子，媳妇刚生了娃，脾气不好，经常吵架，他就拉了一个旅行箱子，到云南旅行去了，去散散心。这时，之前的一个同事，知道他最近心里憋屈，给他打电话说：

"照金有个项目，招商部部长，你想不想来应聘？"

他不知道照金在哪里，但是投资照金项目的那个总公司的名号，他知道，在西安也是挺牛的，也没有多想，就想着去看看吧。

当天六点下了火车，晚上八点自己开车去照金。一路上的山道，越走越难走，道路两边全是大山，越走心里越凉，心里想，这可是个啥地方呀，越走越荒，是不是走错路了呀。

到了照金一看，几乎就是个大工地。刚下完雨，到处是烂泥，给之前的同事打电话说：

"祖宗，这地方，连一条正经路都没有，要怎么招商啊？"

只有山坡上一个煤老板盖的小宾馆，叫照金宾馆，西餐厅是这个项目的临时办公场所，听说正在搭建临建房，作为大家的办公室。

就在照金宾馆西餐厅的临时办公室，他参加了面试。他先介绍了自己的从业经历，俞红问了一些问题，可能是看到他有一定的招商经验，希望他能来这里试试身手。

而赵海涛呢，就坐在他对面，就说照金有多好多好，丹霞地貌，皇家寺院，全域旅游，革命老区，因为他之前从来没听说过这里，所以听起来云里雾里的。面试完刚出宾馆门，俞红就出来问他：

"明天能到岗不？"

就是这种流程。

他想了一秒钟，这里的这种工作速度和这种开创的气息，使他感到舒适，又使他的肩膀上，有了煤矿工人的力道。在给他面试的间隙，几位老总也一直在处理各种事务，大厅隔间里的员工，也都在忙忙碌碌，他看见他们繁忙的身影，就像看到之前忙碌的自己，虽然各方面都算不上是完美，但是，唯一吸引人的，应该是这个正在创业的神秘气息吧。他这么做着初步的判断。所以，他只想了一秒钟，就很干脆地回答：

"可以。我可以到岗。"

接着严宇就给了他一个电话，说：

"这是规划部的电话，你问他们要规划图，开始招商。"

因为招商部除了他，没有其他人，所以他叫了以前和自己一起在招商圈子打拼的王磊，王磊这个年轻人，也比较能吃得下去苦，所以叫他也来这里一试身手。王磊也是当天面试，当天到岗。就是这种节奏。

但是进了门，商业图纸一上手，发现和自己之前的从业经历完全不一样。之前自己是地产项目、商业大楼招商，讲究的是容积率呀、卖衣服呀、卖裤子呀这些成型的调配，现在完全不一样，现在简直是一无所有，只有一张商业街分布草图。

接着就是连续三天三夜加班，每天都加班到凌晨，做商业规划。就在西餐厅，大家的办公桌都离得很近，赵海涛随时都会问：

"你准备怎样招商，咋样养商？进展咋样？"

他一时回答不出来，就被一顿训斥。在照金公司，好像几乎没有没挨过赵海涛训斥的，所以他的脸皮，也就逐步放厚了。

问题是说句实话，他一开始真是无从下手。业务上和之前他接触的招商，完全是颠覆性的，他真不知道这个地方的全面商业，要怎么招商。一切都是零蛋。

按照一般商业街区朴素的理解，无非是餐饮、服装什么的，当时场地也看不成，只能在图纸上反复演练，如何排列设计，上下水图纸也不能出来，餐饮面积、生活用品面积如何合理配置，都是让人头疼的问题。

两万多平方米的商业街，是一个综合体。一般意义上的招商，是在商言商，只追求利益最大化。但这个项目，它要考虑镇上的人和外来游客的生活需求，它的特点是景镇合一。它要有信用社、电信、药店、理发馆，乡亲们需要的鞋子、袜子、钉子、锤子、针头线脑都要有，都要在这个弹丸之地上排布开，还要排布的合理、舒适、有品、有味才行。它是一个安置形态的商业街，也是一个百年大计。排布不好，以后会影响使用，或者使用起来很不方便。

所以，一套一套方案，随着需要，不断地找出它的问题和不足，所以一次次被否决，他和王磊就常常被赵海涛训斥。直到后来总算摸索着，工作局面打开一些，情况才有一些好转。

胡军这个招商运营部的部长，也真不是那么好当的。

王磊也是第二批上山来的。在西安穿的是短袖，来这里以后，简直冻得不行。来的时候这个地方刚拆完，刚下过雨时间不长，路都是泥的，几乎就是一个大废墟。只有山坡上面煤矿宾馆这一块，有个亮火。

王磊是招商运营部的副部长，他是跟胡军一起来的，他俩一直搭档招商，原先在一个单位，胡军原来也是王磊的部长。

照金这个招商部，胡军和王磊来之前是没有人的，没有这个部门。只有一个框架在。领导当时要他们来的原因，就是直接过来搭好这个班子，就不用再磨合。因为之前有一个招商部的部长，受不了这里的苦，干了几天，就辞职离开了。

王磊原来在西安高科，他在上一个项目，做了一个专业市场，跟照金这里不一样，专业方向是三万三千平方米的招商，带地下一层，楼上两层，专营汽车用品。只做一类东西，招商是定向的，难度会比照金这里小很多。从招商到运营，那个项目跟了近两年，刚好那个项目到9月份结束。

在当时，胡军也没怎么和他细谈照金这个项目的具体招商情况，可能是胡军自己也不怎么了解。所以，就说：

"这边山区有个项目，看你想不想过来一起干。"

胡军确实是王磊在这些同事里头，最佩服的一个人。从上一个项目刚回来，也是国企单位，说这边有个项目，可以来看看，他背着一个书包就过来了。面试之后当天就来上班了。

当时他觉得这边天气比较冷，可能对这边情况也不是很了解。来了之后才知道，冬天时候大冷大雪的天气，还在后面，照金这个地方，最冷的时候，要到零下二十几度。

看到这样一个情况，和西安的反差应该是非常大的。因为从上了这里的老国道，心情就开始有变化了，他们做招商这行，跟其他行业不一样，一般商业这块，都必须处于繁华地带。即便某些专业市场，它不是繁华地带，但它也必须在一个集中区域，或是在市区的一个边缘地带，或者是郊区的一个车流量、人流量都比较大的地方。做正常的商业，都是要有人流量和商业圈子的。所以从上了国道以后，往这边走，一过电

第五章 一条河流

089

厂，当时这边路还没有修好，烂洼洼的，开始心就凉了，然后越走心越凉。

到了这个小镇项目的时候，心更凉了，就是一个废墟。当时现场刚完成拆迁，还没有平整，只剩下那几条老路，一看，哎呀，这个项目，真有点悬心啊！心里有点紧张。

按他们以前定向的思维，这个项目想要达到招商标准，至少得两年以后。因为比较繁杂，它是一个小镇，麻雀虽小，五脏却要俱全。它不是单一或是专业的招商，这真不是一句话、两句话能说清的事。至少是他干过的项目里头，没这么干过的。

到这里唯一的感觉就是，所有的力量都比较集中于一点，好像是为了一个什么样的目标箭靶，包括各个部门的配合，上班以后好像没有看见怎么磨合，就配合得严丝合缝。像他以前的公司，你跟其他部门沟通个什么事情，肯定是层层请示，到这里，他给其他部门打个电话说，你给我发张商业街设计图纸。两分钟，图纸就发过来了。他不问你干啥，只要不超过他的保密权限。或者在招商过程中，遇到哪块图纸结构有问题了，随时一个电话，问题就解决了。就没有像以前那些公司，哎呀，你得给谁谁谁打个招呼，看谁谁谁的脸面，工作都跟搞个人间谍帮派关系似的。这里没有这些，这里一切都是工作，而且是一个人干几个人的事，一个部门，干几个部门的事，没时间也没人来扯皮，程序都比较顺。沟通基本上是无障碍的。

这就是一个野蛮生长的地方，和这个野蛮工作的团队，就是这种不寻常的风格，这种现代社会稀有的元素，感觉奇特，好像激活了他的神经，让他的眼睛也和其他人一样，发出了有血有肉的亮光。来了这里以后，这些同事之间的配合度指数，超出了他的想象，不存在互相之间有什么过多的额外枝节，之前职场那些什么事都需要提前熟悉关系呀、什么层层请示呀、工作互相推诿呀等什么的扯淡事情，这里没有。

这一点尤其使他感到惊讶。

以前那些公司，你干个什么，推来推去，这个不是我负责，那个不是我负责，这里听不到这样的说辞。只要你说想让谁给帮个忙，这个事情你需要别的部门配合，只要他不忙，立马就过来了。所以他们这边的工作进度，是超常规的。

他来的时候，桌子上就只有一堆招商图纸，小镇上是一个大废墟。

当时他记得第一次来看到这个项目的时候，就只拿了一堆图纸，一个大商业街区的规划。他们做招商，当时只有商业区北边这块，从红色区域往北，只有这样一个架构。图纸上规划了四五十家店面，基本上都是赵海涛和他们一起，谋想出来的。包括店里经营什么，都是大家谋划出来的。基本上属于纸上谈兵。

当地拆迁完了之后，一些有意经商的村民，有三十多户，他们组织开了一个简单的商业沟通会。当时镇政府也参与了，想看看有没有认识的村民，可以直接吸引他们来这里报名经营。

比如说，照金村民和周边的乡亲们，你原来是经商的，或者你有经商的想法，当时这一块，照金公司给乡亲们有合约承诺的，也包括商业安置。他记得来之前，他做了好几年商业，但是，从来没听说过，在商业上还有城乡统筹这个概念。

他以前的工作内容，就只是做一个纯商业项目，就是招商，就是赚钱，不涉及具体普通老百姓。根本没有听说过，这个招商，是要他在招商过程中，除了考虑商业挣钱，第一要务，还要把村民的利益照顾上。

几年之后，他仍然清楚地记得，赵海涛当时说了一句最牛的话："我们招商的方向，就是在当地小镇培养一批，附近地市吸引一批，从西安大地方挖掘一批。一个现代企业，它究竟是与民争利，还是与民共利，甚至是与民让利，我们应该要做这样的一个先行，或是示范。我们不要惧怕触及这些敏感的社会问题。"

赵海涛这几句话，成为他们招商的大方向，也成为他第一次思考一个问题的起点：那就是赚钱这件事情，它的综合性到底是什么。思考这些与招商无关的社会性问题，这在他之前的从业经历中，几乎是不可想象的。甚至与他之前的职业方向和思维习惯，是截然相反的。

从报名情况来看，当时小镇上有 85 户村民有经商的意愿。他和这85 户开了几次会，沟通看看他们想经营什么，能经营什么。经过筛选，最后确定了 65 户，就是商业街初期的一些当地商户。

当地村民搞定之后，没有人再报名，他们就跑附近地市的新区和老区。这个地方的招商，跟他们以前干的所有商业，都不一样。它有特殊性，第一个是地域，这个地方比较偏僻。第二就是没有什么商业基础，目前没有固定人流量，也没有形成商圈，是处于建设中的。第三个最致命的，就是没有宣传，他们以前做招商，最少都有一个招商办公室，或者招商办，一大帮人马开始往那里一扎，然后就是几十万、几百万的广告费往出一打，就开始有人来咨询，或者到现场来询问了，他们就会在好的里头挑好的，留下来进行经营。

可是这个地方，当时连公交车都没有，更没有一分钱的广告经费，两万多平方米的商业街区招商，只有一个招商部长和一个副部长，合伙抱着一个笔记本电脑，靠嘴靠腿，就那样往出跑。之后的事实也证明，他们还真是跑成了，跑出来了。

当时他们跑附近地市的新区、老区，目标是怎么确定的呢，说白了，也无非几方面，第一方面就是网上查，找附近企业黄页，一些著名企业的介绍，找到他们觉得有希望的那些企业下手，像陶瓷类、餐饮类、艺术类、工艺品类、野外攀爬类，还有一些公共服务，比如电信、移动这些。第二方面就是跟人家当地政府的管委会沟通，管委会那边有一些资源，可以介绍一下。还有就是跟附近地市各局办，他们做这个行业的，有一些同事朋友都熟悉，介绍了一些朋友，就拿到一大批餐饮信息，就开始扫。先电话沟通，谈到差不多就上门洽谈。

招商的宣传力度，如果没有对外的大型宣传，那剩下的办法就是上门拜访、打电话，要么就是贴海报、发传单。这个项目启动的时候，没有什么宣传费用，包括报纸，没有人知道有这个地区有这个项目，所以，都是靠两条腿跑出来的。

这对他们招商来说，是有难度的。基本上就是大海捞针。他原来没来过这个地区，为了招商，基本上附近地市整整跑了一圈，大概有两个月，当时他还跟胡部长上地市新区管委会借了一间办公室。不过，后来这个效果不是很好，后续作用并不明显。

毕竟这个项目在山里头，离附近地市铜川新区，是五十多公里，而且是山区里程。按正常的商圈来说，一个小时的路程，是商业能力的最大范围。一些商户考虑得比较多，比如我是一个商户，我考虑的问题，第一人员，我照看一个店，肯定要雇员工，员工在哪里雇？当地，能解决这个问题吗？第二就是员工的食宿问题，因为照金当时还处于半开发阶段，招商即便是招来了，每个人要住、要吃这就是大问题。然后就是很多商户考虑到投资回报率。比如说，他开一个小店，投 20 万，照金前期开发之前，是没有什么名气的，就是说它现在还处于只是游客在照金旅游，它属于一个旅游过程。一个游客，去纪念馆、去香山寺，或者薛家寨过程中看一下，转一圈就走了。其他旅游完全没有开发出来，好多地方连餐饮都没有。当地的商户，尤其是照金、铜川周边的商户，他对照金未来这个可信度或远景，不是很有把握，感觉比较难操作，包括他们找的铜川几家比较大的商户，如耀州第一碗，都是他们当时沟通的一个商户，谈了很久，后来因为这块真正发展起来以后，他们才过来抢占地盘的。商户看不到当下的利益，短期之内，他是不会来的，所以这个难度就在这里。

如果是他们两个人一起跑，那实在是太奢侈了。所以，当时他和胡部长，必须分头作业。

11 月中旬，所有的商业楼都封顶了。就两个半月，从商业街区楼层封顶以后，他们的招商方向就开始变了，就开始不出去跑了，而是有一些细节的沟通，比如前期签订合约的当地村民安置商户，已经开始做一系列的规划了。

他们每天去现场看，一个是跟进它的进度，看这个楼大概是什么结构，第二个是想一下，有些商户大概要分到哪一块更理想，确定具体的位置分布。

业态规划是一个比较复杂的过程。首先得确定大的这块，比如说北边那一片，原来规划的是 26 间商铺，是一个旅游配套。那条线原来规划的是一个居民生活配套，中间 4 号楼这块是一个餐饮区，4 号楼门口然后一直到拱门，这块是一个民俗文化街，大范围就是这样。

后来他也跑了一些商户，通过赵海涛的努力和各方沟通，公司以前的一些合作伙伴，从西安也引进了四家自营店，包括绿蚂蚁这些，都在谈引进。慢慢就开始确定一些具体的位置。

招商首先是从主力店开始进行的。先把大店确定，然后小店是往进补充的，比如说像红色记忆，就是过完年之后才招进来的。

这些当时都是边招商，边和商户一起研究，看把里面的比例如何确定，比如当地引进的，外面招来的，一部分先把他们招引来，然后再确定，另一部分同时招商和确定引进。

他们最早有一个大的规划，一边实施，同时也是一步步往下变的，从开始到最终确定，它是有比例变化的。按他们最早的比例就是，按业态分的话，餐饮占 30% 不到，按正常的商业，他们在西安，包括各地一般的情况，照金项目这也算是一个商业综合体，它首先是景区跟政区融合的一个新型商业产物。

按正常比例，一般的餐饮是25%，综合体一般百货占的比例大，50%以上，之后是休闲娱乐，占剩下的比例，25%左右。这个比例划分，是各种商业的规范模板。

照金这里却比较特殊，以旅游为主，规划的是旅游业态大概能占一半，餐饮也就是25%到30%，剩余的最主要是居民配套。

这个不是说谁瞎想的，一般的商业，先是确定餐饮，到后来为止，他们想餐饮确定相对少了一点。他跟胡部长包括其他部门的几个人，以前是没有做过景区，做这个景区也是第一次，后来回想起来，当时餐饮的比例还是小了一点。没有想到后来的旅游人数，还是大大超出了他们的预估，所以再后来，就逐步是在往多的方向上调整了。

事实上，照金公司只是一个建设单位，在他看来，只不过是照金公司把不该自己做的事，都做了而已。后期管理会全部交给照金村集团，集团下会有一个景区公司，也就是他们后来托管的景区公司。照金公司是产权方，没有交出去之前是产权方，现在的商业街还没有确定，比如说，到时候可能确定是铜川的或者是照金景区管委会的，或者确定是照金公司的。在没有确定移交之前，这个就是照金公司的资产。现场管理归景区公司，这其中有一个过程，当时他们给村民承诺，每个村民有十平方米商铺的购买权，因为原来这里，也是一个小商业区，虽然村民只有一些小商铺，但总归是有的。

现在拆迁之后，他们什么都没有了。所以给乡亲们承诺，在商业方面有优惠政策，给他们成本价，以很低的成本价购买十平方米，每个村民都可以买。他们上门入户统计过，照金有一千多人具有购买权。北区这块，基本上买完了，但后来是村民有些人不愿意买，乡亲们总共购买了三千多平方米。

这三千多平方米的操作过程，是村民购买了以后，产权是村民的，但是他们不会经营，希望公司统一反租回来，之后跟他们自己持有的这块合到一起，然后统一对外招商。后期商户管理，是景区公司在做。这样之后，商户就能保证一个目标，不管他经商不经商，或者他再来这里租房子经商，乡亲们的利益首先得到保证，这样，也保证公司可以统一管理，整体销售。

事实上也证明，乡亲们对这个商业街是很偏爱的。前期登记的村民有 65 户要经商的，到实际最后成交，签合同入驻的时候，有五六十户吧。

另外有些人，后来都是从周边村镇吸引来的。比如说不是照金当地的，也吸引过来一批。商户报名是比较积极的，当时做的这个事情，也是一个好事情。就希望商户都能够参与这个商业街的经营，也是一个培养乡亲们就业、创业的过程。但毕竟大部分人，也许原来就是种地的，他的习惯改不过来，也许没有经营头脑和商业意识。这个都需要一步一步培养，就是要养商。

他和胡部长到这里之后，做的招商，就跟原来在大城市干的招商，完全不一样。招商的方向，纯粹就是一个培育乡亲们就业、创业的过程。比如说放在以前，他就是把商户招进来，自己装修，完了之后他们现场管理，管得特别严，你必须按照公司的条件来做。

但他们现在做的完全不一样的，在那些商户进场之前，为了让商户快速地或者低成本地进驻商业街，他们做的一些事情，可能在其他商业中根本不会做的，就是基础装修，他们会给商户把装修全部做完，公司自己投资，第一是为了快速地让商户进驻；第二也是为了减轻当地村民或者商户的投资额度。一般店铺装修费用，是比较大的。整个风格都是统一设定，统一来做的。避免了扎堆餐饮或是扎堆零售等弊端，而是按照流动旅游人数，来合理分布业态。

自然前期的简装方案确定之后，也有不同商户的需求要区别对待。个别不同的，空出来没有装，有一两家大的餐饮，它有特殊需求，稍微不一样，但基础都是以一个标准来装的。这里头，几家大的店，像绿蚂蚁这些，招进来的时候也费了一些周折。

当时西安有一个文化商业联盟，组织了一批西安的商户，包括亚妮轩、海派、绿蚂蚁，还有其他的一些，选择了几个比较好的，等于一个大的商业考察团，或者说是一个大的经营商，过来照金考察统一谈的。这几家经营商，也是赵海涛那边通过朋友们推荐，或者考察了，选定了几家有闯劲和有开拓经验的商户。

文化商业联盟这个概念，也是赵海涛提出来的，来考察的商户，必须有一个成熟的经营理念，也有成熟的店面，这些在西安都是比较有名气的，他们组成了一个大的商业开拓联盟，对照金商业街区在形象塑造方面，可以在一开始，就养成一种多层级的商业样态。

当时赵海涛直接策划的这个文化商业联盟，确实对最初的照金文化业态，起到了定海神针的作用。之前乡亲们听都没有听说过，还有这样五花八门的商业形态。这在引导这里的商业，起到了很大的作用。

因为招商这边，是要动用一些前瞻性很大的思维模式的，毕竟这个地方的前期招商，是存在不少难点的。在定向思维中，在西安的一些资源也用不到，比如说你在西安开一个店，你首先人流量是确定的，但是你让西安经商的来到这个地方，难度就很大了。他会认为你一切都是在纸上谈兵。但是开拓一个荒野故事，以后有多么火爆，起初它就会有多么艰难，就是这样一个矛盾对立点。这就好比当年的美国西部，谁敢第一个把铁路铺进大西部，谁就把银矿、金矿、铁矿运了出来。这里当然是刚好相反，谁敢于来这里第一个吃螃蟹，谁也就第一个亲近了未来和大自然。

之后也和梁冬接触过，当时也是赵海涛通过铜川的张学联系，梁冬后来还在这里考察了两次，包括后来在照金开了一个未来新健康养生的高峰论坛。张学这个人也是搞文化产业的，和"易中国"包括它的"蓝国文化"都是招商过程中的大商户，在耀州那个"文行观"就是他的。而且他那边主要就是做文化产业，包括文化商业策划什么的。

总的来说，照金公司跟村民的合作方式，是村民首先认购 10 平方米以内的商铺，然后每年的租金又返还给村民。

因为当时说的就是一个全面安置，这也是商业安置五条保险锁中，其中的一小部分。当时也是遵循这个原则，为了让当地乡亲们有一个稳固、划算的经济收入。

还有合同预算部的主管雅琳，她也是第二批上山来的一位姑娘。这个稍微有一点点胖的姑娘，起初在审计事务所工作，要去外地，去延长石油，虽然也是国企，不过是施工方邀请她去的，是个乙方单位。她不想去，就跟周围的朋友们吐槽，想找个正经企业，好歹当个甲方。她的家庭观念有一点儿传统。还有更为迫切和重要的原因，就是她已经到了适婚的年纪，之前也谈过一些恋爱，大都不太理想。

传统家庭里的逼婚，通常会达到常人不能理解的激烈程度。这样的话，在甲方单位，是不是应该有一些优质的男子，来供她选择呢？个人问题，一定要在父母规定的期限内，高质量地全面完成。所以她给西安的朋友们打了招呼，帮她物色一个好的甲方单位。

当然，她认为她这个人，一定是有福之人不用忙的。果然很快，就得到了来照金这个项目的机会。

照金项目对她来说，可以说是妥妥的纯甲方单位，而且最主要的，是男生居多，可供她慢慢地选择。虽说她的第一学历是专科，但是她这几年吃苦受累，在职读了本科和研究生。所以一来照金，事业上就有了她人生以来的第一次升职：合同预算部的业务主管。可能只是相当于一个组长什么的职业级别，不过，在她看来，已经很棒了。

她来了照金，看见满是泥坑，她倒没什么惊讶的，为什么呢，她以前工作的乙方单位，都在外地，一开始都是大泥坑，比这里更艰苦的地方，满世界都是。在她眼里，这里都算是很好、很优美的地方了。

当天一来，她就觉得吃的真好。伙食比起乙方单位来，好得不知到哪里去了。每天都是极其丰盛的自助餐，一日三餐，几乎顿顿都有肉吃，对她来说，这是多么大的一个改变啊。而且只要你不怕发胖，吃多少都没人管，大鱼大肉，让你管饱吃够呢。

虽然她来的时候，本身已经稍微有一点儿胖了，但是刚来的十几天里，她还是允许自己放开胃口，各种大吃大喝，大鱼大肉，美美地吃着。后来也吃得习惯了，她才慢慢地冷静下来。

反正以后，只要你想吃肉，每天都可以吃到啊。总而言之，毫无悬念，这是她吃过的最好的伙食了啊。住的也好，虽然是刚装修好的煤老板开的照金酒店，有一股浓烈的装修味道，但是，比起乙方单位几年如一日住的走风漏气的简易工棚，好的实在是甩了乙方单位十八条街区都不止啊。

另外对她来说，还有更隐秘的一点，那就是这里基本上都是年轻的男生居多，看来要想解决她的个人问题，也为期不远了。她常常为此暗自窃喜。整个团队，只有她们四个女生，薪水也很满意。说到薪水，她就忍不住又要暗暗鄙视之前的乙方单位了，比起这里的工资待遇和职工福利，之前的乙方单位，真的是太寒酸了。

她来了之后，已经有小三十个人来了，部门组建也基本到位，行政、内勤、招商、工程、城乡统筹，还有她所在的合同预算部门。

天哪，自己一个农村出来的小人物，因为家里不富裕，甚至可以说是很穷。大学也上得很可怜，省吃俭用。一下子从清贫、抠门的施工单位转换到这么阔气的甲方单位，天天都有肉吃，一下子就觉得相当的傻眼啊。

小镇眼前虽然是一片荒凉，但是，他们的开放式的大办公室墙上，挂着一张大大的宏伟蓝图，在她眼里，那可是特别宏伟的蓝图啊。白天看图纸，晚上开会，加班，几乎没人回房子里休息。

还有，那个一说起照金的未来构想，就滔滔不绝的男人，大家都叫他赵总。在她看来，完全是一个磁场非凡的人物啊。一看就是个有料的人，说话办事，谈工作、谈未来、谈设想，不隔离任何人，不丢下任何人，不背着任何人说一句小话，带着大家一起上进。凡是开会，连扫地抹桌子的清洁工也愿意听，他都让过来听他们开会，争论，争吵，甚至是训斥，都在桌面子上，都不避人。好像什么都懂。在她看来，这是哪里来的大人物啊，整个人简直就是闪闪发光，特别有神采呢。

她之前工作过三个地方，施工单位、审计事务所、私人地产公司。工作分工上，都不怎么全面，只局限于一个点上的工作，不像这里，完全是一副拓荒者的形象和做派。一切从无到有，而整个团队，也异于以往的团队。这个工作你没弄过？不用怕，你能胜任。她一听到这话，就会热血沸腾。自己从一个小小地产公司的预算员，做梦都没有想到这个地步，一下子成为一个正经甲方单位的业务主管，年轻人都喊部长、副部长、局长什么的，在她眼里，官职好大呀！大家都是"80后"，同岁的很多，一来照金，都叫部长啊、局长啊什么的，又不像是在开玩笑，相比之下，自己的官职最小，也是个业务主管呢。之前真是做梦都不敢想啊。那个大家都又怕又恨又成天挂在嘴上吐槽、谈论的赵总，观念跟别人老是不一样，他一个理科生，却是无所不知，精神好像永远是亢奋状态。让公司三十来号人都一块成长，不能落下一个人，每天开会，把村子里来搞卫生的人都叫上，叫大家一起开会，一起研究方案。晚上吃了饭，开始加班以前，习惯把大家都叫上，去后山爬山，茶余饭后，一方面听大家七嘴八舌，一方面他自己也给大家讲大道理。有一次对她说：

"要是让你当部长，你给自己如何打分。"

她说："六十分吧。"自己从一个小乙方单位过来，说话做事，小心翼翼，生怕哪句话说得不好，得罪了人。习惯了看人脸色行事，谨小慎微，像是之前的人生，受过什么创伤似的。

赵海涛说："打得太低了。不行，你对自己的工作能力太低估了，这是一种双向心理暗示。你应该关注你的理性判断，不只是光在乎别人的反应，睁开你的第三只眼。看自己，也看世界。"

好像他每时每刻都在鼓励别人，又是特别正面的说辞，这在她的从业生涯里，触动最大。在她之前所经历的职业生涯里，一般情况之下，谁又能顾得上鼓励谁呢。不找你的大麻烦，不给你穿几双玻璃小鞋，就算是很大的恩赐了。

在她眼里，赵海涛就是一个团队的总规划师，是每一个工作伙伴的灵魂铸造师，而俞红，就是一头实现这个过程的老黄牛。

和她一样，第二批来的人里面，还有后来成为照金工程部五虎之一的燕敏。他是一个典型的北方后生，厚实、仗义，话不是太多，看起来有一些倔强，他是跟着康部长来的。之前在工程上和康部长有过接触，比较尊敬康部长。所以，康部长给他打电话说，照金这里有个项目，离家远一点，咱干工程的，不是也习惯了吗，看这里的未来规划蓝图，听起来还不错，你想不想来呢。

他当时正在一个乙方施工单位搞工程。乙方单位，说实话，都很辛苦，好多乙方单位，大部分都是亏损单位，个人收入也不行，刚好工作上也有一些小摩擦，干得不是很顺心，就跟着康部长过来看看。

过来一看，这里可以说几乎颠覆了他以往的从业经验。完全是一个全新的地方，这个项目，在他看来，和他之前的施工地方相比较，简直就是山清水秀，世外桃源啊。山沟沟里野花、飞鸟成群结队，然后在山坳坳里有这么一个正要开始重生的小工地。

在他看来，这里的工地现场，并不大，甚至和他之前的工作场地相比，看起来很小。在这荒山野岭风光秀丽的地方，建设一个小城镇，可是给人意外惊喜的一个风水宝地啊！假如这里和大城市哪怕能有那么一丁点儿小小的结合，那几乎就是上天赐予的啊。

现代文明和野性荒蛮结合，那将是一种什么样的奇遇？几乎就是和世界接轨的极限思维啊。光是这一点，就让他大开眼界，这种破天荒的构想，多年之后，不是丰碑，也会是里程碑式的存在啊。

并且，更让他感到惊讶的是，他还成了正儿八经的甲方代表。不仅是甲方代表，还要管理那么多的乙方施工单位，还要监督他们，把工程干好。这在以往，几乎就是凌驾于他之前所在的乙方施工单位的头上，成为不折不扣的管理者，简直就是不可想象的事啊。这些变化，就只在他的心理感知和工作气质上，就已经是翻天覆地的变化了。

他很快喜欢上了这里。一来的当天，就投入灰尘滚滚的工地，一辆拉土车一开过去，百米之内，什么都看不见。但是，在他的切身感知里，这里野性、率真、风情，整个项目，从领导到员工，都是一帮子年轻人。活跃、激情、精力充沛，和以前死气沉沉、拖着一大堆旧包袱的老国企相比，简直就是轻车简从，天壤之别。

居民安置小区、照金书院酒店、纪念馆、学校、医院、镇政府等全面施工，工程布点多，工程部甲方的人少，压力大，工地上一开始三通一平，就很考验人的水平。

工作强度几乎是大到极限，他早上开例会，康部长安排一天的重点跟踪问题，然后几个人分头去工地，中午就在施工单位对付吃点馒头夹大葱，各个工程布点上发现问题，现场解决。村民的问题，有的地没说好，坟还没迁，施工图有时和具体地貌不符合，有丝微出入，地下管线、管道分布就无法判定，有时还会不小心挖断电线，然后就是各种极限抢修。每天跟消防队、供电局、施工单位各种牵扯，好多问题必须现场处理，处理不了的，到晚上回去，开总结会汇报问题，协调解决方案。

工地上巡视一大圈，就得两个多小时，他一天要巡视两到三遍。这种强度，没有个好体格，还真顶当不下来。但是比起工地上的现场处置，这些都是小事。如果遇到挖出棺材，就比较麻烦，要和镇里联系，看是新坟还是旧坟，新坟就要给人家先协商好赔偿价格，先找到合适的地方迁坟，旧坟的话看有没有人认领。即便没有人认领，也要按当地的风俗规矩，办好各种安迁仪式，让逝去的人也能安息。

工程一开始，他就协调解决了一座旧坟的搬迁。看到老坟里的场景，着实把他吓了一大跳。晚上汇报会上，大家一起商量，建议公司统一划出一个僻静一点、山清水秀的山沟或坡道，安迁这些新坟和无人认领的老坟，可以使逝者的灵魂在山野自然中安息。

甲方原来也不是那么好当的啊。一天下来，灰头土脸。

合同预算部的张涛，原先则是一名政府职能部门的工作人员。人长得胖乎乎的，脸有一点儿圆。结婚几年，儿子两岁了，媳妇和他一样是西漂，就是在西安漂着。婆媳关系也很紧张，往往因为一件小事，就会大吵一架。大冬天时，媳妇说要把窗户开一条缝，透透气，婆婆不同意，说是怕吹坏小孙子。

所以，媳妇打开窗，婆婆立马关上，然后就是一通干仗。都要等他回家处理，他谁都得罪不起，就大部分时间躲到单位。他的单位倒是一个省心的单位，在省建委下的一个定额站，实际上平时基本就没什么事情可干，一杯茶，一张桌子，等下班，就是太闲了。只是偶尔协调解决一下劳务产生的纠纷什么的，基本上接触不到自己大学所学的工程专业，没有什么实质性的工程施工。后来，之前的朋友，也是现在照金项目组合同预算部的田部长，联系他来照金。他一听觉得这个项目听起来很大，可以锻炼一下自己。自己还这么年轻，现在就放弃专业，开始混日子有点儿可惜。再加上家里也特别闹腾，索性就离开大城市，出去闯荡一番好了。田部长给他打电话的时候，他就暗暗下了决心。

但是，第一次去照金的时候，把路走错了，在山里转了一个上午，后来返回来，又重新走，到了九里坡的时候，看见那大坡和多到没办法讲究的弯道，心里真不想去了，路太难走了。到了以后，比起自己原先单位的办公大楼，办公地点也很简陋。心里真后悔自己的草率了。

但是，他出发的时候，怕自己放弃舒适的大城市职务，去了山里会后悔，走的时候，就把单位的辞职手续都给办妥了。这样，即便他后悔，已经没地方可去，没什么退路可走了，只能硬着头皮去了。

合同预算部，说白了就是甲方的守门员。之前他在政府职能部门待过，处理过一些合同劳务纠纷，所以他知道施工单位的一些手段。虽然他想，可能也是因为有些施工单位，它没有人脉或是什么情况，它就是靠低价竞标得来的工程，处在产业链条的末端，所以会在施工计量过程中，要一些小手段。有时候会胡搅蛮缠，所以他可没有少和施工单位的人吵架。

施工单位是乙方，在乙方眼里，甲方就是肥得流油的大官老爷，计量的时候，不多记一点，那才是傻瓜。所以每次都会多加一点。乙方会赌你分管这一片的甲方懂不懂行。你不懂行的话，工程计量至少多记20%。由于他原先的工作经验，甚至他也在施工单位干过一段时间，所以他大概知道工程实际成本，核实计量签字画押时，本着底线和原则，就是既不能让施工单位赔钱干，但是也不能偏离市场，让施工单位把你当作一个傻帽儿。

每天要盯着施工单位，工程计量，材料审核，防止他们以次充好。

因为施工地形复杂，所以合同变更多，出入也就会增大。每次吵架，施工单位管工程和质量的人，就会先试试你的水深浅，看你懂不懂，看你管不管，看你嘴紧不紧，看你手松不松。大部分时间，他要去工地上瞎转悠，计量、变更时他心里就有谱。审核计量的时候，他这个甲方和乙方面对面站着，视线，表情，简直就是一场心理战。乙方他就看你有没有发现他的猫腻。

有一次吵架，爆发点是因为几台挖掘机土方的计量。地基开挖时的土方，要增加变更，因为下了雨，坑里有积水，需要水泵抽，乙方不想抽，如果抽水要加价。他说：

"一般情况下，甲方要你跳楼你就得跳楼。但是咱这甲方讲道理，又没有要求你跳楼，只是要求你抽水。为了安全起见，你必须先抽完水，再施工。"

乙方就拿出合同和他扯，要求变更，要求增加计量。他就给对方一笔一笔清楚明白地算账。作为乙方来说，其实是弱势群体，遇见强势和懂行的甲方，他们就会败下阵来。能多要就多要，要不来也就算了。这也是因为甲、乙双方的立场不同而已。

但是，所有这一切争执，他有一个底线，他也会在心里，时常敲打自己。他坚决不允许施工单位胡来，多记超算。但是，他也会给乙方单位合理支付，而并不是一味薄情寡义、不讲道理地克扣。他之前在施工单位待过，知道乙方的艰苦，大部分时间，还要在某一个食物链条上，任人宰割和鱼肉。

虽然这些顶端的事，也不是他们这些一线工作的人，所能考虑和顾及的，但是，在他这里，一些不公平待遇，至少应该做一些力所能及和合理的规避。

他就是这样一位看起来温和，却还是有一些原则和坚守的人。

比起其他人，城乡统筹部的兆鹏，可以算是一位本地青年。他的大学是在省城上的。大学期间，他是共青团的骨干分子，平时经常组织一些下乡帮扶的志愿者活动。寒暑假会去贫困山区支教。他们的口号是："聚是一把火，散是满天星。"他在大学期间入了党，一直是学生会干部，经常参加团省委的下乡活动。虽然是一个从小在城里长大的年轻人，看起来家境也不错，穿着得体，人长得也有一点儿帅，为人朴实，笑起来甚至可以算得上是迷人呢。

大学毕业后，他回到家乡所在的地市，听说了照金这个项目，虽说是在乡下工作，但他认为一个年轻人，就是偏偏想给自己出一点人生的难题，来操练一下自己。

　　后来在照金公司，他确实觉得不虚此行，也成为城乡统筹这一块的一位骨干分子。在牧场、滑雪场的土地流转和征迁过程中，和村民成了不吵不成交的朋友，甚至得了一个"迁坟大侠"的名号。

　　他胆大也心细，后面牧场那块地方，山坡上坟地集中，拆迁困难，好多年轻人都不敢去。一个坟地挖下去，有时一股水就会突然冒出来，开挖掘机的人都会吓一跳。一年的新坟怎么征迁，两年的怎么迁，老坟怎么征迁，费了不少心思和精力，工作也不是那么好干的呢。

　　但是，他喜欢这里，这里算得上是他的家乡。他从小就了解这里，他在这里学会很多东西，比如，如何和乡亲们打交道，如何体谅他们的苦楚；教一起工作的同伴们，如何辨认各种石头、花草和坟地，什么样的野花、野草是藤本，什么样子是草本；三年的新坟是什么样子的，棺木松动，有血水；五年以上的老坟，棺木里面会是什么样子的……哎，简直就是说起话来，三句话不离本行了。

　　他还会告诉同伴们，荒野中为什么白色的石头比褐色的石头更坚硬，什么采光坡面生长的艾草，香味更持久浓郁；为什么荒野里的上弦月，看起来月亮的缺口更明显，为什么星星在天空，会觉得离人的距离很近，这些杂七杂八的感受简单又实用，正好符合一个回乡青年大学毕业生的身份。为什么麻地村附近和照金村会有满山的野桃花，到了春天究竟有多神奇，为什么秦直道上的烽火台，在月光下面看起来是蓝色的，这些都是吸引他的地方，也大大充实了他在荒野里的青春世界。在他眼里，还有什么地方能比这里更好呢。这些都像是梦和童话里面的东西，应该像是彩虹一样遥不可及才对，但是，这些就在他身边。

　　或许很难想象，一个时髦得体、长相很帅的年轻人，对村子里这些鸡毛蒜皮的小事，会这样给你娓娓道来。

　　而摄影小组的小宇呢，他之前的工作，是搞专业摄影的，和照金公司算是合作方，拿钱干活的。他第一次来，比第一批人来得还早，之前照金公司赵海涛他们来考察这个项目的时候，小宇就来了，给他分配了拍摄任务，早期拍摄照金地形图，以后需要保留历史遗存地形原貌图、风土人物、地理原貌资料什么的，小宇甚至比照金本地人，更了解这个地方。

最早期处于规划阶段的时候，他们要做这个景区的规划片，2011 年三四月份，就过来做前期的地形考察，这片地形、地貌的一些拍摄，用于做前期规划、3D 效果图。然后对照金周边的一些原貌，区域的原貌、当地植被、环境进行一些数据的采集。到了 2012 年 8 月份左右时，跟着第一批人过来，8 月 20 日过来对村民家里进行了拆迁跟踪拍摄。就是留一些原始资料，差不多对每家每户，都进行了一些拍摄。在这个拆迁过程中，然后到后期的宣传推广，他们一直都有影像资料。

他相当于每天都是一个记录者，每天定点记录小镇的变化。

虽然有时候的拍摄是挺匆忙的，后来自己翻老照片的时候，回头一看，感觉还是很有成就感的。拍了一些建筑从打地基开始，到慢慢建起来，一星期拍两三次，然后整个建设过程中，就有非常直观的一个变化过程，还有整个镇区的日常四季镜头。

他有一个照金拍摄小组，签的是三个人，中间有人吃不了这个苦，整天灰头土脸，泥里来水里去的，换了几批人，现在还是三个人。小宇负责照片拍摄，一个同事是负责视频拍摄，还有一个同事算是助手，后期处理，出去拍摄开车之类的。

他们这个拍摄小组，和照金公司是甲乙方的雇佣关系。他们是受雇于照金公司来记录这个小镇的变化。

有一次赵海涛跟他们开会，说了一下为什么他们能接到这个拍摄的活儿。最早的时候，小宇所在的摄影公司，在省里自己出钱，拍了一些关于大城市变迁的影像记录，拍了两个片子，自己出钱花了几十万吧，用大半年时间真实地去记录这个城市的样貌和变化。赵海涛看到了那个片子。找到小宇老总谈了一些自己的想法。两人的想法比较类似。后来赵海涛就给总公司的领导建议，让小宇他们公司来照金做这个记录历史的事情，来真实记录照金这个小镇的前世今生。也要留一些真实状况的历史资料给后人。

于是，他们就散落在照金的沟沟岔岔，每天记录小镇一草一木的改变和成长。

第六章
与土地和灵魂有关

武悦在城乡统筹部，做牧场这块土地的流转，他一来就做这个工作。

他一个城市长大的年轻人，对他来说，显然是有挑战的，虽然后来和乡亲们相处得不错。压力最大的时候，是负责牧场协调，因为牧场是一个工程建设，他也不是学这个的，他学的是人力资源，让他在里面协调，他觉得那个时间压力真大，赵海涛又很严格，他去了会突然问你一些问题，比如这个地造价一平方米多少钱，他根本就不知道。所以那个时候到什么程度，一听说赵海涛要来牧场，他心理压力就很大，那段时间，他就把工程那些东西，把那些涉及的数据，所有东西都记在脑子里，就那样很多次都被赵海涛问住了。感觉自己都干不下去了，后来还是挺过来了。赵海涛是很少表扬人的，但是有一次在牧场转，当时牧场正在平地，结果那次在牧场检查，还表扬了他，他到后来好几年都记得很清楚。

以牧场为例，土地流转租赁期限是 10 年，每年每亩地给乡亲们补偿 500 块钱，这些钱他们经过测算，已经不算低了。因为照金当地冬季气候寒冷，一年四季，基本上只能种一季庄稼，玉米或是谷子，一年算下来，一亩土地，它的纯收入最多 200 元。现在就是你一年什么都不干，公司给你 500 块钱。有些乡亲们不愿意流转，说你把乡亲们的利益侵占了。

乡亲们大部分都想被征地，当时为什么流转那么困难，乡亲们就会说你干脆把我地征了算了，那样一次性赔付的钱多。

为什么一部分土地要征，一部分要流转呢？这个跟政策、跟规划有关，镇区那些永久性建筑，那是要征地的。但是，像牧场这种，就是以土地流转的形式拿过来的。征地这个不是说公司想征就能征的，这得有土地审批，报批有征地的权限才能征，所以只能采取流转的形势。

村民提出一些问题，也是比较现实的问题，说你租了我10年的土地，往地里建一些旅游设施，那10年后我想种地怎么办？

这也是一个很实际的问题，也不能说这个地永久地给你流转，那怎么办？只能是磨呗，基本上这个事情，10年过完了公司会续签合同，牧场的初心和规划，本身就是尽量减少对牧场土地的破坏和改变，有些事情，确实是有一定的难度。

牧场当时是500亩耕地，牵扯到两个村，一个是照金村，一个是天宇村。这两个村的500亩玉米地，一年的产量也不是很好，基本上卖不了多少，大部分是留给自己吃。

农村的山地，划分了12个等级，就是一级土地到十二级土地，一般山区这里的土地，级别相对并不是很高。所以产量有限。

武悦起初来这里的时候，感觉这里还是比较落后，小镇子很老很旧，烂房子很多，特别贫苦，房子快倒了的都有。

而且越进山，越老旧。这当然可能跟交通有关系。

一开始土地流转的时候，他就是一家一户去走访村民。乡亲们的思想，有让人不理解的地方，也有让人能理解的地方，比较矛盾。乡亲们的特点，就是只看眼前这些利益，再长远一点儿，他就不相信。

举个例子，照金公司一开始的规划中，在牧场的对面，要种金银花。以金银花基地为例，公司给乡亲们免费的苗木，你自己种，赚钱了你先保本，一年的劳务费公司支给你，再赚钱了，公司和乡亲们两家分成。理论上很合理吧，乡亲们不愿意干，乡亲们要怎么干呢？地是公司你流转走的，苗木也是你的，你雇我，我干一天你给我多少钱。就是要见眼下钱。金银花基地本来想把这个苗木扩散出去，公司来种统一收购，但是实施起来却比较难。

再长远一点儿，公司把地给你，苗木也给你，可能你一年能赚5万块，乡亲们都不干，就是这样，乡亲们宁可一天挣那100元钱。

这个好像也并不是照金当地存在这个问题，这是一个普遍问题。还有就是刚开始土地流转的时候，这个镇子正在建，到底能建成一个什么样子，乡亲们心里是有疑问的。

说心里话，乡亲们也愿意让你来建设，但同时在建设过程中，你牵扯他利益了，他就不会给你让步，就必须让公司来妥协，所以怎么办呢，只能去跟村民讲，比如当时修这个牧场，他三天两头挡你的设备，没办法，只能去说，劝阻，就这么一步一步过来的。

遇到牧场有一些需要移走的坟墓，困难程度就更是不可想象。

照金有句古话，穷不拆庙，富不移坟。这个地方之前的风俗，基本上每家六十岁以上的老人，就会在家里置备好一口棺材，油漆得黑亮黑亮的，一般会在闲散的柴房里放着，里面还会放上来年一年吃的粮食，玉米啊谷子啊什么的，防虫又防蛀。你和乡亲们一说迁坟，大家心里就很抵触，不单单是价格问题，还和传统有关，不愿意挪坟。

武悦和第二批上山的兆鹏，就给乡亲们苦口婆心地讲，会精心挑选一个好地方，把牧场的老坟迁移过去。村里八十多岁的李大爷，很有名望，他家的祖坟刚好在牧场中间，需要动迁。他一开始坚决不同意迁坟，而且非常生气，他说："你们这不是在扒人家祖坟吗？你们这干得可都是伤天害理的事啊，要是有人去扒你们家的祖坟，你们愿意吗？"

照金公司这两个年轻人，在之前哪里见过这种阵势，就一直僵着一张笑脸，给老人递烟。嘴里就像是复读机一样，念叨着希望大爷能顾全大局，为了以后的照金。

谈了一天都毫无结果。正争论着，听到大爷说起他的孙女，刚刚中专毕业，找不到工作，一个女孩子在外面打工，很不放心。两个年轻人赶紧请示领导，现场帮助大爷把孙女的工作安排到马上就要成立的村集团。大爷不相信，当下就把大爷带到公司，签订了孙女的工作合同，照片上看到大爷的孙女长得很漂亮，气质也很好，就直接安排在前台做接待工作。

大爷的心结一打开，迁坟的事就有了松动。

但是大爷提出一个要求，他想把他的棺材，放到牧场他家的祖坟那个地方，放上几天或是十几天，他要在旁边搭一个帐篷，住上一段时间。

武悦大惑不解，问："大爷，您为什么要住在那里啊，还要带上您的棺木。您黑夜住在那里，不害怕吗？"

老人说："不害怕。"

没办法。武悦他们赶紧答应，用拖车把大爷的棺材，从大爷家里拉出来，运上坡，十几个人搬放了半天，才严丝合缝地摆放在大爷的祖坟那里。给大爷搭好了帐篷，按照大爷的计划，用四块木板，搭了一个木棚子，还留了一扇窗户和一道门。地上也按照大爷的要求，就是裸露的黄土地，没有铺任何干草或是别的东西，就是一块带着地表温度和湿度的黄土地。木板的里面，放着大爷的简易床铺，木板的旁边，放着他的黑漆棺材。

秋季的照金，坡上杂草和野花都还在盛开，有的地块已经推平了，有的地块还没有推平，长满荒草、野花和庄稼。白天，太阳高挂，大爷带着一些提前预备好的食物，住在他的临时板棚里。夜晚，头上满天繁星，明亮的星星，似乎要和棺材旁的大爷说话一样。大爷每天都关注天气变化，风向朝哪边吹，好像在计算归家的时间一样。

他就坐在他百年之后的棺木旁，安静地抽着旱烟。在寂静的夜色中，一边打量着山坡，一边打量着原野，好像认出来了，好像他来过一样。在荒野湛蓝的星空下，一个八十多岁的老人，坐在他家的祖坟和他自己的棺木旁边，点着一袋旱烟，一明一暗，在牧场的草坡上，在原野之间，闪闪发光。

每天晚上，吃过晚饭后，照金公司的四位姑娘们，习惯去后山的牧场散步，看见夜空下面的坡上，一口黑黝黝的棺材，和一个一明一暗的亮点儿，吓得都不敢上坡了，拔腿就往回跑。

土地流转的事儿，一向不是那么好办。家家户户都有自己的主见和情况。这边大爷的事情刚解决，牧场东边的地块就出了状况。

东边这里，是一块就要成熟的玉米地，本来之前已经和户主签了流转合同，地上的青苗赔偿也作了价，按时支付了合同款项，但是第二天推土机在地上推掉玉米的时候，这家的女主人不干了，坐在推土机前面不让推。她不仅不让推地，还叫了村子里的一些老人和小孩，手里拿着锄头和耙子，把机器围住了，气氛特别紧张，感觉要动手。这个妇女，名叫巧娥，看起来说话温和，处事机敏，但是，却很有自己的主张。她坐在推土机前面，就是不离开。武悦故作镇定地问她：

"阿姨，咱家的土地流转款和青苗赔偿，不是都给您支付了吗？"

"是啊，给了。"阿姨说。

"那您为什么不让机器进场作业啊？"

"我要坐在这里，等玉米成熟，收庄稼。"

"阿姨，我们已经给您赔了青苗损失了呀。"

"我不是君子，我就是个种庄稼的人。你说我不君子我也担了，那我也不能眼看着庄稼毁了，你们毁坏就要成熟的庄稼，就不怕雷劈啊。你没看见，玉米要上浆了啊，要成熟了啊。我要在这里等玉米棒子熟了，收回家。你要硬毁，你就让你的机器从我的身上碾过去。"

武悦看见这块地的女主人，虽然嘴里说着狠话，脸上的表情，却很复杂，眼睛四顾，看着山野，好像没有办法看着她种了一年的玉米，在高大冷漠的推土机底下，倒地尽毁。

是啊，武悦想，或许阿姨对庄稼很有感情吧，只好让机器停下来，先去推杂草荒摊子那边的土地平整。等了几天，玉米熟了，叫上公司的几位同事，和阿姨一家子，把庄稼收回去了，才叫来推土机准备推地平。但是阿姨还是不让推土机动，说要公司再赔一次青苗。不光是这个阿姨，另外也有几家，本来流转土地上的青苗费，都已经赔过了，但是第二天、第三天，他们的地上又重新栽上了歪歪扭扭的青苗，再来要求二次赔偿。并且，一家来了要求这样，接着，好几家都来了，都要求这样。

说话间，几家子妇女、老人、小孩，又把武悦他们围住了。最后处理不下来，越说越乱，围堵的乡亲们越来越多，闹得人心惶惶，不可开交。最后只好给领导汇报。

赵海涛说："这种不合理的请求不能答应。为什么呢，本身丈量土地的时候，大家的尺子就松，清点地上附着的树木、青苗时，也会酌情多算一点，但是绝不能离谱，不然，那些积极配合、合理合法的群众就会吃亏、会寒心、会变得心里不平衡，那不是我们的初衷。这个事情要和乡亲们说清楚，谁家家里有困难，子女就业，孩子们上学什么的，这些困难，我们要尽力帮助，但是这些不合理的东西，不能突破原则。"

话虽这么说，但是这样的情况还是不能杜绝。一家开始闹了，就会有好几家都来闹，又不能和乡亲们打架生气。没办法，牧场的地块平整，时断时续，很难推进。

赵海涛晚上翻来覆去睡不着，凌晨就窝在寒冷的被窝里，给乡亲们写了一封公开信——《照金的未来，在公正和爱心里》：

照金的父老乡亲：

昨天晚上十一点，我离开办公室的时候，照金公司的同事们还都在加班：财务部正在做融资方案；规划设计部在研究幼儿园的设计；城乡统筹部在为你们即将成立的照金村公司设计产品包装。我刚回到房间，公司的副总经理严宇找我，他刚和镇里、村里的几个干部们开完会，讨论了牧场建设和土地流转的事。他告诉我两件事：一是公司合作了油脂公司，明天就进山收购核桃了，谈的价格还不错。

严宇告诉我的第二件事，让我的内心产生了忧虑和不安。他说在土地流转过程中，绝大部分村民是支持的，但有个别人，挖空心思把荒草说成青苗，甚至在地里连夜移栽了很多树苗，想获得高补偿。我知道，这种贪利现象在其他地方也有。但在照金坚决不行！因为照金人的觉悟和其他地方不一样。通过土地流转，大家已经收益，很多人变成了牧场工人，将会再次受益。如果通过这种投机取巧的方法谋取利益，这样的钱你花着安心吗？这样做，你们觉得公平吗？俗话说得好：要想公道，打个颠倒。我们一心想帮大家过上好日子，有些人却挖空心思"占便宜"，我们的心里会怎么想？大部分人的心里会怎么想？那些支持土地流转的乡亲们会怎么想？景区的硬件建设不难，难的是建起新景区的"人心"。

严宇临走时，我对他说，如果那些人的生活确实有困难，你在就业或其他方面，多照顾他们，但想通过歪门邪道弄钱，绝不退让，绝不能答应。靠多要几棵树苗钱，乡亲们能致富吗？不能。如果人心是一盘散沙，这个景区建设得再漂亮，也不顶用。公正的原则，一定要坚持，不容谈判！照金的未来，应该在公正与爱里。学会公平公正地对待每一件事，每一个人，包括游客，我们就会觉得心窝子里暖和，活着就会感到有奔头……

第二天早上一开始，照金公司的员工，就挨家挨户，给大家发公开信。

每户重新登记造册，家里有几口人，收入来源靠什么，谁家孩子上学有困难，谁家孩子就业有困难，重新摸底。对于贫困家庭的孩子们，照金公司的员工，从上到下，一共三十几号人，每人一对一帮扶一个孩子，从经济上、学习上、生活上全面帮扶；家里有就业困难的，一一报名登记，根据自身的需要和特长，参加照金公司举行的各种技术培训班、剪纸班、保安班、农家手艺班、保洁班、酒店服务培训班，掌握一门技能，小康一个家庭，最后在马上就要成立的照金村集团或是照金公司，安排适当的就业。协调正在施工的乙方单位，愿意在工地上就近打工的乡亲们，也可以就近干活，干活的工钱，协调乙方优先支付给乡亲们。

　　日子一天一天地过去。逐渐地，土地基本上得到了平整。除了镇区建设，山后面又平出一个大牧场。杂草荒地变得跟丝绒地毯一样，沟壑与缝隙的存有，使得这个未来牧场，变得极不平凡。现在它的样子，还没有完全呈现出来，就使每天晚上饭后，加班之前的照金公司的员工，以及乙方施工单位的员工，都会跑上来散散步，一看到这里，心里好像都充满了孩子气。

　　这的确很奇怪，大自然对人的情绪改变，也难以解释。甚至一直在这里种了一辈子地的妇女和老人，都很新奇，都想上来转一转，不知道自己的土地，会变成什么样的神奇脸色，使他们看起来，也有了一些孩子气，难道生活除了之前他们生活的样子，还会有别的样式吗？

　　他们脚步蹒跚，走在不再种庄稼的土地上，歪歪扭扭，两条腿都好像不会迈了。走起路来，像是喝了陈年的老酒一样，小心翼翼。以祖辈的名义说，没有错，他们一直都是这里的主人公，未来也是。花草，树木，世界上的每一处荒野都是如此。但是现在，在他们的眼里，荒野沟壑，正在发生着某种细微的变化，真正是什么样的变化，他们并不是很明确，但是，却能真实地感觉到它。

　　看啊，多云的天空一片宁静，像是昭示着即将到来的秋雨。照金的秋天呦，是温柔多雨的。

第七章

认识未知的途径

自从 8 月 23 日的拆迁动员大会之后，紧接着两天之后的 25 日，小镇的大部分住户签了合同，主体拆迁基本完成。一方面各个施工单位陆续进场，全面动工，开始一个大工地的新鏖战。另一方面紧锣密鼓，成立照金村集团。这个消息一传开，无疑于是一场不可估量的核爆炸，就在这个千年小镇上炸开了锅。

但是，为什么要成立这个村集团呢？一来根据其他地方以往的情况，之前的拆迁，乡亲们手里有了余钱，大部分人是好好地用在了正途上。但是也有另外的一部分人，手头一旦有了钱，也就有了其他想法。赌博的、闹事的，或是过度浪费的，一些弊端就会随之出现。而一段时间之后，手里的钱花光了，都失去了土地，又缺乏更多的手艺，几乎无法生存，所以，打架斗殴、寻衅滋事、扰乱秩序，变成不安因素。

照金公司要帮助乡亲们成立一个村集团，把手里的闲散资金集中起来，再创造一些长久的利益，保障大家的生活，长固永安。

自然，成立照金村集团，也非一日之事。之前项目一开始，照金公司提出预备成立"照金村集团"，从根子上解决照金乡亲们拆迁的后顾之忧，成为乡亲们未来生活保障的五条保险锁之一。

但是，到底成立不成立照金村集团，成立的话，它的属性如何界定，一开始总公司里面的意见，也不是很统一。一部分人担心这个村集团，会不会分走照金公司的利益，也有一部分人，担心乡亲们可能管理不好。

"几千号农民能做什么公司？种了一辈子地，刚撂下锄头把，完全是地道的老农民啊，能搞什么村集团运营？这构想，是不是有点儿异想天开啊，这不是在开玩笑吗？"

这样的担忧，确实不在少数。多数人都在担心，乡亲们根本没有这种能力和远见，更没有什么有效的办法，能成为未来很好的管理者。到最后，可能还需要照金公司来收拾烂摊子。所以，这样做实在是在浪费各种资源，给公司惹麻烦，完全不必要多此一举。

但是，赵海涛却认死理，他不这么看。他在总公司的内部会议上说：

"不成立照金村集团，那我们来这里建设的目的是什么？关于这一点，我们一开始就设定好了，我们来这里，建设这个文化旅游项目，最根本的目的，就是要让乡亲们富裕又顺心。是最终要把他们自己的地盘，交还给他们。利益由他们来创造，成果也由他们来享受。让乡亲们变成这块土地真正的主人。不然的话，我们一个堂堂的文化国企，难道我们千乡百里地跑来这里，就是要和乡亲们争天下、争地盘、争江山来了？说难听一点，这样的认识格局，才是在开玩笑。我们公司筹集了几个钱，来这里搞项目，但我们不是照金乡亲们高高在上的救世主，也不是这里的主人，乡亲们才是这里真正的主人。我们来，只是要播下火种，开拓意识、思想、构架，所以名字才要叫'照金村集团'。而且，以后也永远是照金的村集团。现在的村子里，确实还没有更多的年轻人回来，乡亲们的社会意识，也还没有重新建构起来，但是，我们可以培养和过渡。一开始成立，我们照金公司可以暂时托管，这个项目的建设过程，我们就要有意识地去培养，引导当地青年和一些有思想、有胆识、有干劲儿的乡亲们加入，让他们先熟悉和感受。项目建成之后，我们就要完全交回村集团自己管理。我坚信在将来，对于这个崭新的照金村集团，没有人能比本地的乡亲们管理得更好、更出色。到那个时候，才能说，我们的这个项目，才算是建成了。除了现在这个蓝图纸上勾画出的水、电、气、暖的新照金，我们更要塑造另一个看不见的照金，那就是乡亲们对于未来生活的认知、感受、梦想和乡亲们有趣的灵魂风貌，还有跟未来连接的有效途径，这个结果，我认为才是这个项目最终的意义和灵魂。"

总公司的上级领导很快做了批示，同意设立照金村集团。

照金公司印发了《照金村集团入股告乡亲们书》的传单，一家一户，给大家发到手里。

一片灰土飞扬的工地上，旁边是原先的照金村小学，很快也要拆迁，会建立新的幼儿园和小学。一个照金公司的年轻人，正在给几位表情急迫、想要了解这个村集团到底是咋回事的大爷们，一字一句地边念边解释传单上的内容。

最近小镇上发生的事情太多，对他们来说，有点目不暇接，有点吃不消。也有几个例外的，竭力想要跟上这些年轻人思路的大爷，但是，看他们脸上的表情就知道，想要了解这些变化究竟意味着什么，并没有那么容易啊。

年轻人结结巴巴地念着，因为不断地被几位大爷临时打断，所以他念得有点儿不顺畅。年轻人做事又认真，生怕漏念了哪一段，就不停地返回上一页去找，反反复复，给大爷们讲解，这个照金村集团，到底它是什么样子。

年轻人一字一句，念的正带劲儿，一位老大爷一边扣烟袋锅子，一边口齿含混不清，像是不好意思打断年轻人的话，但是他实在忍不住了，就说：

"小伙子，你说得再好听，啥时才能看见个实际利益呀……我就是不信……小伙子，你是哪哒人啊……俺们上了岁数了，以前听的好听话多了，说完就飘了，啥都看不见，没影儿了……"

"咱们照金公司不一样，说话算数……大爷……我是从西安来的……"小伙子满头大汗地解释，"大爷，让我给您念完……咱们陕西照金村文化旅游（集团）有限公司，欢迎乡亲们踊跃报名，积极入股，共同集资组建我们照金村自己的公司，实现人人入股，享受股东分红。咱们照金村集团，会优先收购咱们照金村的核桃、亚麻、玉米和药材，投入生产，开拓市场，赚取'照金村'品牌的第一桶金。在不久的将来，'照金村'品牌会名扬咱们中国，还有可能冲向世界呢……咱们采取村民自愿的原则，最低入股每股 2 万元，每年年终分红一次，按股额多少分红。大爷，您家有核桃和玉米什么的吗？我们先去您家收购。真的。是真金白银的收购……不信您现在就带我去您家收购……"

"好啊好啊……你小伙是好人……走走走，到大爷家去看看，两蛇皮袋子山核桃你来看看……"大爷根本不相信这些话，他只是一脸和善地看着这个小伙子，然后磕掉烟袋锅子，起身拉小伙去他家看山货。

于是，照金公司在 9 月 21 日，召开了村民入股动员大会。会场还是上次开拆迁动员会的地方。几乎所有在村子里的人都来了，抽旱烟的大爷，做针线的大娘，抱小孩的妇女，扫地的保洁，公司的保安，带着各种好奇心，都在会场上听赵海涛给大家拉话。

赵海涛看着大家说：

"今天，我想和乡亲们说说我的心里话，以后咱们这里，城里人有的，咱们都要有，城里人没有的，咱们也要有，这是咱们的目的。前两天，我看到纪念馆旁边有大爷在伐树，感到很心疼，我当时赶紧挡住这个大爷。我说大爷您怎么砍树了，20 多棵这么粗的老杨树。我说我们在这里就有两个心愿。第一个心愿红色即民生。我说咱们不是一个表面工程，是要解决老百姓的民生问题，脱贫奔小康的问题。第二个想法就是无伤痕开发，不要把这个山挖的乱糟糟的，最后把树都砍完，在这里建立一个漂漂亮亮的镇，你们最主要是集中在这里生活，山上的大树都没有了，建这个镇干什么。不过，有些人就是为了那点利，趁乱把这个树砍了，偷偷拉出去，卖了 50 块钱、200 块钱的。你们都知道，这个山里，种一棵树是很不容易的，别看漫山遍野，咱们这边基本上是灌木多，大树成林，要三四十年才行……"

会场上的乡亲们，你看看我，我看看你，都不说话了。其中有几位大爷，低下了头，不停地搓着手里的烟袋锅子，想搓满手里的烟袋锅子，但是，怎么也搓不满。赵海涛抬头看了看大家，继续说：

"咱们现在的城乡统筹，有几种办法，第一种办法，今天大部分的人，都是土地流转，这么一来，大家就不用种地了。把钱按时发给大家，这么一来，大家就有一个收入，这个范围会越来越广。第二个，比如说大牧场建起来之后，我们会大量的用工，会解决很多人的就业问题。第三个，今天开会的目的，我们要成立一家公司，叫照金村集团……"

照金村集团这几个字话音未落，会场上就是一片嘀咕，小声的、不解的、迷惑的，交头接耳。

赵海涛就站在会场中间，笑了一下，说："乡亲们可能还不理解，为什么是照金村集团呀？我们的梦想是，照金村这个集团将来会包括三个子公司，我们是在做一个品牌，给全国做一个品牌。但是这次我们的范围涉及每一家农户，大家都有权利全面享受这种权力和收益，每一家一户，每一个乡亲，都能成为咱们集团的股东。所以我们的第一种方式，就是要做一个集团公司，这个月底，必须要注册完，到现在还没有想通的人，就得等到明年、后年再说。"

有人小声插话："谁能保证你这话不是假话啊……"

赵海涛听到有人插话，停下来，笑了一下，回答说：

"嗯，大爷问得好，谁能保证我说的这话，是不是假话啊？每一位入股的乡亲们都能保证，因为以后，每一位股东，都有发言权，都有投票权。这个村集团，说白了，就是乡亲们的村集团。我们照金公司，现在只是托管，将来就是要完全交给乡亲们。让乡亲们自己的权益，自己说了算。现在，我们就是想让更多的乡亲们入股进来，成为这个公司的股东。股东是个啥意思？就是按股分红，你就是真正的主人，总经理是给你打工的。总经理是你投票选出来的，是你聘任的。那么这是我们的第一个方法，成立一个集团公司，集团公司下面有物业管理公司，将来大家的居住新小区，就在前面的山坡下面，纯天然居民小区，让外国人看见都眼红。第二个是文化旅游管理公司，第三个是生态农业公司，下面再分别逐步成立其他的公司。很多人都想不通，认为这事不靠谱，我说现在在山里工作，难在于观念的转变，我说照金正在发生超出你们想象的速度变化，你们要跟上。不然你们要落伍。"

说到这里，他停顿了一下，看看会场上的乡亲们，抱小孩的妇女，给孩子喂完了奶，端坐在那里，轻轻地摇着怀里的孩子。几个大爷的手上，也停止了搓旱烟，咳嗽几声，都只是看着赵海涛说话。他又说：

"现在意识明确的人，观念转变快的人，就先得益。今天之所以开这个会，要成立这个公司，让大家入股，大家有疑虑想不开，这是正常的，但是这个会开完，有多少人就算多少人，咱们成立公司，大家拿钱入股，入股以后，和照金公司签一个协议，委托咱们照金公司进行前期管理。第一，我保证大家的收益，绝对不低于银行的利息，你不管我亏了赢了，我估计，应该收益不会低于10%，能不能到达30%、50%，这个说不上。给大家签协议，是保证你不低于银行的利息。乡亲们可能会问，你凭什么说这个公司能挣钱？大家不要忘了，我们照金公司，一直建设到薛家寨景区，我们要投资50多个亿，这种带动，会产生多少效益？现在这个村集团还没有成立，这个公司的产品，咱们前几天收核桃，照金核桃油和亚麻油已经在装罐。我们的品牌设计、包装已经全部结束，乡亲们能想象的来吗？乡亲们可能还想象不来，为什么说这个村集团要赶紧注册，否则咱们这么优质无污染的产品，就成了不合法的东西。我们要让咱们的照金牌产品，合理合法走进千家万户……"

说到动情处，他又停顿下来，平静一下自己的思绪，又接着说：

"最重要的是，不能咱们照金公司走了以后，乡亲们的村集团办不下去。所以，我们有一整套的计划，给这个村集团带队伍，培养人。乡亲们担心的事，害怕的事，疑惑的事，我们早已经全部想完了。咱就说一句实话，希望大家不要再犹豫，赶紧成为公司真正的股东，来享受分红。"

但是，乡亲们还在犹豫。没有人表态。

他一直苦口婆心，甚至是絮絮叨叨，说得嘴都干得起了燎泡了。但是，他看见乡亲们的表情，并不是那么积极和踊跃，甚至是一贯以来对新生事物的抵触。毕竟是要乡亲们从口袋里掏钱入股的事啊。或许根据乡亲们之前多年的生活经验，早已变得万分的谨慎和再也无法轻信。但是，既然他来了这里，走到这个地方，他还是试图想要改变，还是想要这里的乡亲们，在花完手头这些余钱之后的未来日子，可以基本上无忧，或是能有一点点可靠的保障。他坚信村集团这个模式，至少可以做到这一点改变。所以，他重新静下心来，微笑着，做了一个深呼吸，接着说：

"今天，我主要是跟大家沟通一下，我再重复一遍，像这样的机会，西安人没有这个机会，照金村的公司，是有资格的品牌，大江南北一听照金村这个品牌，它的纯天然，它的革命故事，它的荒野未来性，这东西它是好的，全国各地的人，就像我们一样，从以前不知道这个地方，到一听说这个地方就有好奇心，再到后来，来了这个地方，就爱上了这个地方，这方面，大家一定要跟上步子，乡亲们不要让别人说，农民是既可怜又可憎，可怜之人必有可憎之处，小农意识，斤斤计较，不顾大局，各打自己的小算盘，多少人在底下这么说，我不赞成这个话，我相信这个话不是一成不变的。咱们的观念可以改变，可以树立，乡亲们都在矿区的临时居住点住着，天气马上就要变冷了，照金的冬天，有多冷大家都知道呀。咱们心里着急啊。咱们还不是想让乡亲们早一天搬回新居呀。所以咱们不喜欢少数那种不知道好赖的人。"

会场上的乡亲们开始左顾右盼，不知道是在说谁呢。有几个妇女，把脸扭向一边，好像想要找个地方，暂时隐身一般，没有办法再和会场前面这个年轻人对视似的。

他嘴干得起皮，喝了一口水，继续说：

"真正大家支持咱们的建设，是给乡亲们建的，不是给旁人建的。以后谁能带得走这些东西？建好建赖，都是乡亲们的未来，所以咱们要尽心建好它啊。咱们镇上天宇村的老百姓，觉悟真可以。我听了以后，感慨也很多。这个时候多要200块钱还是少要200块钱，有什么用？但是觉悟不一样啊，对咱们的建设速度，影响了一天又一天。我给严总说了，不是没钱，我们照金村的变化，是在和旧观念做斗争，大家要有这个意识。不是照金公司多付不起这200块钱，是我们不能向旧观念妥协。我不知道你们看了没有，我给乡亲们写的那一封公开信，我们的未来在哪里？我在照金这一个月的思考，我的观念和这些事情的冲突有多强。乡亲们想一想，这个镇建设得这么漂亮，咱们不转变观念，将来肯定是失败。来旅游的人，如果咱们一旦出现宰客、胡说的现象，一传十十传百，人家来上一次，谁还会再来？只有别人说那个地方好，山好、水好、人好，我们城乡统筹要做出一个样板，全国各地到咱们这里来学习的人，源源不断，那才是旅游，才是商业。乡亲们，大家说我说的对不对啊？"

他看着大家，乡亲们开始憨笑着稀稀拉拉地鼓掌。他又说：

"这些东西都带动起来了，咱们要看大局，看长远，但我今天工作的时候，有些少数的乡亲们，为了一亩地，二分地，为了一棵树，抱着原有的老观念，我就对明年建成以后的发展，是非常的忧虑。咱肯定也弄不好。为什么？人心，人的这个心。所以，不合信誉和是非底线的，在这方面，我的态度非常的坚决，这不是用来谈判的。我今天来开会说的话，咱给照金村的组合拳，咱这个大资本架构下的村集团，咱这种模式，在全国都没有，都是首例。咱们这次一旦做成，这就变成我们的一个旅游项目，你来可以，你要吃饭、住店，你要买咱当地最牛的产品。来得越多越好，这是咱们的大局。但是……"

他停顿一下，看见几个妇女低着头，在桌子底下织毛衣。他说话的嗓子太干，有些不舒服，清了清嗓子。窗外的天特别蓝，照金的蓝天是有特点的，它不论是什么天气，天都比其他地方的蓝好多。以前，这个做事细致又大胆沉稳的男人，第一次来照金的时候，他就认出照金的蓝天来了，和小时候一样，甚至比小时候的天还要蓝。窗子对面的土坡上，开着永远也认识不完的野花，这些野花，就是这个蓝天的主人，或是它们投射在坡上的影子。总之，他从窗户边上转过脸来，继续对大家说：

"但是，还是有那么少数的一些人，你可能没有把这个大局看清楚，光说那一棵树，能算计几个钱。你说你们的思路，别人外面来的一群年轻人，都火急火燎地替咱着急，都想让乡亲们早一点儿回迁回来。咱们照金公司的年轻人，都是从西安来的，有博士，有留洋的，这些年轻人没日没夜工作，是都对咱们好。他们每天晚上干活干到凌晨一两点，经常是这样。但是少数的一些乡亲们，为了那一分地，为了一棵树，头一天树都照价赔偿过了，地都平整了，当天晚上又把树苗子偷偷移栽回去，就为了多骗那几百块钱，使我们的工作没法推进。如果我们得过且过，面情软，不讲原则，答应一家这样欺骗瞒哄，明天，可能就会有十家、二十家来这样闹。情感上说，乡亲们家里的实际困难，我们都要给解决好，现在成立村集团，就是为了解决乡亲们未来的生活根基。大家说，当年老一辈革命家在咱们这里闹革命，什么都没有，是老百姓支持，才有了我们今天的大好江山。今天我们来给大家干活，大家和我们斗心眼，为了自己的利益，咱们照金村的老百姓，关起门来，大家说，这样做值不值得？农村联产责任制这些年，把大家的地分成一片一片，咱可不能把大家的心，也分成一片一片，各扫门前雪，各顾各的。咱们这个城乡统筹的过程是什么？就是要让大家的心聚拢起来。所以，今天这个会，又是一个先进分子的动员培训会。这次大家一定要跟上步子，我就把这个承诺放这儿，这是一个什么机会呢？是照金人要成为这片土地真正的主人，不依赖资本，不依赖于外人，这是我的梦想。"

确实，他的话说得够多的了，这里的每一寸土地，都是在座的这些人，还有祖祖辈辈的人，用一滴一滴的汗水换来的。

可是，天哪，从一个多月之前开始，在这里开垦和流汗水的，又多了照金公司这三十几号四面八方赶来的年轻人。这还不算工地上挖地基、打基础、埋电线、埋管道啊乱七八糟干活的那几千号人。

祖辈生活在这里的人，自然对这个山沟，有十足的了解。当年在这山沟沟里闹革命的一些老一辈革命家，也在这里扎了根儿。地里很容易种种东西，虽然都是坡地，收成不好，但是树木茂盛，随便掏弄掏弄，就饿不着人。而如今，眼前这个年轻的男人，几乎是不屈不挠，也不知道是为了好还是为了赖？谁知道呢，谁又能保证呢。

他一下午站在这里，靠着窗户后面的阳光，草深花肥。窗户外面照金的天，蓝汪汪的，蓝得叫人想哭。他长篇大论地演说，嘴里给大家画了一张又一张大馅儿饼，希望大家一下子变成手里有资本的人，变成农民资本人，变成可以举拳头投票的股东。这里坐着的，每一个种了一辈辈庄稼的人，刚撂下镰头把一个多月，有的时间更短，或许只有十几天，手上的劲儿还正刺挠，还无法把这种失落感习以为常。

但是此刻，只要你自觉自愿，你就可能成为农民资本股东。每一个人，都有股有份儿。要说这就叫作农民资本家，可能这种说法也不完全对，也不靠谱，但是真的不知道，该怎么接受这种变化。更别说是界定这件事，到底靠不靠谱。这一点，可能比起大城市的人们，感受会很不一样。

他说完在会场上走了几步，然后，在大家对面坐下来。临开会之前的半个小时，他去正在打地基的工地上转了一圈儿，他和照金村的老少爷们一样，每天要去工地上转上好几圈，手里拿着盒子米尺，在安置小区、在书院酒店、在纪念馆，随机量尺寸、量地基、量钢筋粗细，随机翻看水泥袋子，看它们的标号是否合格，他随时拿着一个小本子，随时记录，发现问题，都是现场解决，或是在晚上的工程例会上统一解决。所以他的裤腿上，都是泥点子，两条裤腿卷起来，一条裤腿高，一条裤腿低。但是，他自己显然没有意识到这个问题。

因为在他看来，村集团马上就要成立了。这几乎是一个不同寻常的日子，充满了未知和希望的日子。他把这个宣传册子，虽然册子里的各种图形设计和说明文字，都是他和那三十几号年轻人，几天几夜点灯熬油弄出来的，但是他毫不吝啬自己的感情，他把他的一腔感情和激情，都倾注在这个即将就要成型的新型农民村集团里，光是"村集团"这三个字，就足以让他感到俊美，仿佛这个名字，裹挟着深红色的斑纹，和它的主人公乡亲们一样，睁开迷茫的眼睛，看着这个全新的世界，样子显得有点儿滑稽可爱，但是只要过上那么一两年，这颗种子，就会有它的果实。它将来，一定是一个不错的集团。他心里想。

前排给孩子喂奶吃的妇女，正是在牧场土地流转中，用砖头砸推土机的巧娥，因为对庄稼的固有感情，她还躺在推土机前面，抓住机器的履带不放。说真的，她也知道，那样做既没有道理，又很危险，但是，看着就要成熟的庄稼被毁，她就是想死的心都有，就是有那么一股子老婆娘儿们的悍性，躺在地上撒泼。

她看见赵海涛一高一低的泥裤腿，给坐在一旁的男人指了指，压低声音，小声嘀咕：

"可说人是个好人哩，还打发好几个人帮手，帮咱把地里的玉米收回家了哩……就是不知道他今日说的话，往后能算数不……话是说得好听……让人听了心怪痒痒的刺挠……"

男人小声说："软耳根的娘儿们，谁知道哩？这事要是搁在以往，都是狂风飞雨，听见顺耳，信不得哩。你说今日就能信了？胡日鬼谁哩！都是嘴上那一套功夫，咱岁数活得不算大，也见得多了。嘴上说得好听，光有操练老百姓这没嘴葫芦的本事，扯球蛋哩……"

有几位乡亲们看了看会议室的窗外，想起身，好像要下雨了，他们想回去收拾一下地里的东西，但是屁股一起来，就又想到，手里的地已经没有了。以后，或许都不需要每天观测天气了，天气预报也没有之前那么有用了，甚至可能毫无用处。这会儿的天空，当他们正在谈论要不要入股村集团的时候，看起来是真的要下雨了。但是，天气的细微变化，好像真的和他们没什么紧密关系了。几个人的屁股，挪了一下，有些失落还是什么心理，又憨笑着坐下来了，并且用两只眼睛，茫然又不甘地看着手里的入股说明书。这个会开完，又会有多少人，会在这张写满文字的纸上，在右下角那里的空白处，签上自己歪歪扭扭的名字呢。

几滴雨从天而降。天还是一片蓝色，照金的天就是这样，刮风下雨，都不会忘记蓝得那么明澈。

"哎呀，哎呀，"赵海涛也抬起头看了一眼窗外有一点清冷的秋雨，说道，"能让乡亲们今天把心里的疙瘩解开也不坏。"他尽力遏制心里时时涌上来的一股挫败感，尽力安慰大家，也安慰他自己。

窗外的天渐渐地黑下来。但是，他好像没什么兴致看窗外的土坡了，也没兴致摆出一副信心十足，仿佛通晓未知的姿态了。只是照金的最后一丝黄昏就要落下来的时候，土坡上的最后一季野花，疯狂地开着，在野风冷雨中摇曳，最后都贴在地面上了。

至于有多少人相信他，谁知道呢。或许在他这不易激动的哲学性格里，多少也有一些执拗的成分。也许到晚上，他抬头看到月亮和星空的变化，他又会走出门去，对着细雨迷蒙的蓝色夜空，想着怎样才可以再鼓一把劲儿。照金的天，的确在下雨刮风的时候，也会很蓝。这一点一直使他感到神奇。

话虽这么说，但是这个晚上，天空一片黑沉沉的。透过玻璃，他看到外面越来越黑了。一些湿湿的细雨，敲打着玻璃，水珠挂在上面。

"哦，下雨了。"有好几个人，都扭过头去，低声地感叹。

这个晚上，大家都还没有吃饭。他又说：

"大家今晚都别走了，就在咱们这里吃饭啊。我看见外面下雨啦。咱们今天晚上，就在咱公司的灶上，吃个自助餐。等咱们的村集团成立了，也就有咱们自己的食堂了。"几个正准备要走的人，听了这话，又返了回来。

一直做记录的镇上的书记，也是一个三十多岁的年轻人，在外地读了大学，家在本地，他比较了解本地的情况。他站起来，也说：

"我也说几句，我说完大家有了决定填了表，咱就跟赵总去食堂吃饭。照金公司一群离家出门的年轻人，住到咱这山沟沟里，一个月也回不了一趟家，是为了个谁。人家还比咱想得长远。群众也好，包括入股，从这个层面上没有啥疑问，这是肯定的。刚才赵总说了统筹城乡，统筹城乡这块主要是咱政府这个层面，不是群众操心的。咱入股这个事，我谈谈自己的想法。首先我认为赵总从入股这方面介绍了这么多情况，前提是啥呢？不是说给大家做工作，叫你把钱弄过来，是为了防止大家现在手里的余钱都乱花光了，以后怎么生活，说白了是给大家以后的生活找个保障。作为我来说，也 30 岁了，能赶上景区建设，咱能给家乡出上一点儿力，这是个好事情。自己的主意要自己拿。我希望大家不要有啥心理负担，另外就是咱的股金缴纳方式，这个可以给大家做一下工作，把这个事落实一下，我就说这么多。"

一堆大大小小的问题。

不过，他总是那样，经过一个深呼吸，就会又生出一堆满是哲学味道的思考，又挤出一些充满希望的话来，试图安慰乡亲们。因为忙于给大家把事情说清，忙于表达，喝水太少，他的声音有些嘶哑，甚至像是卡了壳的阀门一样，嗓音并不悦耳动听，但是不管如何，在这片深山老林里，在这黑沉沉的深秋雨夜，他的话语，可能终究还是包含着一些变化和未知。因为这里的季节，永远比西安出发的早很多。西安的秋季并不寒冷，而这里，就已经是深刻的冷秋了。

"大家看谁还有啥疑问。都提出来。"

"咱这个资产的管理是谁来进行监督？"

一个刚好回家探亲的小伙子，站起来发问。他前几天从外地打工回家，看见这个小山沟里的变化，听说了村里入股的这个事，他专门留下来，想听听这个会上说些啥，再走也不迟。

"通过委托管理的方式，法人治理结构，委托我来代管，然后逐步让咱的人经过培训，让我们的人进入公司的管理层。因为这个公司将来是通过股东会、董事会、监事会、经理层，都有十几个人员产生，根据大家入股的情况，在管理期间就是传帮带，把大家带起来。"

赵海涛赶紧接过年轻人的问话，一一回答。

"嗯，这倒是个思路，大概可以保持照金的经济延续，是件好事呀。我还是头一次听说这个。我在外面打工的村子，拆了就拆了，大家分了钱就散伙了，没有后头这些说道。"年轻人说。

是啊，对于一个年轻人来说，这或许真是一个前所未有的头脑风暴，但是对于一个在荒野中沉睡的千年小乡镇来说，或许并不是那么简单易行。

"就看你建设之后咋样。"小伙子有些迟疑似的，又问。

"明年8月份全部建成。大家都能回迁新居。"

"一年或许能赚几十万？几百万？"

大家嘴上这么估算着，眼睛却犹疑彷徨，看着手里的入股表格发呆。说到一会儿赵海涛请大家去照金公司的食堂，去吃自助餐的事，也和以往不同，让大家感到有些压力似的。

"哎呀，算了。"一个本来想留下来吃一次自助餐的妇女，最终把手里一直机械地织着毛线的两只手，坚决地停下来，嘴里说道，"算了，算了，本来吃一顿稀罕饭也不是坏事，我在这里听故事听的忘了，家里还有小娃娃子要吃饭哩，我家就等到明天再说吧，俺家掌柜的主意，我也拿不了哩……我先走了，你们去吃。我听夜黑来发传单的西安姑娘们说，自助餐就是有鱼有肉，大鱼大肉管够吃、管饱吃。本心想吃吃试一下，今天还是算了……"自顾自说着，一边稍显迟疑似的，把手里的毛

第七章　认识未知的途径

线卷紧，推门出去，渐渐消失在夜色之中。

　　好吧。这个一下午都在织毛衣的大姐，看起来好像什么都懂，又好像什么都不懂，还一直都在说，想吃一顿肉管够、管饱吃的自助餐试试，也都像是为了安慰一直唠唠叨叨劝说大家入股的人，故意这么说的吧。

第八章
万物的历史

10 月 15 日，照金村集团在照金村正式挂牌成立。总共筹款 610 万基本资金。虽然不是很理想，但是，总算成立了。村集团的股本结构，原先照金村集体的土地，这次也用于建设征地范围的，所得的征地赔偿款 420 万，集体入股。这一部分股份，算作每一个村民按人头都有股份，每年年底，乡亲们人人都能有一份集体股本的分红。另外的 190 万股本，招股动员大会当天有十几个村民入股，最多的入股 10 万，少一些的入股一万、两万的也有。到挂牌之前，又有几户村民疑虑再三、思考再三之后，也愿意入股，加起来总共是 190 万。

在照金开了 30 年小理发店的老板，六十一岁的张新大爷说：

"咱活到现在，家里也是咱们照金的老红军烈属，说句心窝子话，照金公司的政策好，征迁咱没吃亏，拿了现钱。回购房钱的成本价，咱也一次交清了，咱原来住的家，夏天就是照金河沟的泄洪渠，年年下雨年年淹。咱们现在新建的照金，整个有了排水系统，安置区还建在照金最好的位置上，满足了。咱就等回迁新房了。这次村集团入股，共产党让咱老百姓当家做主，计咱当主人公哩，为啥不当？我觉着是大好事，我要入股 10 万。咱也要让家里的小辈们看看，咱也是个能跟上形势的人哩。"

靠做小本买卖挣钱的梁万里说："让咱农民入股是个新事，也是好事，我自然要入的。"

身材高大魁梧的曾世宝说："嘿，我要有100万，我就入100万，不入的人才是傻瓜哩，把手里的死钱变成活钱，咱还要当自己的主人，当个大股东哩，我第一个就入了。"

不过，就入股情况总体来说，并不算怎么理想。但是，本来是为了缓解失地乡亲们的慌乱和恐惧，不过，大多数乡亲们还是谨小慎微，大家对于这种新事物，一方面是好奇，另一方面仍然顾虑很多。一部分人拿钱出来入了股，另一部分人还在等待和观望、疑虑和恍惚。

赵海涛说："虽然现在一部分乡亲们，还不放心把余钱拿出来投资，但是，这个村集团，就是给乡亲们以后的生活谋划和准备的。还是那句老话，咱们省里来的照金公司，一分钱不参股，不占乡亲们的股份，不抢乡亲们的红利。相反，我们要把这个村集团暂时托管好，把它真正地推向市场，让它在市场上发展壮大，让乡亲们切身检验和感受，吸引他们来一边参与集团建设，一边认识感知这个新事物。不多说了，咱们随时欢迎更多的乡亲们投资入股，成为失地以后这块土地真正的新主人。"

无论如何，村集团先成立起来再说。集体股份，个人股份，虽然不理想，但是，先排排场场地亮个相，脚上有鞋没鞋，先跑起来再说吧。如果能让乡亲们看见利益，他们会加入进来的。本来就是给乡亲们做的一锅好饭啊。乡亲们看到好处，会响应的。他相信这一点。多少年来，乡亲们手里的钱来得不容易，甚至很多人一辈子也没有见过这么几万、几十万块实实在在的钱，在口袋里还没捂热，根本舍不得一下子拿出来投资啊。未来设想得再好，也不能完全打消乡亲们的疑虑，所以要等待，等待乡亲们自己慎重观察，眼见为实才行。也因此上，他肩上这个担子，更要真正挑好，不能来虚的。否则，更会让乡亲们失去观察和参与的信心，重又散成一盘沙子。

直到年底分红的时候，全村的人，除了分到集体股本当中，人人有份的那10%的红利时，另外入股的村民，又分到了自己所入股本10%的红利，真金白银之下，没有入股的乡亲们，才跟着眼红起来，纷纷入股，生怕误了这场以前从来没有见过的盛宴，拿出家里拆迁攒出来的余钱，当起了自己村集团正儿八经的大小股东。

后来，果然不出所料，这些尝到实惠的照金村"股民"，变得越来越挑剔，越来越多，越来越牛皮哄哄的啦。

显然，照金的这五十多天，外来的人和本土的人，不论思想意识还是实际行为，都正在荒野中淬炼，如火如荼、摧枯拉朽般地改变着、再生着。

乡亲们拆迁之后，临时安置点设立在以前山上的老矿区，条件简陋，生活不便。赵海涛每天吃过晚饭之后，习惯和同事们上山散步。每次走到乡亲们的临时安置点，总要各家各户进去看看，看看乡亲们是不是缺煤少炭，还是生活上有什么不便之处，往往总是当场安排身边各个部门的同事，分门别类，马上解决。

下山的时候看到一位大爷，拿着一个巴掌大的小收音机，正在听秦腔。因为山上信号不好，收音机里的秦腔断断续续，听不真切。但是大爷眯着眼睛，听的有味。听到得意处，还会闭上眼睛，哼上几句。赵海涛笑了。他知道，这就是正宗的老陕最高级别的业余文化生活，或许也可能是最勾人的文化享受。

他马上给省里秦腔易俗社的社长朋友打电话，想邀请他们来给乡亲们唱上三天三夜的秦腔大戏。朋友一听说是给照金老区的乡亲们唱戏，当场表态，易俗社剧团免费给乡亲们演上三天三夜，给乡亲们唱上几出大戏、好戏。

赵海涛听了，在电话里笑起来，说：

"你还真是够朋友。"

于是，顷刻之间，在乡亲们的临时安置点搭台唱戏。西安易俗社是全国乃至世界上都有名望的秦腔社团，它的传统秦腔剧目《三滴血》《打金枝》《贵妃醉酒》，就吼起来啦，就像《三滴血》的唱词里唱道的：

"祖籍陕西韩城县，杏花村里有家园……"

一台戏小生、小旦、须生、净角，各个行当皆是名角儿名段，唱的人和听的人都津津乐道，在这大山深处，一跺脚就是一股子尘土味儿的戏台子上，吼一段秦腔，那才能称得上是名家的老腔老调。

戏里戏外，唱戏的和看戏的，心里都憋了一股子不知从哪里来的劲头，仿佛不吼出个所以然来，就没办法罢休。一台台秦腔大戏，一连唱了三天三夜，几乎吼了个地动山摇。

此时的照金，正值初冬，秋天斑斓的色彩并未全退，土地柔软，远处一些干枯的蒿草，还留茬在地里，在黄土和阳光的映照下，看起来金黄金黄的，有些晃眼。山谷中秋尽冬至时分，空气中已透出丝丝凉意，将到的冬天，是对照金每一个人的考验。乡亲们还住在临时的安置房中，生活极其不便，受苦受累，但是，从万山红透的秋天开始，这个外来的照金公司，为大家安排的业余生活和职业培训，就紧锣密鼓地随之而来了。改变，从这帮年轻人一进山就意味着开端。希望，从照金人真正成为新城镇的未来主人启航。

你看，乡亲们心里时时念盼的百年剧团西安易俗社来了。年轻人喜欢的现代乐队来了，省里的青年志愿者来了，职业培训师也来了……

秦腔的嘶吼，更像是点燃了整个山脉沟壑，沿山一带，附近的乡亲们也成群结队地赶来，加入这一场盛宴。照金的媳妇婆娘、小孩、大爷大娘们，更是换上过年过节时的新装，当然啦，多少年没有在这山谷沟壑当中，响起咱老陕人血管中嘶吼的秦腔大戏啦。

说起这个西安易俗社，可是非同寻常呢。1951 年 7 月 1 日，老一辈革命家习仲勋，出席了西安市政府在易俗社剧场举办的接管大会，高度赞扬易俗社是优秀的进步团体，并建议把"接管"改为"接办"，易俗社自此成了新中国成立后最早的国营剧团。而且，在 1958 年 11 月，易俗社在国务院小礼堂演出了秦腔传统剧目《三滴血》。在习仲勋同志的陪同下，朱德委员长、周恩来总理以及陈毅、贺龙等观看了演出。1959年国庆十周年，文化部指定陕西秦腔易俗社剧团进京参加国庆献礼演出活动，受到了多位党和国家领导人的一致好评。2012 年 8 月，易俗社百年诞辰，齐心同志特意委托儿子习远平专程来参加易俗社百年华诞庆典活动，并现场宣读她亲笔写的一封贺信，体现了老一辈革命家对传统秦腔艺术的关爱之情。

9 月 27 日这天，丹霞山下的临时安置区，这个具有百年传统的西安易俗社的演员们，混着泥土的味道，开腔了。乡亲们时而凝神静立，时而合掌大笑。照金的天很蓝、很亮，从乡亲们满脸的皱褶里，看得出他们的内心，正跟着吼出来的秦腔剧目辗转反侧。山坡下，五个民警把坐在轮椅上的一位老人，抬到戏台前面。轮椅上的老人，跟着台上的演员荒腔走板，咿咿呀呀，看得出神。戏唱完之后，五个民警又把老人抬回安置点……山谷中的疯狂程度，是显而易见的啊。

开场前，临时安置区的老篮球场上就挤满了人，五岁的徐静拉着奶奶的手问："奶奶，啥是易俗社？"老人告诉她说："易俗社是西安城的大剧团，奶奶当闺女时还在那里看过戏哩，好看得很，演员的衣服花得很，惹人羡哩！"小姑娘踮起了脚尖，朝幕布后面看着，此时，她的小脑袋里，也装着奶奶当闺女时的梦想吗？

八十二岁的齐桂花老人，是一位老一辈的红军家属，挪着小脚，紧紧拉住八十七岁的老伴，怕他跌倒。老伴是照金的老红军战士，几十年前打仗挨过枪子儿，腿上落下了残疾，行动不便，拄着拐杖，但是，每一场戏，都是第一个来到戏场，胳膊底下夹个塑料小板凳，来占个好地方，一眼都怕耽误了哩。老伴用一块布手绢儿，给他擦了擦口角流出来的口水，说：

"你看看你，八十多岁的人啦，高兴成啥样了。咱乡下人，就是爱看咱这老戏，咱照金，几十年都没唱过这大排场的老戏啦……"

刚满十岁的小女孩佳乐，在台下看得很认真，她看不懂老戏，不知道他们在唱什么，但是，那种戏剧的旋律，却让她动心，她想：

"我长大了，要当一个作家和一个漫画家，我要把今天台上唱戏的人和台下看戏的人，都画出来，让他们都变成书上的人。我要写一本书，让台上的演员们来唱我写的戏……"仿佛不知道是一种什么样的大树的根芽，正在她的心里悄悄地萌生。

整个山谷都仿佛振奋、激荡起来。易俗社这个百年剧社和这些百年经典秦腔剧目，和这山野、乡亲、故土、牲口、鸟雀、树木和天空中的太阳、月亮、星星融为一体，或许这些东西，它们原本就是一体的吧。

说实话，自从拆迁之后，乡亲们的状态，不怎么安心呢。既不安心，也不满足，心里甚至充满了疑虑。虽然他们和照金公司白纸黑字签了合同，赶明年七八月份，他们就会搬进新居，但是，谁知道呢，现在照金就是一个大工地，纪念馆、社区、医院、学校、酒店，图画上画出来的高楼大厦，正在原先的河谷、土坡上一茬一茬地生长。

但是，他们还是充满疑虑，男人们背地里拿着一把尺子，每天都要抽出那么一点儿时间，去工地上看看，去量一量钢筋的粗细，看一看水泥的标号，以前他们对这些一窍不通，也不去关心，但是，现在他们却都成了行家，成了自主的监工。他们的眼睛看着这不真实的一切，在工地的缝隙里遇见彼此，互相眨眨眼，拿着尺子和锤子，有的稍微懂行的泥水匠什么的，甚至拿出老祖宗们用的墨斗和铅垂线，在工地上这里量一量，那里估摸估摸，生怕漏掉什么，生怕被骗什么，生怕看不清什么。难怪，这些水泥、钢筋和刚刚串起来的框架楼层，可是他们未来要永远依靠、栖居的地方哪。在他们过去的经验里，谁能替代了他们自己满是疑虑的心呢。

赵海涛也是每天都要重复几遍，在这个尘土飞扬的大工地上，不定时地随机转悠、抽查，他的手里，和村里的男人们一样，也时常拿着一把尺子，这里量一量，那里量一量，钢筋的粗细，进料的卡车，甚至在建筑垃圾堆里，都要翻看一下用过的水泥袋子，把袋子上的水泥标号记录下来，晚上回去再对照建筑用料的设计标高。下午他路过纪念馆大广场的土坡前时，看到一群人正在挖树。几十棵百年大树，正要被工地上的施工队伍，用挖掘机连根挖掉。

他立马让停下来，问为什么要挖掉这些老树，现场的工人们说，施工图纸就是这样标注的，必须挖掉。

赵海涛说，必须停下。他找来现场监督的工程部康部长，问是怎么一回事，康部长说：

"图纸设计就是这样，这些老树必须挖掉。"

赵海涛说："为什么不能保留下来？"

"因为图纸上就是这样设计的。"

"图纸是死的，人也是死的？变更一下就咋了？"赵海涛毫不留情地说着，黑着一张脸，赵海涛的皮肤本来就有点儿黑，这一段时间，天天在照金的工地上晒的，脸更黑了。

康部长还是不想和他吵架。但是他确实觉得赵海涛有一点儿不可理喻，这时，一个工人走过来，问他另一个工地上的施工问题，他就想借故走开。

"康部长你先别走。你就按我说的，把规划设计部的刘部长也叫到现场来，必须把这些树全部保留下来。这些老树，长这么一棵都有多不容易，莫说要长这么一大片，都是上百年的老树，康部长我问你，要是这树是你家的，你忍心说挖就挖掉啊？"

当然他这么说也有他的道理，但是在现场说这些话，几乎是不牢靠的想法。本来工期就紧张，乡亲们还在山上的临时安置点，到了冬天，更是受罪。赵海涛是咋了，这么出难题是想干什么？难道他脑子里不懂这些常识吗？康部长还是坚持自己的看法，说：

"赵总，不是我不想保留，按现在的施工图纸，这里是道路和排水沟，这些老树是必须都要挖掉的。能不能保留这些老树，不是咱们这会儿能决定的了。原先设计图纸之前，现场勘察，应该考虑这个问题。现在已经开始施工，土坑都开挖了，现场变更设计图纸，这也不是谁说个变更，就能轻易变更的呀。每变更一步，都要重新经过一级一级的审批。就为了保留几十棵老树，太麻烦了。耽误了工期，老百姓不能按时回迁，在山上天寒地冻的，谁也负不起这个责任呀。"

本来康部长说这话，也是好心提醒，谁知赵海涛一听这话就冒了火，摔了手里一直拿着的尺子，说："这种不负责任的设计，必须要改掉。这些老树，必须保留下来。而且老康你说得对，工期一天都不能耽误，老百姓必须按时回迁回来。"

康部长也是一个犟干，说："赵总你让我说句实话，我做不到。现场修改设计有多麻烦，你可能不清楚，这也是工地管理的大忌。太耽误时间和工期。就为了这坡上的几十棵老树，有这必要吗？修改设计图纸，每一步都要一级一级重新经过上级单位报批、审核，都要走一遍程序，这一遍程序走下来，累都能把你累死。中间要是有人卡壳，更是吃力不讨好，不是一般的麻烦。太费周章了。不划算。"

赵海涛听见这话，更窝火了。一下子说话口气就重了："老康，我不想和你槽牙费嘴，我现在就和你明说了，这个设计必须改。这些老树必须留，道路在这里绕一个弯咋了？要你改一下设计咋了？无非就是你工程部、设计部的人多受一点罪，多花一点工夫，多和其他部门对接一下，能死了人？不想受罪不想花工夫，你来这里干什么吃的？国家白白养喂你，是能杀了吃肉？嫌麻烦你就别干了，回你家歇着不麻烦。你干不了就卷铺盖走人，我就不信，有的是人能干得了你这活儿。而且我就给你把话撂到这儿了，你一天工期也不能给咱耽误，临时安置点住的不是你父母？要是住的你父母，你能让他们在山上再熬一个寒冬？咱们就是受多少罪，明年七月份，必须让乡亲们回迁新居。我就是这要求，我不和你多说，我还是那句老话，干不了你就走人腾地方！"

赵海涛平时最见不得人说这种工作怕麻烦的话，在他眼里，工作本身就是一个又一个的大麻烦，怕麻烦你来白吃白喝干什么？他一冒火，话里就会含着石头，话糙得不留余地，眼里的目光，能杀人于无形。最后，终究还是修改了设计图纸，几十棵百年老树，被原地保护了下来，后来在这里建了一个鸽子坡，养了几百只鸽子，和老树相映成趣，反倒成了照金最惹人心动的一景。

不过，康部长觉得，赵海涛这人脾气太大了，动不动就训斥人，虽然是为了工作，话说得能噎死个人，心里还是不得劲儿。当天晚上，就决定辞职不干了。康部长手下分管居民安置点、商业街、学校、医院、镇区施工建设，各个片区工程的五个小伙子们，听说康部长要辞职，都落泪了。大家每天没日没夜地在工地上忙活，甲方乙方的责任，都在肩上扛着，生怕哪里出一点岔子。这里是山区，施工条件艰苦，地质特殊，沉降不均，工程质量各方面，本身都要战战兢兢地谨小慎微，生怕出一点乱子。每天心里的压力，本身就大，赵海涛还时不时像个逼命的阎王一样，他总是能在现场给你提出各种这样那样不合理的文艺哲学要求，明摆着给人出难题，真是气得人七窍生烟。

对这些搞工程的理科生来说，他们的眼里，除了按图施工、不掺水分、严苛的工程质量这种硬指标，其他方面，可能就会认为是弹性要求了。当然要是在设计图纸之前，现场勘察就能考虑到保留这些老树，那又何尝不是一件美事呢？这么一大片老树，即便不是自己家里的，眼看着挖掘机一下子就连根拔起，谁不心疼？但是现在，这种变更谈何容易，即便不是这里、那里到处变更图纸，即便就是这些正常的施工要求，工程部的弟兄们，哪一天不是晚上加班加点到凌晨的，最后还落了个这种下场，难听的话、气急败坏的话兜头而下，一出口就是一大堆，站着说话不腰疼。

康部长心里觉得，费时、费劲，扯这些变更要干吗啊？这工作干的，真格的是窝囊透了。自己嘴上说是怕麻烦，也是因为不想耽误工期才怕麻烦，并不是自己想偷懒。开工到现在，哪一天不是和工人们一样，几乎是吃住在工地上，哪一天他不是在工地上转悠、监督，哪一天不是最后一个回宿舍的人，舍家抛子来到这个荒蛮的野地里，几个星期又几个星期，都不能回家。自己在这个行业，也是丁是丁、卯是卯的一条硬汉，打拼了多少年了，哪里受过这种不讲理的闲气，康部长真是越想越来气，就按赵海涛说的，让他称心好了，自己卷铺盖走人，准备坚决辞职不干了。

工程部的五个小伙子，一听康部长不干了，也决定不干了。这没日没夜的，是为了个谁，是为了个啥，要跟着康部长一起辞职。

俞红听说了这个事，知道双方都在火头上，都说了彼此不中听的话。但是，在他看来，可能双方都有道理。大树拔了百年、千年的根，是个人谁不心疼？变更设计图纸，说一句话容易，程序走起来，自然是头皮发麻，是有很多困难的。

但是，多少年以来，以他对赵海涛的了解和在工作上的合作，他知道，赵海涛对工作上的要求，总是精确到一万倍的完美才算是个罢休。

这或许也并没有错。甚至可以说，是一种接近美好的品质。但是，对于执行这些完美决策的下属来说或许并不是说起来那么简单和容易。这也正是赵海涛这个人每到一个工作环境，都能做出常人可能是穷其一生都很难企及的动人之举，原因大概也就在于此吧。所以，往往在这种时候，俞红总是会成为黏合剂，或者说是消解赵海涛和这些工作伙伴们之间矛盾僵持的关键人物。当之无愧协调大师。在他看来，或许谁都没有错。但是，有时就是这样，就是会有这种各为其解、难以化开的矛盾冲突出来。赵海涛现场定了调子，发了脾气，难题就留给了俞红。忙完一天的工作之后，他拿了一瓶烧酒，半夜坐到康部长的宿舍，两个人也不多话，只是一杯接着一杯地喝着闷酒。大家都在气头上，各说各话，说什么都不是最好的办法。

不过，康部长也知道，俞红一直在默默地理解和疏导着康部长一点就着的火气。或许当着许多下属的面，听了那样的训斥，谁心里也不会好受。俞红也很清楚，才默默地点上一支烟，递给康部长，断断续续地，说上几句不知所云的话。大部分时间静默，就这样，两个男人，一支接一支地抽着烟，一口接一口地喝着闷酒。

俞红本身酒量并不大，只是眼下这种情况，可能也顾不了许多，他也没有更好的办法消解，只好默默地舍命陪伴。最后喝得俞红都吐了。不过，在康部长还没有说出放弃辞职的那一句话之前，俞红就一直这样默默地抽烟，陪伴着这个觉得受了千般委屈的关中汉子。

快到凌晨，照金的天空，总是早早地放亮。两个人喝着闷酒，抽着辣眼的烟头，眼睛血红，嘴唇发干，最后，康部长苦笑了一下，对俞红说：

"你回去吧。让我再好好想想。"

看到康部长的口气，终于有了一点儿缓和，心里好像慢慢下了一些火气，俞红被屋子里的烟雾，呛得咳嗽了一声，喝了杯中的残酒，脸上露出一丝笑意，对康部长说：

"嘿，赵总那个人，一说到工作上的事，就得理不让人。他倒真的是为了工作，才对人发火。你处得久了，就知道了。我也是跟他相处了很多年下来，和你一样，吃尽了苦头，才明白了这一点。"

康部长虽然是看在俞红这个男子汉几乎一夜沉默的分上，才留下来继续工作，不再提辞职的事。也尽力安抚住手下的五个小伙子们，为了工作，也为了各自的饭碗，还是留下来兢兢业业，好好干活。但是，等到两年之后，这个项目大致结束，康部长要离开照金的时候，他也和俞红一样，重新认识了赵海涛这个人。觉得赵海涛这个人，虽然一直在工作上和他吵吵闹闹，从来就没有一天消停的时候，在工作上提这样那样看起来不切实际的要求。确实，这个赵海涛，就像是专门要在他面前显示，他是一个多么了不起的大人物似的，惹人生气的本领，那可真是有一套。折磨、操练人的本事，那可真是绝对上乘。让他觉得，有时真想伸出拳头，和他痛痛快快地干上一架。但是，到头来，在他一辈子的职业生涯当中，在他的内心里，这个赵海涛，最终却是他最难以割舍的。到最后，连他自己都感到糊涂了，谁知这是为什么呢？本身一个理科生，是不会过分表现内心的感情的。和以前总是时常到处辗转，更换工程工地时的简单心情不同，他突然害怕，离别这个团队那一刻的到来。他作为一个理科生，一个纯粹搞工程的人，却把灵魂留在了这里。这种变化，使他感到惊讶。

大概是最后看到照金这个项目和工程，这里的乡亲们，在这个不讲情面又不说理的赵海涛的极度逼迫之下，最后的呈现，像是一件毕生再难以超越的作品吧。不然，除此之外，他就再也找不到什么更好的答案了。

这样的情形，在照金项目组，几乎是经常会发生的。每一次赵海涛甩手留下火药一样的摊场和情绪，俞红总是会默默地，甚至是无声无息地，把这种火药，化解在事情失控之前，或是几方面大动干戈之前。不过，在这种高度压力的工作之下，俞红自己的情绪，也有化解不开的时候。他经常心里发蒙，一些要紧的事解决不好，他如何苦口婆心，几方面都不听他的解劝的时候，上级要求的计划、报告不能达到他自己的完美要求的时候，他几次都是气急败坏，摔了自己的手机，用脚踢自己的桌子，但是，五分钟过后，他又把手机残骸捡起来，平息下来，继续在所有的工作和上下左右的压力之间斡旋。他几乎没有对下属发过脾气，天大的事压在头上，都只是自己难为自己。因此，他习惯每天早上一起来，就先去冲个冷水澡，好让自己一整天都能保持绝对的头脑清醒。

中午时分，策划部的席玟正在办公室加班，看见一位四十多岁的陌生男人走进来，四处张望。看起来像是附近的村民。席玟问他有什么事情，他有些紧张，顿了一下，结结巴巴地说：

"我是咱照金村上的人，我的儿子生病了，他才十一岁，他还小，得了白血病，看病要钱，要很多钱……照金公司的人，能不能帮帮我儿子……"

席玟说："您先别着急，我给我们领导说说看……孩子现在在哪里？"

"在医院……他在医院……没钱了……要出院回家等……等……"男人说着，最后那一个字，他始终没有说出来，声音逐渐低沉下去，眼泪几乎要落下来。

席玟赶紧给他倒了一杯水，让他坐下来慢慢说。

男人手里拿着一张孩子住院的照片。后来席玟给俞红和赵海涛汇报了这个事，有一个孩子得了白血病，希望大家能给捐点钱。赵海涛和俞红看到生病的孩子，马上组织照金公司的员工给孩子捐款，也请媒体的朋友们帮忙，向社会呼吁，当天在照金公司的网络平台上也发布了消息，帮助这个孩子。

照金公司网络平台和当地媒体发布了救助消息，短短三天，公司员工和社会上的一些捐助，一共募集到13万多块钱的善款。有的人送来各种急救的药品和衣物，这些钱款和物品，立刻送到医院给小男孩。小男孩的父亲一下子傻了眼。他怎么也没有想到，当他真的拿到了孩子救命的钱款时，他完全蒙了。他当时只是情急无助，试探着，再三犯难和犹豫，要不要向这些陌生的外面世界走来的人张口求助，当他一步三退，转身又转身，犯了天大的难为，步履蹒跚，走进照金公司临时搭建在山脚下的办公大厅时，他的内心只有忐忑和不安。只是对幼小儿子生命的不甘，才使他鼓起勇气，去张口求助，但是，他的内心，并不敢奢望真的能得到什么救助。是的。真实的心境就是这样，他只是想去找一个人，诉说一番，诉说他心里的恐惧和疑虑，诉说他不幸的遭遇，但是，令他感到意外的是，原来有这么多异乡人，倾听他的遭遇，并且伸出手，拉住了他原本无助的手。他拿着手里的救命钱，一句话也说不出来。

这件事在照金当地，引起了不小的轰动，以至于后来照金村的乡亲们，谁家里有什么急的、难的大事小事，首先想到的，是去找照金公司那一帮大城市来的小伙子、姑娘们帮忙，开口向他们去诉说、去靠拢、去感应，大概是因为在这里，他们可以得到一些温情的回应吧。

赵海涛心里想，帮助这些孩子，不能仅限于帮助生了病的孩子，还要更多关注孩子的健康成长，要和孩子们共同建立一个可以触摸和感知的未来时光。

第二天一大早，他安排公司的几个部门，全面开启照金"新校园、新照金、新未来"计划。公司全体职员一对一帮扶小朋友，尤其是一些贫困家庭的小孩子，是啊，或许这些久居深山的孩子们的生命里，更需要出现一个意想不到的陌生人呢。

看到每一户家访收集回来的资料，村子里贫困孩子们的家庭情况，虽然他自己也出身农村，他的心里还是会感到疼痛。

"一对一帮扶计划"对接名单第一批，一共有 28 个小孩子。

大部分小孩子家里的贫困，都是因为家里人口多，或因病因伤返贫，无法出门远离家乡打工，家里无固定经济来源。所以，不仅要帮助小孩子们认识世界，还要帮助这些孩子的父亲、母亲们，进行各种技能培训，让他们将来都能在家门口的照金村集团工作，还要有一定的基本固定收入。他想，启智，虽然难，但是，再难，也要去触碰和解决这个难题，甚至是无缝隙地去改变这个状态。

他要求员工，包括他自己，每周一到两次，要去学校或是帮扶小朋友的家中，辅导小朋友学习，或者和他们谈心，讲故事，带领孩子们认知世界。

接下来，公司组织学校的孩子们进行绘画比赛、作文比赛，看看孩子们眼中的新照金，是什么样子的，而且现场评比，现场拍卖孩子们的画作，筹款用来给孩子们建设新校园，购买学习用品。

孩子们眼里的新照金，说不上灿烂，却无一例外，充满了各种未知的想象。对孩子们来说，他们年纪很小，并没有到过照金以外的地方，只是在他们的心里，满是照金清澈的蓝天，一尘不染的光明，和夜晚眼睛一眨一眨的满天星星。还有他们现在正在建设的新校舍，都是什么样子的呢？在一百个孩子的眼里，就有一百个样式的新校园，因为在孩子们的心里，来年的春天，他们要开始做什么？他们打算在哪里种上他们内心的花草，在哪里等待开花结果？下雪以后，他们也可以在雪地里玩耍，也可以在温暖的屋子里读书、写字、画画吗？然后在那里长大，再多了解一些这些大城市来的哥哥姐姐们身上的故事，然后静听，微笑，把这些故事讲给低年级的小孩子们听，这样的时光，可以延续一整个夏天吗？春天的校园，开满花草，蝴蝶飞舞，不再担心校舍漏风，桌子缺腿，甚至还可以有好几本课外的童话读物吗？秋季的校园，可以从教室的窗口，看到远处的高山上果实累累吗？还有，可以由着自己，去想象照金以外的秋天，也是这样闪闪发光吗？这些单纯多情的想法，想起来，画起来，在孩子们的眼里和心里，一切都颇为完美啊……照金公司的所有人，从上到下，每一个人一对一帮扶一个孩子，辅导他们作业，给他们讲山外的小故事，树木、花草、高楼大厦，游乐园和新世界，给孩子们送书包和学习用品，给他们家里送去羊羔和羊妈妈，希望孩子们的家里富裕起来。

合同预算部的曹琳，给自己帮扶的小女孩过生日，专门回市区买了一个大蛋糕。请公司的同事和孩子们一起过生日，看见蛋糕和点燃的小蜡烛，小女孩一下子哭了，眼泪一颗颗落下来。小姑娘一边擦着眼泪，一边有点儿害羞地闭上眼睛许愿，用很小的声音，断断续续地说：

"我真的不敢相信这是真的蛋糕……谢谢，谢谢大哥哥大姐姐……我长这么大，从来没有吃过蛋糕……"

一个十几岁的小女孩，长这么大，从来没有吃过蛋糕……

这件事对照金公司这些大城市来的年轻人来说，无疑是有很大的触动。虽然照金距离西安，也就几个小时的路程，并不算很远，但是，孩子们的生活状态，和城市的距离，还是相差很远。

一个午后，阳光格外刺眼。照金小学四年级的学生朝阳，收到了一件礼物。那是一条崭新的蓝花棉被，在拥有这条新被子之前，他以前带到学校的被子，还是用父母结婚时的一个薄被子改成的。

他不认识送被子的人。但是此前的几个月中，家里的大人们都说，村里来了一群拆房子的人。在他童真的思想里，拆房子的怎么会是好人呢？

几天后，参加完期末考试的他，扛着简单的行李回了家。往常这时，是农村的农闲时节，几年前父亲生病，就没有再出去打工，家里只靠几亩薄田生活，所以他家的冬天，也比那些父母可以外出打工、春节可以赶回来的家庭，更加冷寂。

　　几乎从来没有什么期待的幸运发生，朝阳和往常一样，在只有一盏灯光，四壁空无一物的房间里写作业。那天的作业写得很潦草，有点儿心不在焉，好像冥冥之中，感觉到要发生点什么一样。

　　直到下午，往日宁静的村落传来了热闹的人声。他看了一眼作业，心里挣扎了一会儿，循着孩子的天性，他还是没有忍住，跑到了外面。村口停着的车上，下来几个人，他们都很年轻，像是从电视上走出来的人，他们虽然也被照金的阳光晒得很黑了，但是脸上的皮肤光滑，没有村里人劳作的褶皱。

　　就是那个下午，朝阳把他们其中的一个领进了他昏暗的家里。然后拘束地藏在母亲的背后，听这个陌生的男人跟母亲扯着家常。在他们的谈话中，朝阳听出来了，这就是那些拆房子的人，他们今天是专门来看自己的。而他，是这个照金公司干部、员工一对一帮扶计划中，与这个年轻男人结对子的孩子。

　　这一天在这个孩子心目中，开始有些不一样起来。其实早在几个星期以前，朝阳就和小伙伴们一起，参加了照金公司举办的照金名镇"新照金、新校园、新未来"的校园活动。当时他见到一个叔叔，和今天来的陌生人的表情里，都带着同样的内容，在即将封顶的照金小学前，他给他们展示了新学校的照片，那是一张令朝阳惊讶到窒息的照片。他从来没有见过那么好的建筑，也是从那天开始，他的心里，也有了一丁点儿梦想。

　　今天，他心底深处的梦想，好像又发了一点儿嫩芽。他有点儿想成为他那样的人。临走时，陌生人拨开母亲的手，把几张钱硬塞进母亲的手掌中，为了使母亲不太尴尬，他快速地摸了摸朝阳的头，就和他的伙伴们一起上了车。他说，他还会来的。他说：

　　"朝阳小朋友，你努力学习，将来就可能会成为比叔叔更好的人……"

　　这些话后来落在了他的日记中。这篇日记，被老师一字一句抄写在黑板上，也成了朝阳生命中，第一篇被同学们传读的范文。

　　嘿，或许每个人成长中，都存留着一两个看似无序的陌生人，不经意间来过。就是那么一两句不同寻常的话语，一些赞叹或是注目，就会燃起一个小孩子希望的光束。

　　那个陌生人，就是照金公司的常务副总俞红。那天，他和他的同事们，为了一对一帮扶，走访了所有需要帮扶的家庭。公司邀请照金小学200余名师生，参观了照金名镇规划展示厅，和即将封顶的照金小学，给孩子们拉来了几卡车冬季供暖的煤炭，和照金村集团设计的红色创意小书包、笔记本。孩子们绘画、诗歌比赛当中的获奖作品，最终被出版成系列书籍《我心中的七彩照金》。在这些小孩子们中间，或许就潜藏着几位未来的大作家、大漫画家，这谁能知道呢？正如俞红常挂在嘴边的那样：每个人，或许都该在别人的记忆里，留下点什么。

也许在若干年后，当朝阳小朋友已经长大成人，成了照金这个小镇未来的新主人公。在某个午后，在他即将开始下午的工作时，突然眺望窗外，会突然想起，在十几年前也是这样一个阳光刺眼的午后，一个陌生人，曾这样毫无征兆地从远处走来，改变了他之后的一生……

即便几年之后，俞红因为工作的关系离开了照金，但是，每年逢年过节，他都会给朝阳寄上一些他喜欢的彩色铅笔和学习用品，朝阳曾经写信告诉过俞红，他喜欢彩色铅笔，可以写出各种无法预料的字迹。除此以外，俞红每次也都会给朝阳的父母，寄上500元钱。

就是这样，悠远的大城市，和偏僻的小村庄，就这样一点一滴，奇异地融入着，相互试探着、打量着、触摸着。就这样一点一滴丝微的靠近，填充着时光与距离之间，狭小的缝隙。

随着照金河川里工程建设的推进，村子里也有了另外一些动静，一开始并不被人觉察，但是逐渐地，就显露出了它的苗头。

这个冬天，照金的确发生了一件不同寻常的事情。

村子里几个一直在外面打工的男人，断断续续，从家人的口气里，从一开始的不以为然，到后来的不得不仔细想想，再到最后，大概渐渐感受到了小镇的快速变化，他们想，是不是他们也需要跟上形势。于是，几个人回到照金，在尘土飞扬的工地上，不动声色地转悠了几天。

照金的工地，按照以往的目光，已经远远超越了这个山谷所能饱含的内容，塔吊和脚手架，层层叠叠，越过荒地，仿佛就要刺入天空。一天晚上，最先进场的一个施工队伍走过照金，请求镇上的人帮忙做饭管灶。镇上的人提供给他们锅碗瓢盆和山上的木棚谷仓。没过几天，又有一支施工队伍也进场了，依旧请求镇上的人帮忙，蒸些馒头和卷一些大葱。每天进料、出料的大罐子车、大卡车，几乎把出入照金的道路，填了一个满满当当。这些迹象，早就超越了他们的想象。但是施工队的工人们，还是会回来吃饭。终于，一个星期六的晚上，施工单位负责工程的工程师和财务会计来了，当着几个做饭的镇上人的面，给工人们发放了工资。

看到那个工程师和财务会计之后，镇上几个从外面打工回来的中年男人，感觉自己的心脏简直在怦怦乱跳，然后偷偷地潜出了家门，沿着土堆悄悄地溜走，最后到达一个地方，几个人私下商量着，其中一个叫杨林的人说：

"我们几个人，合起伙来，成立一个石料、土方公司吧！合理合法，把咱照金工地上的建设材料都包了，咱给他们供料，石子儿、水泥、沙子、土方，咋样？"

另外几个人，也对这件事特别上心——当然了，他们认为，这是千载难逢的机会，谁肯轻易放过呢？他们几个人，在暗夜中往前走了一段路，又在一块石头旁边停了下来，杨林突然又说：

"那就这么说定了。成立公司的事很简单，几天就搞定了。接下来大家都要出力。卡住照金公司，让他们在咱们这里进料，咱说多少钱就是多少钱。"

"对，强龙难压地头蛇呢。咱也要有点悍性，说干就干。我明天就在大马路口设上关卡，不让他们的料车进村，看他能把咱咋样。"另一个脸上有一道伤疤的男人说。

"对，你领上几个人，明天就去，他们不敢对咱当地人咋样。"

杨林这样说的时候，想了想，村里一下子有这么大的利益，谁也不想白白放过。

"咱们首先要在气势上压住照金公司，拿到供料权，咱们就算赢。"他用领头人的口气说道。

"对，这样就好了。"对面几个人频频点头，接着握紧了拳头，"等着瞧吧，照金很快就是咱的天下啦。咱老祖上打下的好江山，不能让旁人占了先！"

然后，过了一会儿，几个人轮番抽了一阵烟，最后，消失在了黑夜中。

果不其然，几天之后，在出入照金的道路口，几个人完全封闭了道路，照金工地上的材料出入，完全停了下来。他们派出代表，和照金公司谈判，要拿到石子、水泥等这些供料权和土方工程，不过，价格必须按他们提出的条件，比工地上现在的用料价格，每吨都要高出四五十块钱才行。

一开始，只是几个人在路口设了路障、围栏，禁止车辆出入，渐渐地，村里参与的人变得多了起来，围在路口四周，整天闹闹哄哄。

这样的条件，照金公司显然不能接受。赵海涛说：

"同质、同价的情况下，简单易干的土方工程，适当照顾当地的乡亲们，本身就是咱国企应该自觉担当的责任，但是，强买强卖，高于市场价格，扰乱市场秩序，助长欺行霸市那种不好的欲望，照金公司肯定不能妥协。"

说归说，对方就是不能轻易罢休。看见照金公司的人文质彬彬，拿群众也没办法，既不能打架，也不能骂人，更不能推搡群众，只是一遍一遍好话说尽，希望大家搬开路障，解散人群，对方当然不听劝告。不仅不听，里三层、外三层，围观起哄的人群，打架斗殴的人群，附近周围不三不四有前科的人群，看见有利可图，生怕少了自己那一份，纷纷加入进来，抢占山头。一时间路障、石头、沙袋、土堆，堆积得越来越高，像是战时的堡垒一样。聚集的人群越来越多。偶然过路的，专门来看热闹的，越来越庞大、无序。一天一天僵持，工地上的正常施工几乎陷入瘫痪，照金村几乎变成封闭的王国，像是一个孤岛。

纪念馆即将封顶，正是建设关键时期，却遇上一群人闹事，没人敢惹，谁去劝说都不成。退一万步说，如果按他们的要求答应下来，强买强卖，扰乱市场秩序，可能更会把市场搅得一团糟，漫天要价，更无法正常施工。

这座城镇，在赵海涛心里，最重要的，是构建人心的城镇，一种新的文化、新的观念的城镇，不能做坏行情。如果有人胡来，这个山就完了，游客来了欺行霸市、宰客，那将来这个景区，就是一塌糊涂。但是跟闹事的人直接硬上，也不是办法。因此，他确实感到左右为难。

项目建设主体建筑封顶在即，大家辛苦了几个月，公司的员工为了迎接第一个主体建筑封顶，一个星期以来，连夜准备了各种小节目，舞蹈、乐队、快板、相声、歌曲。工作之余，每天晚上在山坡底下，临建的办公室大厅，排练到深夜。到了演出当天，省里、市里的上级领导，也驱车赶来。一来是照金项目主体工程建设将会如期封顶，大家都暂时松了一口气，心里很高兴。二来也想来看看这三十几号年轻人，钻到这个深山沟沟里，到底靠不靠谱，山区建设本身就不容易，看看他们建设的"一带五区"，到底是纸上谈兵，还是真刀真枪的实干，到底建设的咋样了，预备晚上和村里的乡亲们一起，开个文艺联欢晚会。结果，领导们的车被堵在照金村口的三里地以外，纹丝不动，一个人也进不来，僵持了三个多小时，就是进不来。最后，只好作罢，返回西安去了。

一直在准备节目演出的公司员工，还有照金小学的孩子们，抹上红脸蛋、穿上新衣服，预备给大家表演节目，直到天完全黑下来，一直都在后场，默默地等待着。但是，封路的人不依不饶，始终没有放进一个人来，也不让照金公司的人出入。

天完全黑下来。赵海涛通知大家，和乡亲们的文艺联欢演出，照常进行。虽然来看节目的人很多，不过，表演节目的人和看节目的人，好像都心神不定。时不时有人交头接耳，窃窃私语，目光游移。谁也不知道几天以来的这个场面，最终会以哪一方的妥协而告终。

村头那个阻隔照金和外部世界的森严堡垒，水泥袋子和石头棍棒，路障、栏杆，里三层外三层，即便是在暗夜，也格外刺眼。

公司的食堂灶房，给大家准备了一些吃的喝的，盘盘碗碗，瓶瓶罐罐，员工们自己组织的乐队，放起音乐来。各个部门的员工，都穿上了演出服装，有的装扮童话里的国王和皇后，有的装扮《西游记》里的行者，行政部的张杰他们，苦练了几个深夜的恰恰舞蹈，夹杂着大家的说话声歌声，跳起了事先排练好的舞蹈。

有一位员工，邀请赵海涛出来和大家一起跳舞，而赵海涛——谁能想得到呢，他和大家一样，哈哈笑着，然后和大家一起跳了起来。之后有人放起了强劲的音乐，他那一晚，几乎跳得忘乎所以。

赵海涛这个时而沉默寡言，时而滔滔不绝的男子，谁知道他心里到底在想些什么呢？这或许是他第一次跳舞跳得这么尽兴。被三十几个自己的工作伙伴们邀请着跳舞，而现在这种双方关系都很脆弱的时候，只有他是这个团队的主心骨，这个从大城市来的热情似火的年轻团队，正是他们，让他尽情地跳起了年轻人的舞蹈！为什么不跳呢？村子里的乡亲们，一部分已经回家了，剩下来的一部分，在他跳舞的时候，坐在旁边默不作声，出神地看着他。

又过了一会儿，音乐停下来，联欢会结束了。员工们脱下身上的皇帝、皇后、王子和行者的服装，收拾、打扫演出场地。乡亲们大部分回了他们的临时安置点，睡觉去了。

赵海涛一个人走出来，穿过工地，向牧场那儿走去。树上夜栖的几只鸟儿，转过头来看着他，声音略低叫了几声，也没有飞走。一只野兔，在干草中间窜了几步，伏下身子，隐藏了起来。顷刻间，照金的夜空，一片寂静。照金的牧场、花丛、草丛、咖啡馆、小木屋，就在这里听山、听水、听心，真好啊。

两个年纪稍长的乡亲，跟在他身后，跟着他走了一段土路，停下来，其中一个对他憨厚、局促地笑了笑，和他打了一声招呼，对他说："赵总辛苦啊，年轻人演的节目，就是好看。咱照金，以前想都不敢想啊……"然后和他擦肩而过，消失在了夜空中。

冬天的夜晚，清冽而温和。他在牧场的石板上坐了一会儿，而后起身，到枯草中间去找那只野兔。他在草丛中发现了那只野兔。那只野兔旁边，还有另外一只野兔和它们的兔宝宝。原来，这就是那只野兔没有自己逃走的原因。它们一家几口，潜伏在枯草丛里，一动不动，好像一块布一样，耷拉着它们的小脑袋，看起来有点儿害怕陌生人。

他轻轻挪开脚步，离开它们。

"嗯，你知道那只鸟儿回家了吗，这些百年老树，就是它的家。你不知道吧？你当然不知道。"他在暗夜中喃喃自语。

没人回答。兔子一家，还在那里潜伏着，没有做任何冒险的行为。

"那么，晚安，拖家带口的兔子。"他又说，"你藏在这里，兴许是想成为一只顶天立地的好兔子吧？"他说完转过身来，慢慢朝回走，一直藏身的兔子，趁机思索了一会儿，想到了一个破解的招数。

兔子都那么怡人眼睛。

深夜，赵海涛怎么也睡不着。从被窝里爬起来，喝了一杯水。桌子上放着一份一对一帮扶的名单。名单上一眼看见"杨林"这个名字。原来这些天带头闹事的男人，正好是他一对一帮扶、对接的小孩子的父亲，最近刚从外地打工回来。他家贫困的原因是家里人口多，只有他一个人出门打零工，家庭无固定收入。而这个小孩子，正是那个聪明善良，长大了想当作家和漫画家的小姑娘佳乐。

他再也无法入眠。他自然不能和封路的人群硬来，不能撕裂和乡亲们逐渐亲近的感情。但是，他也不能助长一小部分人胡作非为。这是他硬性坚持的原则。不过，问题总归要得到解决。

他一时间想了很多。在一张白纸上写下一个文案:《幸福是挡不住的》。他把刚写好的文案,发给他之前在媒体供职的朋友,请他连夜配出漫画。并且在电话里给朋友下了死命令,天明以前,必须把全部漫画文件,发送给他,他要马上打印出来,装订成册,天亮就发放给乡亲们。

他决定明天一大早,去杨林家里再一次走访。

第二天一大早,天色未亮。他一夜无眠,走出大门,突然,大片的雪花,迎风扑面而来,他的双脚,一下子踏进漫无边际的大雪地里。

"啊,雪花!"

他忍不住惊呼一声。照金的一切,万籁俱寂。蓝色的天空,仿佛星辰未去,大雪已来,无声无息,静默地陪伴着他。他张开双臂,拥抱着雪花,任雪花落在他的怀里,落在他的脸上,清凉甘甜。

真是一场无边无际的大雪,他的内心,跟着飞舞的雪花,狂跳起来,万里层云浩渺,照金千山堆雪,只影响谁去?天南地北,几回寒暑,这漫天的大雪,将意味着什么呢?它冲破一切,涵盖一切,包裹一切,改变一切。一片一片洁白的雪花,恣意飞舞,他不忍心打扰这从天而降、改天换地的信使。他把两只脚,从雪窝里轻轻地退回来,站在屋檐下,满眼望着铺天盖地的雪花,圣洁的雪花,巨大、强悍、包容,它把有棱有角的大地,像是新生婴儿一般,包裹起来,托举起来。多么神奇的一场大雪,让人惊讶,为土地带来好运,引导着众人的步伐,此时此刻,不论是正在熟睡,还是已经醒来的人们,都正在享受着这一场无法预知的雪花吧。

这自然的神物,是啊,一切都是这样不可预知,又让人怦怦心跳!这个照金初冬的清晨,他在这里看到了无遮无挡漫天的雪花,这一刻,或许会让他一生难忘吧。

照金的初雪,正悄悄地,又仿佛不可逆转、摧枯拉朽般地改变着一切。像一场突如其来的惊喜,又像是奇异的童话世界,如期而至。是的,没有错,即将封顶的照金革命纪念馆、正在拔地而起的居民安置小区、学校、医院、商业街区、民宿酒店、培训中心、文旅1933广场,都将意味着改天换地,重获新颜。

朋友画好的漫画,已经发送过来,就在黎明前的三个小时里,他和他的小伙伴们打印了100多份漫画小册子《幸福是挡不住的》。

漫画的第一个区块是"幸福的向往"，描绘了照金的未来是这样美好烂漫；第二个区块，却是"路上蹲着拦路虎"，仿佛传说中的恶人出现了；第三个区块，是"强盗伸手打劫，试图不劳而获的眼神"；第四个区块，便是"照金人民和建设者们心急如焚的情绪"；第五个区块，点燃了"群众的怒火"；第六个区块，是展开"利剑行动"，坚决铲除破坏分子；第七个区块，又是"照金的幸福明天"。

漫画看起来简单幼稚，在群众当中，却掀起了狂风暴雨。

这或许就是年青一代的世界和未来吧，谁也无法阻挡。谁能想到，在新世纪的今天，漫画这种文明武器，抵得上是锋利宝剑。是的，一切都会艰难地解决。他的脸在雪花中被冻得通红，内心凛冽。

一大早，他安排大家分头去挨家挨户，发放漫画册子。让乡亲们参与进来，行动起来，人人有心，让村子里有觉悟的乡亲们，说服、带动其他乡亲；让少数参与数捣乱的人，感到羞赧，无处藏身，让他们没有机会再捣乱。一看这本漫画小册子，谁不知道是画的谁呢？村里人的特点，本身就是相互之间都有粘连，不是沾亲，就是带故。

早饭之前，他赶到带头闹事的杨林家里去敲门。

杨林刚起床，还没来得及去村口坚守他们自建的堡垒。

"老杨在家啊？我是来看你女儿小佳乐的。我给她带了几本儿童漫画书和世界名人传记。小佳乐说，她长大了要当漫画家和大作家。让咱们看她写的书呢！"赵海涛说，"你要出门吗？那你忙你的吧。我和小佳乐说说话。小佳乐是我们公司一对一帮扶的小朋友。我们见过几次面啦，那时候来家里，听说你在外地打工呢。最近几天才回来的吗？"

"啊，我吗？是啊，才回来、才回来……"杨林嘴唇麻木地张着。

这时，小佳乐也起床了，看见是以前给她送新书包和学习用品的叔叔，高兴地说："啊，叔叔来了……"说着，小脸就红了，藏到了妈妈身后。

小佳乐的母亲招呼赵海涛坐下，说：

"你看，咱这条件也不好，你没吃早饭吧？不嫌弃的话，就在咱家吃一点儿，我刚做好。你们一来家里，佳乐可喜欢啦。"

赵海涛在一个小板凳上坐下来，说："好啊，好啊。那我就不客气啦！你做的饭一定很好吃。你也别担心，这不明年咱们就能一家人搬进新家住了吗？"

"是啊……"佳乐母亲可能没有想到他会真的坐下来吃早饭，所以都说不出什么话来了，在围裙上搓着两只手，赶紧张罗。

吃饭的时候，杨林一开始有些不自在，看到赵海涛并没有说什么话，就坐下来。他还真有点儿担心，以为照金公司的老总找他闹事来了呢。

"你看，家里也没啥好吃的……"杨林结结巴巴地说。

"看你说的，家常饭就是最好的饭啦。"

他们坐在一个小方桌子上吃饭。赵海涛问他："你在外面打工，一年能挣多少钱啊？"

"挣不下多少，你也知道，家里有一大家子人要养活。"杨林低下了头，声音很低。

"我知道，你家里有六口人，就你一个人在外地打工，七分饱三分寒的。"

"你知道？你咋能知道了？"

"嗯，我知道。我在佳乐的家庭情况登记表上看到的。"

"哦。"

"那你考虑不考虑回咱照金上班？你有没有听说过，咱们照金村集团已经成立起来啦，正在培训招工呢。像你这体格，当个保安或是保洁什么的都绰绰有余。你看咋样？"

"我不知道，我……"

"你可以好好思谋一下。你要是有意向，今天就可以去报名参加咱们的职业培训。两周培训完，马上就可以上岗，像你这样的回乡骨干，在咱们村集团，很受欢迎啊……"

"啊，我吗？在咱们村集团上班？是真的吗？我可没想过啊……"

赵海涛觉得，他并不是本质上就坏的人。

"是的，今天就能去培训。两周后上班，守家在地，佳乐妈妈要是愿意，也可以报名参加啊。咱们村集团，正招街道、景区和酒店的保洁员呢。"

"啊？那敢情好啊、好啊……"佳乐妈妈在围裙上不停地擦着手，声音有些不安和惊喜地插话。

"那就这么定了，你们两个，今天就去报名，先参加培训，两周以后到村集团上班。这样的话，咱们小佳乐的家庭，就是双职工家庭啦！"

"咱们又没干过，这能行得通吗？"杨林有些犹豫和担心。

"没问题，咱们公司有专门的培训老师，会给大家细心培训。还会发统一的工作服装，穿上制服，就是有工作的人，和以前完全不一样啦。"

"那敢情好、敢情好……赵总……"杨林小声地叫了一声。

"哦？"赵海涛答应着，一边帮小佳乐讲解着儿童漫画书。

"想喝一盅酒吗？我家里还有半瓶散白酒……"

"一大早喝什么酒啊。不过，你要是想喝，那咱就舍命陪君子，陪你老哥喝两盅。"

一旁的佳乐，一边看着爸爸和这个又陌生又熟悉的叔叔喝酒，一边看着儿童漫画书，一边问：

"叔叔，叔叔，你看这只野狼，真的不会吃掉这个小男孩吗？"

赵海涛说："不会吃掉，森林里有好多小精灵守护着他呢。就像你一样，你也是咱们照金森林里的小精灵。"

"啊？真的吗？真的吗？我也像书里的小精灵一样，能保护照金，不让野狼吃了吗？"

"当然是啊。"

杨林一直低着头，喝着酒盅里的白酒，若有所思的样子。

赵海涛心想，一本漫画书，或许也能不经意间感化、溶解一个人的心呢。家里有困难的这些人，当然要伸出双手拉上一把；那些无理取闹的跟风派，不要去理会，先不接触，咱也讲究一下心理战术，让大多数乡亲们的行为去羞臊他们，让他们心里发慌，不知道如何是好。那几个有前科的村头堡垒死硬派，照金镇派出所的白所长，会去找他们约谈，争取一部分，瓦解一部分。白所长这个人，个子高大，天生有一股子悍劲，人长得黑黑瘦瘦的，内心笃定，在照金威信很高。他眼里的目光，足以让干过坏事的人感到心慌。

那么，不明真相看热闹的人，自然也就散了。

赵海涛在牧场高处的雪地里，凝视着照金的远方。俞红给他打电话说，村头的堡垒，突然安静下来，不见平日那些闹事的人了。是不是咱们可以把堡垒拆了？

赵海涛说："咱们不拆，让他们自己去拆掉。"

午饭以后，大雪仍在空中飞舞。

杨林和他老婆上午在村集团报了名，参加了一上午培训。午饭时间，他没有回家吃饭，而是扛了一把铁锹，在雪地里走到村头，把他们十几天以来一直无理占领、顽抗固守的石头、泥浆堡垒，一锹一锹，铲平了。

他正铲的时候，之前和他的一起闹事的几个人，跑过来阻拦他，他推开那几个人的手，故作轻松似的说：

"嘿，老伙计们，快点儿来帮一把手，把这个泥捏的伤疤铲平了。咱都多少岁的人了，在老婆娘们儿跟前闹这丢脸的事，真不值得，丢人哩！快铲了快铲了，把咱进出照金的大路，重修好！"

那几个人显然有些不情愿。就这么闹了一场，没有得到一丁点儿好处，还惹来一顿羞头臊脸的，就认熊了，谁能甘心呢？几个人走上来，想把他拦住，想夺过他手里的铁锹。他把那几个人狠狠地揉了一把，使出两只胳膊上的蛮劲，举起铁锹：

"你们不想帮手，就走开吧！都走开！我一个人铲了这疮疤！"他的语气决绝，没有一点儿退让和含糊，把那几个人唬住了。

一年以后，就是这个杨林，成为照金村集团的骨干先进分子，成为管理照金一百多号人的保安、保洁组的大队长。

11月18日晚上十点整，大雪纷飞，照金公司的人，施工单位的人，所有的人都穿着冲锋衣，戴着安全帽，屏住呼吸，静静地等待……突然，几千号人一同喊着，倒数三个数：

"3、2、1……"随着三颗红色信号弹射向苍穹，礼花和炮火在空中炸开，蓝空和璀璨，塔吊和脚手架，没有任何修饰和布置，就是一个让人热泪盈眶的水泥主体建筑，就这样被群山和飞雪包裹着，陕甘边革命根据地照金纪念馆，在如画的夜空中如期封顶。

圣洁、强悍的鹅毛大雪，漫天起舞，如期而至，整个山谷沸腾了。

一瞬间，整个照金，几乎完全疯狂了。谁也无法辨认，所有的手臂和手里的安全帽，飞腾起来，分不清是照金乡亲们手里的棉帽子，还是几千号施工人员的安全帽，还是照金公司三十几号员工们手里的安全帽，全部飞向了红色的夜空。所有的人抱在一起，跳在一起，泪水汹涌，分不清谁和谁，这一刻，不再有思想，不再有语言，不再有谁和谁，不再有仇人、兄弟、陌生人和过路的人，只有疯狂流泪的人，莫名其妙地哭泣、喊叫，拥抱在一起，哭着、喊着、跳着、宣泄着、疯吼着，脸上全是泪水。大家舍家抛子来到这里，几个月都不能回家。能给家人们的，只有电话里的简短回答和双方都很无奈的吵闹。

一切都在此刻，一切都在诞生，一切都在飞逝，一切都在展望。谁能知道，在这深山荒野里，多少颗年轻激荡的心，多少颗缠斗搏击的心，曾在这里一起跳动、一起呼喊、一起疯狂呢？

一切都正如发给乡亲们的漫画小册子里描画的那样，11 月 20 日，照金小学教学楼封顶，安置区第一栋居民楼封顶，创意街区商铺开始招租，乡亲们纷纷缴纳诚意金；24 日，照金中学教学楼、照金小镇中心医院门诊大楼封顶；25 日，照金干部学院封顶……

自然，这也只是一个引子或是开端，接下来的事情，或许更为艰巨，无法预料的挑战，或许随时随地都会接踵而至。

第九章
弯曲的云图，你的青春来过这里

照金的深冬，冻雨和大雪，寒风和阳光，一样都不缺。

照金村集团成立时，严宇带着武悦他们几个就过来了。成立之初，武悦就在照金村集团，一边兼着照金公司城乡统筹部的事务。前期负责牧场的土地流转，村民关系，然后是村民的文化业余生活，比如在西安请易俗社剧院，搞秦腔会演，跟村民相关的工作，基本上都是由城乡统筹部来负责联络和筹备的。

到了照金村集团，业务板块有三个子公司。第一大块是物业公司，负责整个镇区的环境保障，安保，还有街区卫生，包括将来乡亲们回迁之后，小区物业服务都是由这个公司来做。另外一个业务就是农业公司，它的经营范围有两大块，第一块是120亩的金银花基地，在牧场对面，另外一块是开发农业产品。再一个是景区公司，主要负责商业街，目前就是这么三大业务。

照金村集团的成立，是照金公司城乡统筹工作的最大亮点。

照金村集团成立以后，城乡统筹部的几个员工，基本上就全职过来做照金村集团了。也就是说，城乡统筹做的大部分工作，都是照金村集团这块的工作。

公司开会的时候，武悦听说城乡统筹是支持这个地方成功的关键，不管是建设还是发展，顶了半边天。改善民生，提高村民的收入，解决就业，帮助他们创富增收，这是大的概念，具体来做，就是以照金村集团为平台，如果它做大了，一方面可以让村民过来就业，有公司了，有工作了，收入也提高了，这就是城乡统筹。

成立村集团的时候，就是说，你把钱放银行，大概3.5%的利息，当时让乡亲们来入股的时候，给村民承诺，每年的收益不低于10%，不低于银行同期利率，当年经过市场经营，给村民分的股本金是按照10%的红利来分的。

目前，物业公司利润贡献比较大。物业公司它有一个特殊性，整个镇区的业务管理，管委会，还有当地区政府的物业，委托照金村集团来经营，等于说是政府采买服务，咱们把服务做好，然后政府每年支付物业管理费用，等于前期是把这个村集团扶上马，送一程。在测算业务管理费的时候，它里面是有一部分利润的，因为这个利润要保证村民的收益，前期是这样，那后期可能慢慢地就要走向市场化，就要开拓新的项目来支撑这个业务。

武悦他们托管的村集团物业公司这一块，开展业务有一定的难度，比如说想在铜川接一个楼盘，让公司走出去，目前客观上有一个限制，因为公司组建的时间并不长，内部的团队还不是那么成熟，而且正逐步走向本地化管理，正在招募本地回乡大学生，进入集团管理层锻炼。因为这个集团三五年之后，要交给当地人管理，照金公司现在只是委托经营。

如果新的盘子接到以后，这些人抽出去了，那本部这摊子事就没人管了。再一个就是，因为物业公司本身是一个微利行业，弄不好可能就会亏损，所以他们目前还是定位把集团本部这块做好，包括人员的管理，把服务质量提升起来，把基地做好，然后机会成熟了，再走出去。比如说家政服务，在铜川市接一个商业住宅，甚至是把省里文投集团总部那个业务公司接过来，这都是有可能的，但是目前好像还不具备条件，因为它太年轻了。

目前照金村集团工作团队中，基础员工人部分都是村民。武悦大概在三周前做过一个统计，照金村集团的员工是134人，当地村民有73人，当地村民因为文化程度限制，基本上都是基础性岗位，像保洁、保安，主管及以上的员工基本上是从当地市区或西安招聘的。

成立之后的年底，村集团按所有股本610万的10%，去给村民分了红利，第一年就如约分红，分了61万，而且村民这份收入，个税是

20%，第一年是村集团承担了，给村民分的是净收入。

在管理结构上，村集团层级比较多，因为它跟照金公司不一样，它有员工，上面有主管，有部长，再上面就是副总、总经理这些级别。目前当地的乡亲们，最多可以做到主管这个岗位。在武悦看来，这已经达到理想状态了。像中层这些岗位，在村民里面提拔，即便提拔上来以后，那也不行。这里面牵扯到一个管理思路的问题。他们想，中层以上，一方面为了实现本地化，从当地市区招聘了一些大学生，再一个就是吸引返乡的大学生参与进来，同时像大学生村官这些，也吸纳进来，作为中层来培养。中层里面的管理人员，如果有非常优秀的，可以提拔培养，可以往高层那块再培养，但高层这块，可能目前还是得招聘职业经理人，如果以后移交给村里，可能还是得要职业经理人。

三个子公司，各有利弊。它们的发展方向不一样，像物业公司，它主要就是解决村民就业，因为它基础性岗位很多；景区公司，它主要做的是精细化管理，注重品质，它做的是商业。农业公司，它主要做的是产业，比如说金银花基地、核桃油、药材等，如果说这个事情不错，那就可以引导村民发展这个农业。所以它们侧重点不一样，如果非要分个彼此，他觉得还不太好分。

在他看来，这里面有个现象，就是镇子建设当中，在一些方面镇上的基层组织，好像有往回缩的迹象。比如说村上社区文化、音乐、戏剧、民俗表演、村民联谊，每周都有新花样，这些都是他们村集团自己来组织，在建设期的时候，可能因为他们一方面比较敬业；另一方面就是推进工作的效率比较高，可能会有一点儿强势，所以镇上觉得，有照金村集团在这里还挺不错的，这些习惯一直延续到现在，好像他们做了一些基层政府应该做的事情。

比如说照金村集团，因为商业街有空置房，他们搞了一个社区化中心，里面购置了一些健身器材，欢迎村民到这里玩，丰富他们的业余文化生活，遇到活动组建锣鼓队、秧歌队什么的，他看大家积极性挺高，专门买了一个音响，专人管理，到了晚上六七点吃完饭，乡亲们就来娱乐了。

当然最后的结果，乡亲们是认可的。武悦有时也会疑惑，村民很奇怪的，他遇到什么困难不高兴了，他遇见你也不和你说话，不给你好脸，但是你把这个问题解决了，第二天他碰到你的时候，他就会给你发烟，邀请你到家里喝水。其实这种举动让他心里特别欣慰，这种情况特别多，"哎呀，到我们家里来，我备了酒咱们喝酒。"你不去，他就不高兴了。所以村民说到家里吃饭，他们就去了。他们在这个地方，他觉得公司跟镇政府比起来，在群众当中的威信好像更高。有时候群众甚至说："村集团跟你们照金公司挂钩，我们就很放心，如果说以后要移交给政府，或者要村委会管，我们就不愿意。"

他觉得，这是个奇怪的现象。

他认为，其实像照金这个地方，城乡统筹的成功，不是说让大家住上洋房了就是城乡统筹。那住洋房了，村民他们要承担水、电、气、暖费，还有物业费、卫生费，如果说收入没有提高，他们根本就没钱来支付这些费用。尽管住在洋房里，但你口袋没钱，那也不行。所以怎么让他们提高收入，才是最核心的一个落脚点。通过照金村集团解决就业提高收入，然后在商业街提供一些创业增收的商铺，通过承包店面经营提高收入。如果说入股照金村集团了，你是股东，每年还有 10% 的收益，土地流转每年也有一些收益，当然这部分人群并不是全部，拆迁户是224 户，在安置区购房的是 218 户，并不是 218 户都是股东，都是土地流转了，只能说是有眼光的人，勤快的人，他的收入就更多一些。

大概在两周前，他们开始做一个调查，先列举一些关键性的指标，比如说你收入提高了，你就业了，你家里的家电很多，你买车了，然后针对安置区的 218 户进行调查，就是建设前是什么样的，建设后是什么样的，打算这周把报告拿出来。

在村集团，朱锦是第一个返乡的大学生，现在在村集团景区管理公司，是综合管理部的一个副部长，等于是中层管理人员了。想通过这个方式，吸引照金当地或者周边的返乡大学生来工作，然后在集团里面培养，慢慢地这个集团三五年之后，至少比如在中层里面，有五六个是本地大学生，慢慢自己就能把集团管起来了。

滑雪场和牧场一样的，土地流转是让武悦最头疼的事。怎么说呢？你牵扯到乡亲们的利益了，他就给你不让步。比如说公司已经把土地流转款，还有包括地面上的附着物钱都赔了。钱都装口袋了，第二天他又来挡你的车，他说你这个算错了，我这里还有坟呢，怎么怎么地。坟本来是分了几个标准，三年以下的新坟是 2600 块钱，三年到 20 年的是 1600 块钱，20 年以上的是 1000 块钱，钱都给赔付了，公司专门统一划拨了地方，负责帮忙迁。机器都雇来了，要帮他们去迁坟，不行，他就地给你挖个坑，得多少钱多少钱，他就一边拿着钱，一边再要着，一边阻挠着你进场。武悦他们也没办法，来一个解决一个，慢慢磨，也不能像其他地方那种野蛮施工，咱们来是搞城乡统筹改善民生来了，当然不能出现恶性事件，这是公司规定铁的纪律。

后期建设上需要栽个树啊，挖个土方啊什么的，能给的活儿，都给咱们村集团下面的子公司干，给他们解决一部分就业问题。就是那些不经过任何培训也能干的活，就都给他们，作为他们创收。干一些技术含量低一点的活，就是这样。

武悦是第一批上山来的，来之前是在曲江，在那个单位有四年多，当时有一个想法，他觉得自己有浑身的劲没地方使，觉得这样耗下去不成，那时候一直在寻觅有什么好的地方发展，后来说这边招聘呢，他就过来了。结果来了之后，力气简直用美了，用扎实了。工作上的事情一个接一个，根本没有时间太多去想。当然也有压力，但是也没有把这个想太多，主要就是把日常的事情处理完。

村民那块，刚开始他觉得陌生，后面还相处得不错。

他个人感觉，有一个现象，就是领导给你交代的活越多，把那些难事交给你去办，就说明你在提高了。比如同样一个有难度的事情，交给你不交给别人，这个时候就说明你提升了。怎么样才能让领导把这些有难度的事情交给你，那平常就得多积累，对自己负责任，做事情周全，不要推责任。可能定慧为文质，戒忍为刚柔，才能含朴玉之光辉吧，这是他个人在工作当中的一个体会。

而负责小镇引水工程的冯康，就有很多麻烦了。

从高尔原水库引水，这镇子本来就缺水，现在用的水厂的水，也是从高尔原那边引过来的。原先水厂不具备这种供饮用水的条件。按冯康的理解，因为原先它没有提供居民饮用水的功能，不具备供饮用水的设备和能力；另外前面不是修路嘛，修路对上游造成了一些污染，主要是这两方面。所以现在引水就是重新铺管道，直接到水源地，以前只是在河道里面。以前它是在两个山中间，从山沟那块地方，铺了一点儿卵石什么的。用的是明水，然后通过卵石那些滤净，来进行初步的过滤，所以它水质肯定不好。

现在书院酒店这个地方，建了一个蓄水池，引水之后，要保障居民回迁之后的饮用水，和冬季供暖的基本要求。

和冯康一个部门的王皓也是一样头大。几乎天天在施工现场，灰头土脸，好不容易回一次家，脸晒得黑的，两岁的孩子都认不出他来了。一方面首先是要熟悉图纸，按照图纸要求，监督施工单位的施工行为，现场需要协调的工作太多了，不管是道路、水、电，还有各单位之间的互相协调。

再一个就是现场施工变动比较多。现场工程签证也多，签证的话，他们需要到现场核实工作量，以后施工单位都是要靠签证来结算工程款项的，所以要格外仔细核实。既不能亏待人家，也不能让他们钻了空子，就是要掌握这么个寸劲儿。最主要的是监督施工方的工程质量、工程进度、工程安全。

主体阶段没有什么问题，因为主体的话它施工完成之后，它是需要这些数据来证明它的东西没问题，也就说是建筑的产品没有问题。主体阶段一方面从试验报告可以体现出来，试验报告当然包括比较多了，进场材料需要检验，这是原材料，施工成品之后，也只能叫半成品，对地基的检测，承载力能够达到设计的要求，再一个就是主体结构也进行检测，包括混凝土的强度，保护层厚度，还有它的碳化程度，这些指标都没有什么问题，再一个大的检测，就是施工到装修这一块地方，完了之后，因为咱们的材料都是按要求去控制，室内空气的检测，以及避雷都没有问题。防雷验收、消防验收。这都是必须有的。

还有整个街区，你的绿化、你的标识、你的照明系统、你的电力、你的设备，这也是一个系统的东西。

包括他要和周围的村民协调，和电力部门、林业部门、水务、公务的协调。所有能和这个小镇牵扯上关系的，五花八门的事，他都要去协调这些事情。因为别人可能就只是配合一下，你要牵头搞这个事情，这个就比较复杂了。包括公司内部的、部门之间的、你和勘察的、你和设计的、你和质检站的、你和安检的、你和档案馆的、你和市政府的都要协调，他觉得这个工作量算是最大的，牵扯的面比较广。

跟村民有可能牵扯到要用他家的路，铺设水管，埋藏电路，这可能要占他家的地方，不管你是永久征地，还是临时用地，你肯定要去跟人家核实，谈补偿，还有一些清表的，就是清理地表上的附着物，庄稼、树木或是乡亲们家的小板房、仓库什么的，还有一些像原来的设施，比如说我这里以前有一口井，到底能不能用上，村民肯定会提出这个问题，如果用，怎么给他们算钱，像这样很琐碎的一些事情。都要一一过一遍，甚至天天都会遇到相同的问题，然后一遍一遍重复地去解决。

乡亲们这里肯定不好协调。尤其是后来像安置区交房的时候，和村民的协调是相当多的，比如说，有一次是由于施工方施工完成了之后，龙头阀门没关好，但是那户刚好没住人，结果通了水试验之后，那个水直接从四楼流到三楼去了，不但把人家的顶子泡了，连人家的地板都泡了，泡了之后村民就不干了，光为这个事情，王皓就磨破了嘴皮，才把几家的情绪安抚好，最后还是公司给出了维修费，才把问题解决了。

还有一件事，在西街有一排以前的老商户，之前的时候雨水比较多，村民民房后面那是他们自己的挡墙，以前不知道谁修的，但是那个挡墙出现了滑塌。出了问题之后，也是通过公司协调，领导说虽然是以前的老问题，咱在这边也是造福当地的村民，你们就给修一下。然后当时修的过程中，连续降了几天雨，那些石料、沙石阻挡了正常排水的通道，结果造成一部分水流到村民家里去了，把人家的粮食还有一些家电淹了。当天晚上十二点，王皓安排的人和镇上的人过去，给人家搬家具，抬东西，还给人家补偿，反正是比较麻烦，乡亲们就是平常对你好好的，有一点儿事情就不太好说话。因为他们除了找你，也不知道去找谁。而一找这个照金公司，就好像什么问题都能给解决了。

西街原先是一条老的商业街，以前隔三岔五有集，小镇规划时保留了这条老街道，但是对街道进行了一些提升改造。乡亲们有时光看眼下，不管其他事情，当时修西街的路，你给他修路他就不同意，其实明显现在修的比以前的路好多了，有几家当时就是不同意，他给你这儿放个架子车，那儿放个菜筐子啥的，那你愿意给我修，你就给钱。不是说我让你修的。说白了有时候就这样，那你爱干啊，是不是。

王皓常想，或许是角度不一样。有一些人，他们已经在这过程中得到好处了，有既得利益了，能多糊弄几个钱，那我也要糊弄。他也知道你们确实给我们这里造福呢，但是你要针对某个事情来说，那就不行。他们都理解，但你的水管、电线到他家去借个道，那就不行，你影响我这，影响我那，你就得给我赔钱。

你明知有时是个别乡亲们胡闹，但是首先你还要耐心跟人讲解，一步一步地感化他。但是，该给乡亲们赔的钱，当然一分都不能少给。

对于王皓他们来说，乡亲们遇到的问题，能解决的要解决，解决不了的，也要想办法解决。

镇区的道路建设，也是由王皓他们工程部管着的。这个事情按道理说，是应该有一个部门去整体管理这个镇子。王皓这段时间专门设想了一个关于如何用镇区市政来管理这块地方，相当于就是个人的一点想法吧。这块地方虽然说是一个小镇子，但是各方面功能比较齐全，跟一个小城市差不多。城市里面有的，这个镇子里基本上都有。这个镇子是很快就建成了，建成了之后，这一块地方对于施工单位来说，他们的工程是有一定的保修期的，就像刚说的那个市政道路，这块地方以后出现问题怎么办，现在因为照金公司还在这里，工程部还在这里，按道理来说，它这块地方得设立一个这样的机构，最好是政府部门成立一个机构，把这块地方相当于一个总的协调，哪块地方有问题了之后，他去找相关的政府职能机构，比如说市政的话，他可能有市政管理处，自来水的话，可能得有水务局，天然气出现问题的时候，他可能找天然气公司去管理这个事情。照金公司和当地政府现在这种合作模式，一般情况照金公司虽然干的是企业的事情，但是好多考虑的问题，却是政府该考虑的事。

对于工程部来说，平时内业资料也很多。技术档案都要给人家交呢，包括你结算资料人家也要审呢，这都是内业。内业工作量也很大，那么多图纸，到底和现场符不符，作为结算依据，最后审计要来看这些东西，不然这么多钱是怎么花出去的，哪一步钱是花在哪儿的，你不是说从财务部看，其实大量的基础资料，是从工程部这里出去的。

冯康和王皓，一直都是干工程的，冯康之前对高速、地铁比较熟悉，地铁干的时间最长，到这边之后，跟着大家学一学。王浩从一毕业干的就是房建。虽然面对的机构一样，首先是监理单位、施工单位、设计单位、勘察单位、消防，他们都会来，整个建筑行当就是这些，建筑法里面牵扯的相关单位，都是一样的。

不过，他还是觉得压力很大。比如前一天晚上把第二天的事情都安排了，到第二天上午的话，他要去哪一块地方，要重点去哪个标段检查一下，都要记录在本子上。然后基本上每天把他们个人所管辖的区域，都要看一遍，只有看一遍之后，才熟悉它的进度，对这个单位施工的能力、质量意识、安全意识这些方面，才能有个大致的了解。除非你掌握了大量的现场资料，才能有这种可控还是非可控的判断，否则你说你去判断，那纯属是瞎蒙。

工程部是从项目总体来考虑，施工方可是从现场施工一方考虑，比如说干主体的，他可能是想着我怎么干能节约时间，我就怎么干，比如说该隐蔽的，该吊顶的，他可能把里面串线的可能给影响了，可能把电影响了，可能水影响了，这个过程中工程部就得去盯住这个事情，协调这个事情，你不能各人顾各人。不能说你给我弄完之后，灯不亮，为什么，他就没有给我留工作时间，他给隐蔽了，那你说我现在怎么办？不能出现这种情况，所以尤其在后期，装修进场之后，现场监督相当困难。

现场垂直工作面的交叉，平面的交叉，各种各样的困难都有。

大家都想把自己的任务早一点儿完成了事，绿化想完成他的，施工方也想完成他室外的部分，这种情况下，作为甲方的工程部，就必须有清醒的头脑，在这一阶段侧重点在哪。该让哪个单位先干，可能有些时候要照顾跑得慢的，有些时候却可能要照顾跑得快的，都要看现场情况。

这个场面就像是下象棋，首先要看了三步棋或者更多才行。

因为如果工程要验收的话，你一件事情没完成，那就是整个工程没完成。

验收要综合验收。具备使用功能，配套齐全的，它才叫综合验收，它才通得过，它才能交给使用单位，你不可能房子建好，里面什么都没有。

一项工程，图纸上可能是一个平面，你在现场可能很复杂的。因为一个地方要变更，所有的后续都得跟着变更。因为你想象中可能上面这块施工区域，都是给我的，他想着也是这一块，结果现场可能只有50厘米的距离，可能就会有六道工序和六个人，都要在这50厘米的区域里面布置东西。只有在现场之后，才能发现这个问题，图纸上可能发现不了。也有可能你设计得很好，但是下面一个下翻梁，把这50厘米给减成30厘米了，大家都按那个尺寸做，到那里就对不上尺寸。

一个顶板，不是说把这个顶子吊好就好了，这里面有好多内容，灯能亮了，上面还要有空调系统、消防系统、热电系统、安全系统。

说到底，对工程部的人来说，成功不敢说，就是觉得没干这个工程之前，确实都想不到能把这个小镇干成。结果后来实现了，这个对他们来说，就是一个挑战。每天的工作量都不一样，这么大的工程，这么大的工作面，你每天去看都不一样，那得做多少大量的工作，才能给你这样的感觉，不可思议。

那段时间，经常是今天假如你到安置区去了，你走的这条路，第二天往过走的时候，路怎么断了，怎么不通了，因为热水管道埋进去了，排水管道埋进去了，一夜之间变化就这么大。

有时冯康就感觉很惊奇，有一次因为综合验收，前一天他去看，有的玻璃还没安，结果第二天早上去看，门一开，窗明几净，地板都擦得很干净，灯也亮了，简直跟施了魔法一样。连夜干的。可能这个人干了一晚上，你都没有见过这个人。每天晚上过来干，就是那样干出来的，要不肯定完不成。

就为了能让乡亲们早日回迁回来，少在山上受一天罪，就是这么干出来的。这是大家的一个共同目标。共同的压力促使大家这么干的，主要是一个自发的行为，你想干好一个事，你可以有十个理由去干好，你不想干好，你就会有一百个理由说那干不成。本质还是说自发的，办法是想出来的。用赵海涛的话说："你把那些乡亲们当成你自己的父母，你就不会让他们在山上多受一天罪。"就是这样一个道理。

好多人都是这样，几个月回不了家，因为他对这块很清楚，他如果请上十天的假，别人来可能不了解情况，这一块就搞不定。

基本上是五六个礼拜能回一次家。回去的人也是 24 小时开机，哪一块什么情况你得及时和他沟通，不然怎么办。人虽然不在现场，但现场的事情必须掌控、了解清楚。

工程部也就那么几个人，就是康部长、王皓和冯康，还有燕敏、钱伟和刘刚。六个人，一人负责一个片区。刘刚和钱伟是专业上的，钱伟是安装，安装他是全场跑，刘刚负责绿化也是全场跑，剩下三个人是各人负责一摊，康部长是总协调，就是这样的安排。

现在，这种在没有市政部门的情况下，工程部还是要干很多市政部门干的事情。

虽然这里头也涉及和一些施工方的关系问题，包括其他方面的，这个关系怎么来把握，或者怎么来拿捏，感觉施工方干的不对头，怎么来纠正他们。在这方面，不是说纯粹的我是建设单位，你是施工单位，你挣的是我的钱，把人家当下人对待，不能有这种心态。要是有这种心态之后，可能在自己位置上的事情就干不好。只不过是分工不同。工程部虽然说是甲方，但是冯康他们觉得，咱跟人家是配合、服务工作，但前提是什么，施工方必须在合法、合理的范围内，展开你的施工行为，如果他们出现问题之后，发现了之后，肯定是第一时间先制止，他这个事情做得不对，什么原因，应该怎么去做，如果制止不了的话，下发相应的通知，再不行就罚款，最后再不行，就给领导汇报，通过领导，那个事情就比较大了。当然啦，主要还是要正确看待甲、乙双方的关系，如果这个关系处理不好的话，他老是跟你僵着，你说今天他给你僵着，明天也给你僵着，那你这块地方的工作就搞不上去。

你要急他所急，他也要考虑你，大家处的时间长了，就会换位思考。你要考虑他的角度，他出这个事他是怎么想的，他也替你甲方考虑，我应该怎么弄，为了满足大家共同的目标，项目的总目标，只有这样才能处理好这个关系，当然处罚措施也得有，不然他不知道你的厉害之处。

施工单位时刻都感觉王皓他们催得很紧。首先是工程总体的安排，总体进度计划，然后每个月都有每个月的安排，每周都有每周的进度安排。每一天的话，他们每天下午都要和施工方的项目经理开碰头会，一方面前一天给他布置的工作，看今天进展到什么程度，完成了没有。再一个有什么需要明天解决的问题，今天就要说出来，你明天再说就晚了，就是这样。感觉就像打仗一样。或许在外人看来，这里也在干着，那里也在干着，他们心里面都明白着呢，今天我要干到什么程度，明天到什么程度。不然的话，一天把握不住，大的目标就实现不了。

比如像幼儿园一直到换热站，那块地方以前是幼儿园旧址，结果他们感觉按照图纸要求施工，在那个位置会破坏掉周边好多老树，所以虽然手续非常麻烦、复杂，但是，还是根据实际情况，调整了施工位置。幼儿园位置调了之后，那块地方地势比较高，周边像一个池塘一样，另外一边路比较低，所以为了安全起见，那块地方要修挡墙。

修挡墙，如果不考虑树木的话，那些挡墙形状可以修得很规矩，当时设计单位过来的时候，王皓他们给设计单位交代了一个重要的变更原则，必须把老树保留下来，他是在现场用了 GPS 去定位，哪一块地方没有树，必须把树要绕开，然后才定挡墙的位置。

冯康自己有两个小孩，一儿一女。老大只有三岁半，老二才几个月。冯康主要宠爱他家老二。纪念馆是 10 月 18 日封顶的，他两个月一直没回去，老二是 10 月 20 日生的，夜里 12 点他还在现场加班，结果到了 12 点 05 分，家里人打来电话说，生了，是个儿子。

那一阵子最忙了，今天这个建筑封顶，明天可能就会有陆续三四个建筑都要封顶。

事实上每天都有大量需要协调的地方，有施工的，包括有相关其他单位的，其中涉及水、电的非常多，现在回想起来，都觉得实在太难打交道了。

咱们这个地下水管道已经甩到当地区上水电站那个地方，由他们负责去碰这个口，但是他们那边一直没有完善，导致摩擦不断。

蓄水池当时设在一个非常宽阔的河道里。照金这个地方，地表水下雨就有，不下雨很快就干了，很缺水。包括以前地方煤矿开采的时候，要抽取大量的地下水，所以地下水存量不够。

每天除了和施工方项目经理的例会，工程部自己也要开个短会，检查一下，下一个阶段注意什么，大家配合的时候，就像打篮球一样，有哪些可能有漏防的，康部长都要考虑。包括每个人负责的区域是什么情况，他可能要通盘考虑。每天早上，整个镇子他都要走一圈，因为很可能一个局部进度，哪些没有考虑，需要协调，区域和区域之间还要协调，他天天都要考察这些。

王皓感觉康部长是一个心胸宽广的人。每一次跟他说话那种和缓的姿态，跟他说什么，他都能够包容你，先是把你的话接受了，慢慢地再作疏导。不像有的人，你一说个什么事，他立马把他的底线摆出来，这不行那不行，他不是。他有个座右铭，"理解在了解之后"。

以前这个行业或者按部就班地去干，可能会存在一些经济方面的问题，但是这个项目它就不会，因为它环境不一样，模式不一样，一般的人，可能很难理解这个事情。这次是给农民直接盖房子，不是给那些商人盖房子。

回来说到财务部的部长张秦，开始的时候，称得上是脾气非常暴躁。因为财务报账方面的一些细节，几乎和所有部门的部长、员工都脸红脖子粗地吵过架。赵海涛说过他又爱又恨的一个人，就是张秦。

"张秦这个人确实坚持原则，但是，太没有灵活性了，有时候工作上急得火烧眉毛了，他还是那么一板一眼，坚持财务报账手续和原则，所以是让人又爱又恨。"

有时哪个乡亲们青苗要赔偿了，不马上赔偿，他明天就会变卦，他就寸步不让，干扰你施工，所以急着到财务上来提取现金，需要现场立马赔偿青苗。但是在张部长这一块，你没有各种正规的现金提取手续，你是一分钱也拿不出来，一把死拿。逼得人都要疯了。

赵海涛说的就是这个现场的灵活性。但是对于财务来说，在张部长看来，可能就是一种伤害。他记得俞红说，这种事情，不是谁说负责，就能负责得了的，对财务手续负责，同时也是对领导负责。

所以，他很感谢俞红，一直是从第一天支持到现在，他之所以能把这个财务秩序坚持下来，跟俞红有很大的关系。虽然他有时候拍桌子，咋咋咋，但是后来他一定会把张秦叫到跟前，该补什么手续补什么手续。

张部长这个角色，夹在多方中间，要周全、要平衡，但同时，也要有自己的规章和原则，而且因为时间比较急，不能让乡亲们在山上的临时安置点过第二个寒冬，照金的寒冬，是会到零下二十几度的，不是闹着玩的。拆迁，土地流转，青苗赔偿，临时性的付款什么的特别多。

征地拆迁的工作，财务部当时面对的是 200 多户的村民付款，这个拆迁工作，整个征地是最重要的一个环节，为啥？如果这个环节拖下来，拖上三五个月，拖上半年的话，乡亲们根本不能如约搬进新居。所以，那一阵，只有五个人在那地方，坚持了有十几天，天天都是高强度的运作，一直都处于加班状态，200 多户他们大概用了半个月时间，把它整个支付完。包括后面的整个建设，到现在为止，都忙得很。

俞红说，张秦你赶紧招人。说老实话，这个地方真招不来人。你从西安往这里招人，很多人是不愿意来的。你这么远的地方，待遇又不是特别高，接触了很多人，一提地方，首要问题是太远，人家不来。现在 5 个人，一个是部长助理，他现在是整个项目核算这块的，剩下都是兼职的，一个王琳，她是费用会计，兼着那边新建酒店的财务部长；薛帆，在那边管出纳，兼的这边的会计；然后只有一个小姑娘，在这边出纳，还兼着统计。这工作就是这么大一堆，这几个人要管两摊，青旅，酒店，包括那边商业街新招商的绿蚂蚁，这些都是财务部下面要核算的主体。有时候就没办法说这个时间，他们就规定要搞别的东西，就是星期二、星期四来报账，但是基本上都是，从周一到周五，他们那房子，简直就是人多的炸了锅。张秦有时候脾气不好，就说，"你们能不能给我几天安静的日子。"没办法，只有晚上做账、统计，完成各种报表，头都炸了。

来照金的时候真实的感受就是，怎么被发配到这里来了。一眼望去，整个就是一个山沟沟。当时策划部有一个小女孩，待了一天，看看这个地方，就走了。好像是一星期以后，还走了一个招商部的部长。因为适应不了这种环境，真的没有什么业余生活，他们整个晚上除了加班就是加班，不加班你干什么。现在好了，还有牧场可以转一转，那时候什么都没有。

后来整个拆迁完了以后，他们就坐在那个大办公室，赵海涛那天拿了一盒茶叶给张秦，说这是给你的。张秦现在还留着那个茶叶盒子。说明张秦工作做好了，赵海涛一定是看到的。是吧，做得好了，他看到，做得不好，他给别人，他不可能给你这个东西。哎，为啥一直说他很感谢俞红，这中间还是有很多东西，俞红不停地说，赵海涛有时思想上偏激，人是个好人。他也磨合了很长时间，他说，张秦你就慢慢逐步磨合吧。

现在张秦觉得很好，真的是一个磨合的过程。不然真的那一天他就走了，他们办公室就是那么一个大厅嘛，赵海涛在他们这里，永远不爱坐独立的办公室，他永远都坐在那个大厅里，跟大家坐在一起，他说的话，所有人都知道。他训谁，大家都能看见，他表扬谁，大家也都能看见。

真的也不知道他怎么就坚持下来了。他这个脾气，受不了这种全透明的环境，脸上挂不住，但是他就坚持下来了，连他自己也不知道，为什么他坚持下来了。

他至今还记得赵海涛说的一句话：

"老康这人，一眼看着就是好人；张秦这人，要看一段时间才知道他是个好人。"

说到赵海涛，在张秦看来，赵海涛喜欢天马行空谈一些东西。赵海涛的思路、视野比较宽，有时候谈理想谈得最多，对这个东西，有些人可能一开始会觉得突兀，搞文化，他可能有很多跳跃性思维，有一种爆点，真的要想跟着他的节奏是很难的，你可能刚跟到那里，他已经变了，大概这才是文化。张秦也说不清，他自己不爱读书，他觉得这个项目能让老百姓接受和竖起大拇指，才是不一般的地方，多亏人家赵海涛是搞文化的出身，有这种魄力。张秦想，如果这个项目放在张秦这里，张秦才不来这里受这鬼罪呢。说真的，他也不知道是为什么，他明明不愿意来这里，但是却鬼使神差般地来了；来了以后，明明天天都想辞职不干了，可就是没有挪开踏在这块土地上的两只脚；明明他很讨厌爱发脾气的赵海涛，但是心里却把他奉为神明。

从大学毕业到现在，他干了十几年财务。他头一天来这里的时候，他根本不相信这个项目能建成。一年，两年，三年、五年都盖不成，他以前会说这话，绝对干不成。但是，现在不会说了，因为真的干成了。

之前他每天加班到深夜，都要在心里连呼三遍："明天我要离开这个鸟不拉屎的鬼地方！"但是，第二天太阳一升起来，他和薛帆他们背上帆布包，背着大量现金，漫山遍野追着乡亲们量地、数树苗子，清理地表附着物，一张一张手动点钱，耐心支付赔偿款，并且乐此不疲；一个多月才能回一次家，老婆一提离婚，他的眼泪就会唰唰地流下来。但是，第二天一大早，他还是会按时坐上公司的班车，翻山越岭，重回照金。不知是这里的什么气息或是神物，黏住了他的双脚。一个奇怪的男人，还是照金本身，就是有一种让人神魂颠倒的本领？在他身上，已经完全解释不清了。

行政人事部的张杰，在照金的时候，常常突然崩溃大哭，满是各种异样的感触。但是，他也是在这里留得最久的其中一位。

比方说，他印象比较深的，是他们主体建设完工的封顶。封顶的那一天，虽然平时对这个高楼也关注，正常弄石材，包括建设，但是封顶的那一天，没有人刻意地去安排，氛围却失去控制了一样。那时还下着大雪，他记得，大家都穿着冲锋衣，包括施工单位，包括镇政府，包括那些拉料的交通公司的这些人，当时在那个大的广场上，晚上特别寒冷，没有程序上的那种仪式，就是简单的一个等待，大家聚集到一块，放炮，那种炮，他觉得确实是很震撼的，放那种礼花，整个施工现场那个楼，当时那一刹那，每个人都在仰着头看，确实有一种发自肺腑的存在感。

那一瞬间，很多人都哭了。

他记得当时礼花在空中散开，下面都是人，不管男的女的，都泪流满面，他也不知道咋了，就跟身边的一个人突然抱起来了，就紧紧地抱着哭，哭完也不知道抱的是谁。怎么说呢，也不说自己特别辛苦，就是特别神圣的崇高感，让他觉得，终于盼来了，哭完了，对面一看，就是一个主体建筑。真没有任何仪式，没有任何安排，大家都是自发地去围观，那时烟花一放，每个人都忍不住会落泪。

他觉得照金团队的一个特点，是给人以家的感觉。它是一个大家庭一样，大家朝夕相处，又常常因为工作意见和分歧吵闹，私下工作弄完了又非常融洽。每次去附近的农家乐聚会，有你有他，因为他们毕竟是搞项目嘛，以后分开可能也是常态。但是他是一个特别害怕分开的人。所以常常会莫名其妙就情绪失控，崩溃大哭。然后哭上一会儿，就没事了。

平时遇到谁过生日什么的，他们私下会聚会，常常喝一种廉价的三无品牌的葡萄酒。喝醉了，出去吐了，回来再喝，就是会那样宣泄。有时下了班，席玟、张涛、燕敏、张杰，他们几个酒友，会开上张涛的红色小蛋蛋车，杀到当地新区的 KTV，四个人全是麦霸，抓住话筒就不松开，几乎吼个通宵。回来的路上，照金属于山区，夜里常常起雾，雾大的三五米的距离都看不清。张杰就打开手机上的手电筒，下车在前面照路，另外三个人在车上摇摇晃晃往前开。有一次路上遇到一个大南瓜，可能是老乡白天落下的。轮到席玟下车照路，她看到路中间有一个大南瓜，就披头散发扮起鬼来，她抱起那个大南瓜，挡在车前，说自己是被人丢弃在深山里的南瓜鬼，要吃了人肉才能托生。扑上去要吃张杰，又把张杰吓得崩溃大哭。

张杰常常想，真不想和他们分开。这句话虽然有些幼稚，却很真实，虽然知道这不可能。其实公司就三十几个人，因为在一个相对封闭的山沟沟里，他们之间的感情是很微妙的，不是单纯的同事，也不是朋友，甚至也不是闺密什么的，仿佛是接近亲情。

所以他做人事工作这一块，就是心太软。当时他们特别缺人嘛，从纪念馆借调了一个来做城乡统筹的讲解员，因为城乡统筹农民就业这一块，照金公司是省里的先进，接待的人特别多。所以，公司要求接待的人服装尽量统一。但是，当时他们还没有工装，张杰就带那个女孩去市区选服装，连衣服带鞋花了 1000 多元，赵海涛就觉得公司现在经费这么紧张，大家都没有工服，你给这个小女孩挑这么好的衣服，骂了他一顿。你这么一弄，就等于要上公司财务，就是公司的固定资产了，毕竟是1000多元钱呢，这女孩又是借调的，是不是下一个女孩来，还得买衣服。或者因为是借调的，走的时候把衣服留下，下次还能不能再用。领导这样说，当然也是从公司角度，从资产角度去考虑。当时张杰就说，人家女孩又不拿你工资，借调过来了，你就管吃管住，买一身工服又咋了。

当时，他为了这种小人物，当然不能说小人物，为了这些人的利益，他就敢于去跟领导顶撞。签单子的时候，也被领导骂，为什么这么贵？但是，当时那个女孩喜欢，她觉得我就喜欢这件，我穿上以后，我就很自信，我给你讲解得很好。后来那女孩，借调了几个月之后走了，张杰说，不用还衣服，衣服送给你，你直接穿走。公司也不可能说是工装穿完了，不能因为它贵、它好，就留下了，给下一个人去穿也没法交代。从人的角度，他真的不错；从工作的角度，可能就是有点儿心太软。

所以他觉得，照金团队这一块，做了一个小镇，不管外界怎么去定义它，说它好与不好，在他的内心深处，是用心去做好一件事情的。工作的时候，那种零距离，那种向心力，在他所从事的工作和职场中，是第一次。

时间越久，他对这里的发展，包括它的定位，是有信心的。在他心中，他觉得这个作品，是用心去点缀出来，去勾勒出来的。

比如像商业街，它真正是在实践当中探索出来的，当时根本没有一个成型的东西摆在他们面前让他们去效仿，都是第一次。

他觉得党的十八大那会儿提出一个小城镇建设，其实全国都在去勾勒、去描绘、去探索一个小城镇。对于照金来说，至少是一个先行的实践者和践行者吧。他说，可能将来他会变得有钱，有职业规划，有他所谓的那种职务级别，但是，可能照金这个工程是最难忘的。

他可能是在这里哭的次数最多的人。

有时候，他觉得，你能给照金带来什么，照金团队非常关键。赵海涛经常会说，什么是看不见的照金？什么是看得见的照金？但是，真正你看不见的，给照金这种小镇带来的是什么呢，因为这块地方，相对来说，原先是质朴的，人也是质朴的。那么，来的这个团队或者施工方，这都是社会上来的人，这都是大城市所谓的那种磨炼出来的人。

那么，你进来以后，可能给乡亲们带来房子、票子、车子，提供了很多很多物质保障，那么他也有一点疑问，是不是也会把社会上那种不好的习气，也给当地村民带进来了呢。

　　尤其是村里。所以说，每一个员工，每一个建设者、亲历者，他的一言一行，都可能对于这个小镇这种最淳朴的东西产生一些影响。

　　他内心深处的想法是啥呢，是小镇这种淳朴去影响你，去让你回归自然、回归真实。不是因为你有钱，你有势，你是甲方、乙方，你就有权力去践踏，或者说是带去不好的那种影响，这个是他所担忧的。

　　你怎么去跟村民交流，包括村民现在都是照金公司、照金村集团的员工。区别在哪里？好多人都在质问这个，你看照金宾馆，你看他的积极性很好，你让他干个啥，他就不用说，他马上潜意识就知道该干啥，书院可能就是，你让他干什么，他就干什么。那么，你从职场上来说，照金宾馆可能更加职业化一些，市场化一些。照金书院可能就是按你说的做，他不会拍马屁。你让他倒白开水，他不会倒茶叶水，你让他去拿撕开的餐巾纸，他不会给你去拿整包。

　　他想从另外一个层面去看，照金书院的员工，是真正的当地村民，非常非常质朴的，为什么要提这些呢，他觉得是有待于探讨。不一定他说的就对，但是，他的这种真实感，他的这种朴实感，同样值得去想一想。

　　他感觉他是用心去看这个照金小镇，它原先是个什么样子的，它以后是什么样子。赵海涛经常也会谈这个，就是无欺诈，人爱人。但是，有时候他想，怎样才会形成这种真正的理想世界、理想境界，人爱人，没有任何欺诈，没有任何虚的东西。靠什么，他觉得不是靠那种金钱带来的，可能用心去对待这个小镇，对待这个村子，大概才能形成赵海涛心中的这种完美世界。

　　你传递给村民的是什么，他是有感知的。他会学习，他会模仿，你做什么，他就做什么，照金镇它就等于是一个孩子，包括它的出生，包括它将来的成长，它需要什么，不是简单意义上的金钱能解决的，因为金钱这个东西，实现的方式太多了，离开照金镇，也可以实现，在照金镇也可以实现。那么，怎么把这种精神和物质结合在一起。可能对照金镇以后的旅游和未来至关重要。

　　上学的时候，照金这里是产煤的地方，但是他看到一种怪异的现象，学校里头没有取暖设备，这里冬天非常非常寒冷。这可能是照金公司当时做一对一帮扶的一个触发点吧。包括给小孩子们和公司员工过生日，公司启动了一些资金。同时，张杰以前没做过慈善，他在城市没有这种意识，或者也没有这种环境。他到照金后发现，慈善，你给予了，你内心那种满足感就很真实。好多人在城市很多时候不知道干啥，你可能有钱了、有权了、有房了，什么都有。但是，可能你那种空虚感就会袭来。

但是在这个地方，虽然工作、生活单一了，反倒觉得存在是有价值感的。一对一帮扶的小孩子，他去看他一次，或者是过节的时候，给他一些压岁钱，给他买了一些书，他的笑容，他对你的信任感，反倒让你特别有那种满足感，他对你渴望的那种依赖感，让他学会了把自己的双手，搭在需要你的人的肩上。

家庭这一块，其实不是光他一个人的问题。他觉得是这个团队所有人的困境，就是大家都顾不上家。可能有的时候，你想去拼，可能有的时候，你又想顾家。真是不能两全。包括俞红，他家里的压力也很大，老婆一直流产，怀不住孩子，他又回不了家，照顾不上，有时他看到俞红一个人抽闷烟的时候，情绪也很低沉和伤感。可能成立家庭、干好事业、生小孩，都是必要的一个经历。像两口子吵架呀，那种不和呀、不理解呀，他觉得大家都在克服这个，公司也在想办法解决，邀请家属来照金团聚呀，给年轻人举行集体婚礼呀，给大家庆祝生日呀，但是，这个东西只能是尽力去安抚家属啊，或者让家属多理解。

他跟他老婆也发生过很多冲突，有一次，就拿着那个本闹到民政局了，真要离婚了，然后两个人都崩溃大哭。当然，它可能有各种各样的琐事，但是，它达到一定量化，积淀到一定份上，就是质的变化。他不知道咋办，因为他给予不了对方，他再想给也给不了，无非是那句话，老是给钱，把工资和奖金都交给她，给她多少钱，一个月给她一万，给她两万，一开始觉得物质很重要，后来发现不是。她要的不是物质，她就跟照金小镇一样，它最终需要的不光是钱。

他现在几个星期都回不了家，内心那种需要感无法排遣。上周五他值班，他就偷跑回去了。他找了个借口，他说要回家换工装，其实，他内心深处的想法，就是回家看看。当然，他不是说公司不关怀，没有人文。只是有时候他也为难，他确实是在那儿值班呢，但是还是想跑回去，想着回去看一眼就行了。那天赵海涛打了两个电话，当然，他不是怪他打电话。真是现场有事需要处理，你不在，失责嘛。他反思自己，这就是一种家庭和工作的矛盾。

但是他就是愿意留在照金。不是照金需要他，而是他需要照金。

财务部的薛帆，情况也是一团乱麻。

最开始他们公司人对两个人最不放心，一个是薛帆，一个是肖娥，都挺漂亮的。都觉得这两个人是单身，又漂亮，又年轻，肯定在山沟沟里待不住。但是没想到，这两个姑娘留得最久，虽然这姑娘到现在 27 岁的大龄了，还一直耽搁着呢。

她之前是只做出纳，现在是出纳会计都做。会计的话，做的是子公司的会计。很烦琐、很杂、很多。他们经常开玩笑，把财务部的人叫表哥表姐，就是表格嘛。

她觉得最难的就属于在其他企业遇不到的问题，土地流转，还有安置房购买，签订合同这些，就像他们土地流转那会儿，晚上有时候都到凌晨一两点钟，还到村民家，和村民谈判。

她当时就背着钱等着发钱，谁家签了合同，马上就要付钱。有的村民不同意拆迁，不愿意购买房，不愿意土地流转，甚至要抬高土地流转的赔偿金额，想搞特殊，但最终还是按公司正规的标准走的。否则那就乱套了。可能一辈子都得扯皮了，啥事都别想干成了。

她就每天看着那些数字，后面多少个零，都没有感觉了。背着好多钱，去给乡亲们付款。

起初财务部只有三个人，现在发展到六个人了。对她来说，在这里最大的困难，不是工作有多累，而是个人问题一直解决不了。

现在看来，在照金解决是不可能了，公司内部根本没戏，因为大部分男生，都成家了。西安的人吧，一般像她这个年龄，或者比她大几岁的男生，他们都不太愿意找一个工作在外地的女朋友，他们觉得两地分居也是不稳妥、不可靠，即便是在感情培养期间，他们也很介意。

公司的人有时会说，你真是了不起，到英国留学的人，然后到这个小山沟里来了。也是阴差阳错，也算是一个很好的机会，要不然在任何单位都接触不到这么多波澜起伏的事情。

不是她抱怨工作繁重，在他们这里，每个人的工作内容和繁重程度，很显然，要比在西安的任何一家公司都要重很多。因为小镇建设很

第九章 | 弯曲的云图，你的青春来过这里

快，各种商业宣传也很多，相对的付款、台账梳理也很多，所以，她们这里锻炼会比较快吧，希望她个人的水平提升也是如此之快吧。

一对一帮扶的时候，她帮了一个小女孩，家住得特别远，她第一次去看小女孩的时候，小女孩非常高兴，都掉泪了。这是她之前没有预料到的。

小镇虽然很偏僻，物资很匮乏，但是环境好、清净，有大把的时间可以学习，可以干别的事，只是不能谈恋爱，不能去约会。所以，她只要一有机会回西安，就发了疯似的四处相亲。有一次因为她回西安报账，只有两个小时的时间，她只好把两个要和她相亲的人约到一个大厦，两个楼层，结果和一个聊完之后，非要开车送她回家，她只好撒了个谎，让他在路边把她放下，她又马上拦了一辆三轮拐的，飞跑回大厦另一个楼层，和另外一个男人继续相亲，结果在过十字路口的时候，还是被开车离去的那一位抓了个正着，最后的结果就是两个人都没有谈成。

一想起这些，就觉得真是狼狈不堪。但是，这些就是她的真实生活。好在后来遇到了现在的老公，一个理工男，对她在山里工作也不怎么介意，所以周围的一切在她眼里，都变得美好了起来。

规划设计部刘鑫部长的办公桌上，随时放着大袋的板蓝根，在这照金的一年四季，他都需要泻火。压力特别大的时候，他就在电脑上打游戏，赵海涛也不说他，反正我要的工作任务你按时完成就行，你爱打游戏你就打，拿不出工作任务来，那可就是天大的事情。在旁人看来，他好像是潇洒的，可是事实上谁也不知道，他觉得自己已经到了抑郁的边缘，所以他每天都要喝四五包板蓝根泻火。原来只是在图纸上做设计，现在过来，实际上是在做建设，转变还是比较大的。

当然，实际上更重要的转变，还在于以前是乙方，他们从甲方那里接到项目，然后做一些纯技术性的工作设计，而且是做偏宏观的总体规划。到照金来，直接是项目落地的一个过程，这个工作的转变对他来说是非常大的。他以前在规划院做设计，一个规划他只负责一个单元的内容，一个项目有很多专业的人共同来完成。但是到了照金，像小镇的区域经济，就是经济地理、道路、给排水、电力电气，还有环保环卫、消防燃气等，整个涉及的方面非常广，等于是在一张白纸上再造一个五脏俱全的小城市，这些对他来说并不擅长。包括以前他从来没有涉及的地质灾害，以前的综合防灾也会涉及一些，更多是做一些消防性的东西，对地质灾害防治各方面做的并不多。

现在几乎就是赶鸭子上架，需要你来负责了，你必须要转变。人总有解决问题的方法，解决了你就会了。

因为是山区施工，地理地形结构复杂多变，所以现场的临时变更和设计，包括各方面，无法估量的变化非常大。还有包括很多边坡护墙的施工，之前设计院给出的施工图纸，他们对现场的勘察时间可能做得不够，没有考虑到那么大的施工难度。比如说一个地方挖开之后，这个山体的地质滑移就出现了，原来的设计方案就不合适了，就必须现场重新调整方案，再补充完善相应的图纸。

一个项目设计，不单是设计院完成的一个工作，它等于说是建设方和设计院，简单来说就是甲、乙双方的一个共同成果，而且过程也是双方各尽不同的责任去做。现在他们更多的是跟施工方每天都在一起，因为设计方前期更多的一些图纸设计，都是在设计院室内完成的。但是施工工程却是在现场有大量的工作要做。而且很多不是他专业的事情，但是必须由他现场来决定，由他来处理现场突发情况，这就是边学习、边处理，最后就是这个工程逼着他去成长，工程完成之后，回头来看他自己，当时也没想到能把这个事情就完成下来了，这真的是一个不可思议的过程。之前如果预想到这么多的困难，他可能就不会来这里了。他会认为根本做不了，根本不可能完成这些事。但是来了之后必须要他去担当，让他去面对，让他去做的时候，他做完了才知道，可能人的潜力是无穷大的。

照金镇其实不大，就十多万平方米的建筑面积，但是它牵扯到的有商业的、有共建的、有展览的、有办公的、有医院的、有学校的，还得去了解这个幼儿园怎么样弄更好，它有一些特定的规范，还有一些居住的，还有使用道路的、管线的、广场的，还包括纪念馆的灯光照明，什么弱电系统、智能化系统，还有地质灾害防治、山体滑坡。最早选址的时候，可能对这个地质情况不是特别了解，在居民安置区的时候，大概120亩地的选址，征地工作都结束了，他们到了施工现场，才了解到那个地方是照金的一个滑坡点，地质灾害点，他到现场去，看它到底之前的滑移裂缝是怎么一回事。

当时他就必须要弄清楚这个情况，因为安置区居民要住，这个完全不能大意，就得重新改选地点。很多东西都是自己没有做过，要建一个滑雪场，他之前连雪都没有滑过，滑雪场啥样都没有见过，自己必须得去学习，得去了解。

一个城市该有的功能照金都有，就是规模、体量的大小差别而已，打个比方，就是金丝鸟跟夜莺一样，该有的它都有。

对于整个小镇这些地下工程，各方都是一些比较超前的设计。这就是对于整个城镇化发展的一个预测，一个判断。首先基于照金的这个总人口规模，和城镇化率的一个测定。尤其是党的十八大以来，城镇化必然是一个趋势。在这之前，城镇化更多的是偏向于往大城市集聚。所以大城市的扩张速度特别快，它有它的优势，它的集聚效应，但是它也会出现很多的城市病，和各种各样扩张过快带来的问题。尤其是市政配套，就是我们看不见的这些地下设施带来的问题。基于这样一个考虑，包括对照金城镇化的一个预测，还有他们这次的投资建设和开发，对于它的一个影响，就基本上测定它将来的城镇人口，常住人口应该是可以逐步地达到三万到五万人的规模。

当时照金镇的总人口是 17000 人左右，按照它城镇化规模的预测，还包括这个投资对于周边人口的吸引，这个拉动效应，他们能够达到三万到五万人口的常住人口规模。再加上一些旅游人口的聚集，和这个经商，或者是到这里来就业、创业各方面人口的吸引，有三万以上的流动人口，也是有可能的，因此它规划要超前一些，我们要设想到它最好的一个发展结局。

居民小区的设计，他们当时也是颇费心思。首先得考虑到乡亲们生活方式的转变。毕竟祖祖辈辈都是在山区，在务农。原来是散落的一家一户，或者是几户人家的一个聚集，最后把它整个聚集到安置区里面，开始改变，对于旧有的生活习惯，保留一些，调整一些。

比如设计的时候，就考虑到这是一个山区，农民有一些生产的工具，各方面的东西，会比城里人多，就必须要有一个储物的地下室。

同时，在其他一些内装设计方面，也考虑到村民当时因为生活方式的不一样，在卫生间的蹲便和坐便之间，也是考虑了很久，征求了多方意见。因为几十岁的老人或者是成年人，他坐在马桶上确实不习惯。征求了多方的意见，最后还是装了坐便器。为什么呢，因为觉得不能老这么迁就着，还需要有一个引导和改变，它有很多细节跟城里不一样。

居民安置区选址的时候，照金是一个山区，是一个山沟，首先它没有很多平坦的地方供你去选择。其次在选址的时候，像 B 区和 C 区山地少，当时觉得那块地方环境真是太好了，开门就是郁郁葱葱的山，一看起来非常舒适。

在灾害防治方面，他们当时最早的要求，比如说地震、抗震等级是按照 7 度这样一个抗震等级来设防要求的。7 度是一个什么概念？就是和一个县城一样的设防等级这样来扩充的。而且钢筋的配比，还有基础的处理，比如本来这个基坑应该挖到 2 米深，每一个基坑刘鑫都要验收一遍，觉得基坑挖到位了才可以。沙石的回填，包括基础的钢筋绑扎，混凝土的浇铸，都是他看着一步一步完成的。

在其他方面，就是山洪的防治，他们也专门在这个安置区的后面，专门做了截洪排洪的设施，截洪沟，把山洪引导到别处去。

对于山体滑坡方面的一些灾害，刘鑫他们在这方面下的力度就更大了，打了抗滑桩，用直径 1.5 米的钢筋混凝土，桩与桩之间也就 1.5 米的间距，完了之后是 1.5 米粗的水泥桩，整个一排。打进山体，把山体扛住。

再比如说小学，有一个塑胶操场，选址的时候，那块就要相对平坦一些。在照金能找那么一块平坦的地方也不多，要做操场就费了很大的劲，它的后面也是有挡墙的，而且它的篮球场，要比其他操场标高，是在台子上面，标高高出很多。要平整出那样的一块场地，也是非常不容易的。

那块地远看起来，山也不高，也是一个缓坡的山体。但是万万没有想到，施工的时候，一开挖它就滑移了，所以只能分段地开挖，分段地回填压实，山脚用注浆顶住，做抗滑处理。

对于操场的设计，也是做了很多方案，跟设计师在一起做了很多调整。标准的跑道跑一圈是 400 米，在这里就很难实现，因为在操场周围，这里一个挡墙那里一个挡墙，根本达不到。一个非标准跑道 200 多米，他们也是做不到的，但是保证了 110 米的直线跑道。

只能在现有条件允许下做到最好。

相比之下，可能商业街的规划设计好做一些，因为它在照金镇最中心、最平坦的地方。在照金有一条 26 街，26 街就是两头都顶到广场的这一条街。这条街原来在照金是没有的。照金就像一个河道，中间是河，然后依着河两边是镇区，是建筑，它没有这条主道路的。

整个照金的镇区，就是在这个河床的基础上垫起来的，然后做好了排水。照金属于地势最好的，相对附近区县，在这一块来说，是地势最高的地方，它是一个分水岭，虽然它会有暴雨的影响，但是基本上不会有大的洪水，因为它在最高处，水是从这里开始往别处跑，而不是别处往它这里跑，所以就把河道垫起来做了排水。

刘鑫他们施工的时候，一挖开就傻眼了，你看着很平坦、很结实的地，挖开底下全是碎砖块，煤矸石，这样一些东西垫起来的。

因为这里是老矿区，原来的村民，他就在这样的东西垫起来的地方盖着房子，现在要在这样的煤矸石上面做基础是不稳的，它基础沉降不均匀。必须重新挖开，做一个基础的处理。

当时对于这个商业街最初的设计，是设计院提出来的一个类似于整体商业的概念，但是那个方案过来之后，刘鑫和赵总他们一看，显然不合适照金，那个东西放在大城市合适，但是放在照金镇是不合适的。他们就对这个商业街做调整，就是一定要生活化，体量一定要小型化，而且便于分散的商户来经营。它就是一个小镇的感觉。

说起来也有不完善的地方，如这个商业街街道的宽度，商铺和人的亲和力。人们对于商铺的可达性、可视性，包括商铺的重新分割，装饰、装修的可塑性，这些方面发现还是有很多可以改进和提升的空间，在他们原来最初的设计里面，并没有考虑这么周全，想得这么完善。

但是他们最初想到的一些理念，可能还是从头到尾的在贯穿，比如说因地制宜这个理念，山地建筑，还是要尊重它山地的特征，尽量不做大的开挖，不破坏地形地貌，还有无伤痕开挖的理念。

另外就说是，尽量地尊重它原来的样貌，保留它原来的植被等，不做毁灭性的推倒重来的做法。一直贯穿在他们落地项目的整个思路过程中，而且贯穿的也是相对比较好的。在山区，必须要尊重自然，敬畏自然。

因为这个建筑，在布置的时候，这些道路的坡度，排水的设计，都有很大的困难。简单粗暴的方式，就是把它挖、推、垫，把它做到基本上以适合规范的方式来处理。但是这样做肯定对它原来的地形地貌，对于山型的破坏比较大。说白了，是对自然的破坏比较大，他们自然不能这么做的。他们要尊重它原有的地形地貌，能够在建成之后，是这些建筑融入于环境其中的，而不是说粗暴地凌驾于环境之上。

以前有一句话叫征服自然，但是很显然，这些做法是不可取的。他们就做了很多的努力，因山就势，去做他们这个项目。

同时，无伤痕开发的理念，在施工的过程中，比如要保留一棵树，保留原野的一棵树，是很难的，是要做很多牺牲的。现在看到哪个地方，它原有的一棵老树保留下来了，其实在施工过程中是很不容易的，因为这棵树长在那里，它对整个工程施工现场来说，那可能就是碍事的，完全是一个阻碍，最简单的方法就是把它用一台挖掘机挖倒，然后完事了，再栽一棵小树就完了。但是每一棵老树，尤其是古树，都是原有的东西，原有的记忆，还是尽量克服困难把它保留下来。而保留一棵老树，就要花费一些施工工序和时间。

同时，还保留了一片原生次环林，就是 1933 广场旁边那个小山包，非常漂亮，可以看到一片有几百年历史的原生次环林。当时设计师提出来的意见，是把那里完全推平，平整完之后再做一些人工的种植和景观。

赵海涛和他都觉得那个方案不合适。好好的一个山包和原生老树林，为什么要推平再建人工景观？赵海涛带着他们一些人到现场，那时候都大半夜了，都看得不是很清楚，就站在那个山坡上面，来考虑这一块到底怎么做，最终确定了方案，保留了那片原生林。

现在保留下来的每一棵树都有它的故事。包括在后山牧场建设的时候，施工单位为了方便施工，毁坏了一些树木，当时他们赶去现场的时候，赵海涛就非常生气，当场就发火了，说：

"我现在看见的这些树，下次我要是看到谁再敢把这些树砍掉一棵，破坏掉一棵，从现在起，这个工程我一分钱不给你支付。"

其实很多东西，是做了很多的努力和牺牲，才保留下来的。

滑雪场的建设，也是完全不做大的开挖，完全是应着山势选择合适的坡度来做。而且会发现，你做出来的努力都是有回报的，任何思考都不会是无用功。比如，无伤痕开发这个理念，如果一开始是一个没有灵魂的大刀阔斧，是那样一个推山填沟的建设理念的话，那可能在照金这里就建不成。因为当时对这一块的地质情况，摸的还是不够透，你会发现，如果按照施工单位以前城市施工经验的话，在城市开挖那些地基根本不是个事，但是在照金这里开挖一下，那就是大事，根本没办法开挖。稍微一开挖，山体就会滑，山就会动。其实在无形之中，在最初贯彻这个无伤痕开发理念的同时，也为自己的开发，省了很多的麻烦，甚至是保障了这个项目的成功。基本上得出的结论就是，你对自然有多少尊重，自然也会给你多少尊重，你今天对大自然所做的一切暴力行为，大自然终有一天也会还回来的。

照金的学校，在刚开始设计的时候，它只有六个班的规模。如果按照公司建设开发节省成本的原则，基本上是拆多少安置多少，现在的学生够上课，应该是可以的。但是他们在设计的时候，考虑到教育最终才能改变这个地方。所以充分考虑了中学的设置，按照小学初中一体化，18个班的规模来设计了学校。

还有小镇医院，规模也是比较超前的，有三百张床位，手术室，仪器检查室，整个的配套体系和系统，都是非常完备的，在这些涉及民生基础方面，都是尽量留有最大的余量来做，因为这些东西关乎整个照金镇未来的样子。

让刘鑫说起来，电的问题当初才是他最头痛的地方。

电的设计介入的相对比较晚，介入之后设计方的理解出了偏差，出了错误，刚开始做的时候一味地求大，认为基础设施要留有余量，就一味地做大了，做了很大很大的规模。

刘鑫看到这个预算就很生气。这个预算做下来，就按照目前安置的这些居民来算，不考虑中间的使用成本，居民按一度电5毛钱来算，要用200年才够得上这个投资成本，而且是在比较大的用电量的情况下。这就很过分。

后来做了大量的压缩和节约，最后做下来的工程造价，基本上是原来的1/5左右。就这个规模也是非常完善和超前的了。

镇区两个中心配电室，14个分配电室，对于整个镇区将来的产业发展，还有一些旅游发展配套，都留有充足的空间。还有集中供热，天然气的引入，这也都是他们在进暖的时候一律坚持的。要做城镇化，要改变当地居民的生活方式，就要为他们创造条件，让他们搬进漂亮的小区，住进漂亮的房子，还让农民生煤炉子取暖做饭，那成什么样子了。

小区在基础设施配套方面一定是全面的。供热最早就考虑必须到位。集中供热是比较有利于环境保护的，减少污染，集中供热锅炉房的设计，最早的时候，因为当地有煤矿，煤炭资源比较丰富。最早提出就用燃煤锅炉，就近取材，成本会比较低，但是燃煤锅炉，对能源的利用率和大气污染方面效果不好，就考虑用清洁能源。清洁能源通常所能见到的就是天然气。照金镇虽然通了天然气，但是整个大环境配套来说，天然气配套并不是很完善，因为没有大管道接到照金镇，天然气是用槽车拉来的。

这样使用的成本各方面就会比较大。所以当时就选择了水煤浆。用煤为原料加工成的一种原料，属于清洁能源，它的能源利用效率，包括污染物的排放方面，都是比较好的，水煤浆对于热的利用效率，可以达到接近 100%。

行政部部长李军，也是最早上山的一批人之一。

来了之后，大家办公的地方，最早是在煤老板建的照金宾馆的西餐厅。当时没有地方办公，是租人家的地方。

西餐厅作为一个过渡。然后加班加点，24 小时让工人轮流施工，不到 20 天，就在山坡下面盖好了 1000 平方米的临建房，让员工都搬到临建房里去办公。施工单位要来沟通呀、协调呀、开会呀，都方便了。不过，毕竟是在山里的临建房，冬天冷得要命，厕所就是房子后面的临时厕所，冬天都会冻住。

之前他在西安当大学老师的时候，相对会清闲一些。但是来了这里之后，就没有那么从容了，忙得焦头烂额的。刚来的时候，大家也不分是哪一个部门，跟村民沟通的时候，每一个员工都分散下去。你到这几户，他到那几户，大家分开，一块儿给乡亲们讲政策、讲未来、讲公司的建设理念。每一个员工都会去几家，去转一转，跟大家聊一聊，跟村民去沟通。

有沟通的好的人家，也有一次次吃了闭门羹的人家。

回来之后，还是不能放弃，经常去，隔三岔五，反复地去，最后，还是终于让村民能够跟他打开话匣子，去聊这个事情。这样的话，村民会有一些自己的意见对他提出来，如果这个意见没有大的问题，没有跟规划不相符的行为，他们就会采纳，这是很重要的一方面。

在这方面，所有的员工都参与到跟村民的沟通中了。而且，跟村民的沟通都在五次以上。反复地去说，去做工作，今天可能给这个讲懂了，明天那个又不懂了，反反复复。

村民当时的想法相对来说，没有那么复杂的情感。就是你把我这个镇区把我的房子拆完之后，我住哪？将来你们盖好了，是个什么样？我将来会住一个什么样的房子里头？对他们有一个什么样的优惠或者倾斜的政策？当时村民几乎都有这种想法。因为牵扯到他们的利益，牵扯到他们的生活，牵扯到他们将来居住的地方。

李军当时跑了有 3 到 5 户吧，不光是上班时间去聊，下班时间也聊，吃饭的时候也在聊。基本上所有的员工都下去跟村上的村民聊，然后把大家的意见收集上来，有针对性地、有效地进行解释。

公司开文艺晚会的时候，他也客串当起了主持人。

当时是公司全体的员工，还有施工方，镇上当地的群众，都参加了。他也是没办法了，硬着头皮当了一回主持。在照金的宣传片里，他也常常是男一号，经常出境。

因为李军这一块，他算是最一线的，所有人的衣食住行都在他这里管着，所以，他是离群众最近的一个，也是群众基础最好的一个。

来照金的时候，领导当时也没有说什么，让大家先要有一定的心理准备，照金相对来说比较艰苦，在深山里面，交通不便，工作强度比较大，任务比较重，需要去协调和考虑的事情很多，可能有一些时间段要加班加点，也许一个月、两个月你都回不了一次家。那时也没在意，只是想，真的会有那么多工作要做吗？

果然来了以后，将近两个月没放假。每天加班到凌晨三点，每天都是如此。有时候，一个人可能要顶十个人的活。后来就习惯了。

每天吃完饭，很自觉地就去加班，而不是谁强迫你去加班，然后十二点之后，整个办公室人坐得满满的。然后，到凌晨两三点钟，员工还在，领导也在，就是为了做当时前期的协调工作，和前期开发建设的准备工作。

很艰苦，到最后，他都有点儿吃不消了，低沉几天，失落几天，想回家几天，但是根本走不开，走开工作就散摊了。无奈，和同事们吐吐槽，谈论谈论领导，也不是真的谈论，就是发泄发泄，吃几个花生米和鸡爪，喝几杯廉价的白酒，然后，又去加班了。就是这样循环着，不去加班，反而不习惯了，刺挠了。

后勤保障呢，也很琐碎，对大家的关心，不单单只是今天给大家买些水果，或者明天给大家安排了什么样的饭菜。

员工在吃饭、住宿、上班过程当中，是一个循环封闭式的，而且是时间持续很长的。

可能部门之间有些事情有时候很忙，沟通比较少，但是他跟员工之间的沟通相对来说，比较多一些。有些时候，做好每个员工心理上的工作，虽然他不是心理导师，但是，他觉得和他们聊天也很重要。得关心一个人内心的世界，说起来比较深奥一些，但是，他觉得这个方面应该做好，谁有早睡的习惯，谁晚睡，是不是需要给大家加个餐。谁口味偏什么，谁爱吃什么菜，包括布菜的时候，他都会考虑到。

他放弃事业单位到企业来，当时想的是，太安逸的工作，容易消磨人的意志，你本来是一个有棱角的人，在事业单位中，会把你打磨得比较圆。自己在某些方面的能力上，应该有所突破。然后，选择了企业。来了之后，虽然领导当时给他打了预防针，但跟他所想象的差距还是很大的。不过，他没有感到后悔，尽管条件很辛苦，尽管跟他想象得差很多，有时也可能是水土不服，但是意志力上，还是坚持了下来。

除了干后勤之外，还要协调办公室一些接待工作。比如说省、市领导，他们有时候会来视察，包括集团内部合作单位也会来这里参观。这样他们在接待过程中，就面对着不一样的群体和层面的人。对他们接待，也产生了不一样的要求。但不论对谁，都抱着一个宗旨，起码要做到把整个镇区详细的发展过程讲解清楚。

省市领导来视察，会问到你长远规划，和村民具体的安置细节问题；合作单位来参观，会问到开发的理念和模式，他们是否有借鉴和可行的方面；有一些内部公司来了之后，他会问到你本公司员工在这个开发建设当中，都采取了怎样的方式和措施，来保证它进行快速开发，和员工整体团队的凝聚力。

所以对每个团队来说都不一样，要求他们进行的解释也不一样，只有对建设、开发了解比较透彻，才能给人家讲清楚。

他最初上山那天，印象最深的是下小雨，从西安统一出发，路上看到那个云很低。哎呀，咱们是上了多高的山！感觉那个云和车之间也就不到百米。带着这种猜测和想法，一直到照金。他感觉大家脸上的表情各异，多多少少跟他们每个人内心的差距也都不一样，对员工的心态和这个团队来说，都是一个很大的考验。他感到他们到了这里之后，心理上可能都有一些失落。上山那天按要求大家穿的全部是正装，当时是夏天，他穿的西裤、衬衫和新皮鞋，身上背的皮包，和这山里的风土人情完全不搭调。山上煤老板盖的宾馆那个负责人对他的穿扮印象很深，像是摸不清底账，不知道这一伙子穿扮奇怪的人来要这里干什么。

"很年轻呀！你们这些后生娃娃。"到现在他都记得很清楚。

计划合约部的部长田晓，也是一个爱犯轴的人。

按照常规来说，一般到一个企业之后，会先花上个把月熟悉各种规章制度和流程，之后适应企业这种模式。他这方面经验比较丰富。头一个星期左右，他把他们部门，包括跟财务部、工程部相关的规章制度，就写出来了，也上会通过了。包括他们现在，还是沿用当时的版本，当然中间也有分歧、有调整，但是总体一直还是比较顺的。

他的任务，就是围绕部门怎样招标、采购，合同管理怎么去规范化以及制度化，有可操作性，这一步做完下一步怎么做。国家有一个大的招标法给他们做支撑呢，他们要做的是一些细化的东西。

计划合约部，对成本控制这个层面来说，至关重要。每个企业都在提成本控制，照金项目就是靠所有相关专业，比如设计口、工程口，以及他们以往工作的经验来控制的。有些不同的方案，比如基础的形式，每一道工序，可能要求出到两三个方案，合约部要把三个方案进行成本测算，满足建筑物质量安全的前提下，结合经济情况，结合工期，当然有的方案可能很省钱，但是它工期长，那也不行，因为和村民签了合同，要按时回迁，拖的时候长了，乡亲们的思想就会有动摇，就会出现情绪。然后几个部门配合完成这个工作。

一般常规的工作，是设计院设计好了他们按照施工。这是常规的工作流程。比如当时在商业街的时候，设计院设计的原稿，是整个商业街全部采用大开挖，采用一米厚的沙石垫层，全部铺，他们作为设计口，又要确保设计的东西安全，他们就不考虑甲方的成本。

他们算了一下，整个如果是全部把土方挖走，将来再全部回填，这个造价做了一个测算，大概就这一项，能节省几千万元。成本控制，一定是站在设计的角度看问题，不能说设计已经完成了，拿着现场图纸去招标，那已经没有意义了。

他在雅居乐地产待过，那种企业，都是所有的东西必须方案先通过，他经历过那种大企业模式，在他的观念中形成了一种意识，一定得结合实际现场，设定自己的想法。可能这就是在大企业锻炼过的一个好处吧。

他毕竟是从房地产过来的，地产的成本控制，是非常细化的，甚至一个栏杆都要去测算，走很多的比价程序，不同的工艺，进行一个成本分析。每一个大的成本，都是从很细小的东西累积起来的。更多的精力是去找合作单位，去跟合作单位进行一些价格的谈判，一分一厘的去控制。

因为之前有很多例子，包括像省里的一项工程，它最早的投资预测是 5 个多亿，最后在建设过程中追加到 13 亿，结算的时候，变成了 38 个亿，这就是成本严重失控的一个很现实的例子。在省里的反响很不好，很多企业都被这种无效的高成本拖死了。

照金的空气特别好，人可以沉下来，比较安静，干扰比较少，不像城市灯红酒绿之类的，也没有社会上的那些干扰。他是那种走到城市就是城市的人，走到农村就是农村的人。在工地现场，你要是穿得干净反而显得不着调，不能代表企业形象，就得黑，就得汗流浃背，可能这样和企业部门的岗位才看着相配。但是如果作为一个公司的窗口部门，跟人家对接，跟人家谈话、谈判，如果是那种很邋遢、很随性的状态，别人会觉得你这个企业出来的人，综合素养会差，会小瞧你的企业。

计划合约部算上他是四个人。有两个女孩，一个是张萍，刚毕业，是回乡的大学生，现在已是风风火火，很适应这种节奏，已经知道怎么去工作了，也就是说一个新人，她经历这些事情，可能比她待在另外一个企业，干了三年五年她的收获都会更大。她在短时间内能接受很多东西，成长很快。另外一个女孩曹琳，以前一直在中介机构，一毕业就在一个事务所，没有接触过甲方这种工作环境，刚来的时候，按田部长的标准，工作状况，还有工作观念、身份观念的转变，他都不是很满意，批评的比较多，经常说着说着曹琳就掉眼泪了。但是这个东西，你不说反而会害了她，那你混着，这种企业是混不下去了。

但是曹琳转型非常快，很快就能独当一面，还升了职，成为业务主管。这个转型期其实挺难的。有些刚毕业的大学生入门，有时候你在一个固定的工作环境下工作了三五年，之前那种气息浸泡的久了，换到另外一个地方，岗位角色、工作气质都不一样，一下子要从精神气质到工作方式都要适应和改变，转型其实挺难。这也是一个过程，曹琳算比较快的，半年以后，她分管的东西，基本上不用去看太多。另外一个张晓涛原来是一个测算员，应该说从造价口、成本口来说，他是进行定额测算，制定行业的标准，是纯学术性的。其实是有意给他一些施展的空间，刚开始还是不适应，好处是好学，脑子很聪明，有的东西讲一遍开始不懂，但是这个行业，有一个照猫画虎的方法，合同版本是制式的，中间的关注点给他讲透，比如付款方式、合同中可能会经常遇到一些争议的地方，把这些给他讲透，至于那些通用条款，法律条文，那些东西没有必要去研究。

作为计划合约部的部长，他跟财务部的张秦部长吵架最多。可能是角度不一样，作为他来说，今天要付款，或者是这三天要付款，因为现场的进度在那里摆着呢，施工单位拿不到款，会产生一系列问题，工人闹事，材料供应，影响工期，甚至按照合同履约，你必须按约付款。

没有按合同履约，企业的形象、信誉度，包括他将来说话的分量，肯定会降低，所以他考虑问题就是说，怎么去保证人家利益的情况下，保证公司自己的工期质量。

张部长也是一个很严谨的人，他就觉得，你缺这个手续，或者某个领导的签字不全等，应严格地去遵守他的财务制度。那不行，有时今天这个领导不在，明天那个领导不在，不是你不想把手续办齐，是有些时候实在没办法办。他就卡在那里，钱付不了，那田部长就着急了，毕竟是按照合同该给人家付款了，不能因为某个人或者某个手续就毁约。

这样他俩就有了分歧。在工作标准各方面，他是严格把关的，但工作中肯定会有摩擦碰撞，所以公司吵架吵得最多的就是他俩。他这个人也是对事不对人，大家都在一个大厅里办公，应该经常会听到，基本上是三天一小吵，五天一大吵。领导因为这个事情也训过他俩很多次，开始谁也不让步，但是时间久了，都有磨合，通过工作都认识到，这个事情是不是真有那么严重，是不是真的违规原则了，是不是有变通的方式，换一种方式是不是能把事情解决了，大家都在找那个契合点。

他的孩子现在一岁多了，是个女儿，来的时候孩子半岁，家里人会刻意告诉孩子，爸爸在照金，爸爸因为什么不能经常回家，教孩子对他说"我爱你呀"，从另外一个角度，会支持他和女儿关系的维护。没有说因为他在山里工作忙了，真的是不要家了，没有说抛家弃子那么严重的话。他媳妇本身跟他是同行，也是搞预算的，所以比较理解他的工作。

他有时会比较跟风，喜欢流行的东西。一般喜欢接受新事物的东西，爱好很广泛，也喜欢写作、书法、摄影、单车、体育活动、音乐等。

他经常问自己，究竟能为企业做什么？有些部门的工作，是大家容易看到的，比如工程部，你今天盖了几层楼，明天盖了几层楼，但也有一些部门，它的工作是看不到的。它是一种软性的东西，他们部门就是。很多工作，反正领导觉得楼盖起来了，很漂亮，旅游的资源也起来了，游客也多了，他们部门，很多工作领导是看不到的，一个东西，你说成本减到一个亿，到底是怎么减到 1 个亿的，中间做了多少工作，领导看不到。

包括最近调研设备价格的时候，按道理来说，一般人的理解，这是一个景区，我是做设备的，那么按我平常市场价给你报价就完了，也许就是市场最低价，或者是合理的价位。

他们计划合约部要做的一个工作就是，一定要站在一个很高的位置上去看这个东西，给合作单位说，一定要本着合作的态度去报价。他会这样反复跟他们讲，这个项目的意义多么重要。按道理他没必要讲这些，企业就是赚钱的嘛。但是他就是这么轴，就是会讲很多很多这样似无用的道理，让他们对这个项目有很好的兴趣，参与度就会附有情感色彩，然后让他们的高度，跟他的高度站在一个平台上。他们就会考虑社会责任问题，宣传的问题，他参与这个项目对企业的宣传带动，也让他们觉得自己除了是一个赚钱的机器以外，还是一个社会基本人，还是一个有灵魂的人。

这样，成本一下子就下来了，他们一定会报出他们的底价来。他认为，这就是他能为企业做的。讲完以后他们觉得自己一定要参与这个项目，哪怕少赚钱，他们一定要把这个合约拿下。想拿下那肯定就要降低报价。

招商部的王磊，倒是一个随和的小伙子。

商业街商铺的招商，都是由他们去进行的。

原先这块都属于民房，一个传统意义上的小镇吗，租金都特别低。他们来之前调查过，后来房租也是根据调查确定的。

村民们愿意自己做生意的，自己经营，不愿意自己经营的，就交由招商部他们统一出租，然后每年给商铺认购户返还租金。半年返还一次。比如，一家有 10 平方米的商铺，目前来说，一年差不多可以返还

2000 多块钱的租金，比村民原来在这里出租一个门面房收入要多将近一倍。而且随着之后游客度的大面积提升，租金收入也跟着有了飞速的上升。

商业这块除了招商还有管理，因为商户经营的形象、食品卫生安全，日常的这些经营事务，比如，市场上你不能有任何强买强卖、欺客宰客的现象，这些都是他们管理的范畴。现在有 70 多家商户都归他们管理。也是大大小小的一堆麻烦事。

作为和照金公司合作的乙方，拍摄单位的小宇，最后也成了一个照金人。

这几天他在拍摄牧场的季节变化。

之前冬天他拍了全部是黄土的那种状态，现在他选了同样的七八个取景地方，拍了一组照片和视频，做出来的感觉就会有四季变化。先是什么也没有，然后到了这个季节，起一个大雾，大雾过后，树木已是繁盛，有花有草，然后到冬天，又出现漫天飞舞的大雪，拍这么一个四季变化的场景。

最早照金公司给他们要求，照金村搬迁的每家每户都要保留完整的影像资料。从拆之前，拆的时候，到建好之后回迁，都要有一套完整的视频影像资料。最早和每家每户打交道时，给村民们说，你们家马上要发生这么一个翻天覆地的变迁，他们要来做影像资料的收集。

总共有 200 多户拆迁，他们收集了 190 户左右的样子，也有个别的村民，不愿意让他们去拍摄。到搬迁完了之后，把每家每户的照片和视频整理出来，连同新房钥匙，送到各家村民手中去。当时乡亲们拿到之后，挺吃惊的，看到自己家这一年多来的变迁，都在哗哗地流泪。

每一家大概拍了多少张照片？数都数不清了。

视频和照片，首先要记录拆迁以前老房子里的情况，生活区域，第二个内容，是把生活在那个区域里的人，原原本本记录下来。

最主要的是生活在那个环境里的人，把人和环境结合在一起，尽量给每家每户，都留有照片和原始视频资料，比如说全家福这样的资料。视频的长度看情况决定，一般都有 3 到 5 分钟。

到以后他都和村民成了熟人，村里谁家有红白喜事，都叫小宇去帮忙拍摄，小宇也是随叫随到，免费给他们拍摄。在这种特别的大环境中，他自己感觉就是每个环节都特别紧张。如果他们这个环节出问题了，慢了，席玟那个宣传的环节就会慢下来，经常席玟给他打电话，催他要拍摄的资料，要给村民家里做宣传册子。后来他也就习惯了这种方式，从此以后，当天拍的东西，晚上肯定要把资料整理出来。

最开始来的时候，很长时间他觉得照金公司的人看不起他们，认为他们根本就没什么想法，就是拍个照片，完全没有自己的角度。

虽然他们一直也没有把他们当乙方看，前期真没什么想法。但后来从12月份以后，发现他们开始有了自己的想法，自己的角度，想着我应该怎么去独立思考和拍摄。比如，照金公司需要什么资料，什么主题，给他一说，他在完成这个任务的时候，他能够延伸出很多，跟以前完全不同了。包括现在，照金公司哪个部门着急了，说小宇我要一个牧场的现场图纸，他就能想到甚至把人怎么和牧场结合起来，拍摄进去，把他对这里的感情拍摄进去，而不是仅仅给你留下一个影像资料。已经到情感表达的层面了。而且单从看照片的角度，他们的水平也是突飞猛进，在省里数一数二，去年他们拍摄的"运动中国"已经火了起来，还挂在纽约大街上，参加了国际上的展览。

他的想法和行动，都变成了一个彻头彻尾的照金人。

朱锦，是第一个回乡的大学毕业生。她起初在新疆工作，在喀什那边的一个天然水泥厂做司磅员，就是负责水泥的进出。后来听家里人告诉她照金的新变化。她很快就回到照金村集团入职。

她回到照金的时候，根据当时的情况，她先是在客服物业工作了几个月，游客服务中心马上要成立，她就调到游客服务中心，做了讲解员。

她在新疆的时候，听到家乡开发建设的消息之后很激动，因为当时毕业的时候就想回家乡，但是那时回来不知道干什么，没有适合自己的工作，除了当时考公务员、考事业单位，或者考教师这些，她才能回来在这边上班。不过这些考试难度又非常之大，她就退缩了。

所以当家里人给她传递这个消息时，她没有犹豫，毅然决然就回来了。因为她觉得这是一个机会。照金公司这么多大城市的人，都敢来建设她的这个家乡，来改变它，她作为一个照金人，是不是更应该回来？

她的父亲是个乡村医生。在镇上开了20多年的小诊所，这次照金开发，她父亲也回购了一个30平方米的商铺，作为他的新诊所。

朱锦小的时候，因为家里供着她和弟弟上学，那会儿光靠她爸开诊所，收入也不怎么样，种地是靠天吃饭，年产量也不高，所以种的地少，就靠父亲开诊所这一块收入。

她刚开始考的是专科，然后专升本连续读了五年，才大学毕业。她性格活泼，属于敢于尝试的那种性格。所以，接了家里的电话，听说了照金现在的情况，马上就决定回乡建设，一显身手。

回来之后她觉得，还是回来好啊。回来可以在家里住、家里吃。每月还能按时开到比新疆高得多的薪水，帮父亲补贴家用。对父母也能照顾上一点儿。

不过，刚开始做讲解员的时候，还是有一点儿障碍，不习惯在很多人面前讲解。一下子站在一群人面前，大家都盯着你看，有时候会感到紧张。她最有趣的一次，是带别人在牧场转的时候，一紧张，把"面朝黄土背朝天"说成了"背朝黄土面朝天"，一下紧张的她都不知道怎么说了。当时是市上的领导带着省上的一拨领导，她也不知道是什么领导，当时还是感到很紧张。

一个现场领导解释说："人家小姑娘也说得对着呢，你晚上睡觉的时候，不就是背朝黄土面朝天吗。"

这个领导还挺能打圆场的呢。

她在半年多的时间里，做了三百多场接待，特别是村集团城乡统筹那一块，当时这个接待挺密集的，有的是来参观学习，有的是来商业考察。

她属于最早回乡的大学生。当时一共有三个女孩，跟着行政部的肖娥学习如何接待，因为她们都没有从事过接待工作，包括接待注意的一些事项，礼仪、礼貌这一块，她们都是新手，要一点一点学习。先是参加照金公司晚上和周末开设的职业培训，教你如何站立，如何说话，如何微笑，每天都要咬着一支铅笔，照着镜子练习发音，现在回想起来，都觉得特别可笑，但是学得可认真了，生怕自己落后了。

村集团她们这个客服中心，是照金公司接待的一个补充。几个月集中三百多场接待，最多时候一天有十一个团体接待。大都是比较重要的领导。像其他一般平级来参观学习的，比如，西咸新区、泾渭来考察，就会甩到游客服务中心，让朱锦这些小姑娘们练练手。因为她们那会儿还小，刚来，也没有从业经验，一直到现在，大型接待都甩给她们，都没问题了，都可以接待得很得体。

刚开始城乡统筹方面有一个展厅，她们就先从展厅讲解练起。当时写的讲解词有六千多字，都要一句一句背下来，还要学习了解公司的情况，不然经常会有一些参观团体突然发问，她们都必须要对答如流才行。

而且接待中比较重要的，首先是讲解，再一个是接待中和参观的人如何很有礼仪地沟通，这些细节问题。她在牧场讲解的时候，去望涯山舍，女士穿着高跟鞋，她们就要温馨提示，因为那是石子路，鹅卵石铺的路。声音要温和适度，不能让人感到突然和生冷，要让人听起来既温暖，又舒适。

朱锦自己就在那里摔倒过。那块一是坡度大一些；二是山里潮气大，所以小石头路容易滑倒。这就是要注意细节。再一个是说话的方式，声音不能很高，也不能很低，要特别适度。还有是接待的一个礼仪，和客人保持的距离，既不能太近，也不能太远。

她们是跟着讲解词开始，一遍一遍地，一个展板一个展板过讲解词。每天晚上练讲解词，照金公司的肖娥陪着她们练到凌晨两三点。那时候印象最深，就在大办公室那儿，肖娥每天一大早，让姑娘们排成一排站着，站在照金公司临建办公室的大门口，你的手必须放到腰部的哪个位置，然后对来上班的同事们说"早上好"，开始大家不适应，一进门，"早上好！"吓一跳，觉得这太不适应。因为照金公司一直没有那种上下级别概念，都是一帮子年轻人，几个姑娘突然说早上好，大家就吓一跳，反而很不自然。

完了之后肖娥就带着她们，一有接待就带着一两个姑娘出去。朱锦就看着人家肖娥在接待过程都说些啥，怎么说的，就这样一遍一遍地学。

她从新疆回照金的时候，走进镇上，一下子找不到自己的家了。家都拆了。她都不知道她家在哪儿了。她家的旧房子就在停车场那一块，她当时下了车，一眼望过去，什么都没有了，全是一股一股的尘土，摸不着方向了，因为当时整个主体建筑还没有建起来，她不知道应该朝哪个方向走，她家原来应该在哪一块，她搞不清状况，完全迷失了。然后她妈过来，才把她接回临时居住点。

她家原来不在这里住，她家原来在那个山后面，她爸虽然一直在镇上做生意，开诊所，但是她家1990年之前在镇上没有房子，都是租的房子。她家是 1990 年在镇上批的地基，就在这一块盖的房子。和她家一起盖房子的几家，后来人家都翻新了，但是她家一直没有翻新。因为家里的生活条件很有限，要供她们姐弟俩上学，她家后面的房子都漏雨了，包括楼上的那个房子，那面墙都发霉了，也没翻新，一直到这次拆迁，才能住上新房子。

她家当时房子前后有 200 个平方米。院子不大，就是上下盖了四间，在后面盖了一个瓦房，二楼也是瓦房。

以前照金镇上吃水，都是担水，吃的是原来的老泉水。她记得有一年干旱的时候，她整天就钻在泉子里面等水。她那会儿上小学四五年级，那一年干旱特别厉害，有的人早上五点就起来担水，有的人担的不够的话，你就要守在泉子眼那里等水。

她当时决定回照金的时候，她的同学都很反对，不理解她的行为，说你念了几年大学，好不容易从山沟沟里出来，你再回山沟沟里，图的什么。各人有各人的看法，虽然外面的世界机会也多，条件也比较好，家乡现在建设得比外面的世界还好，为啥不回到自己的家乡呢？

回来之后，她一点儿都没有后悔。

反而每一件工作都充满挑战，以前她从没有接触过的。比如，现在景区的管理，她没有景区的管理经验，景区中发生了任何事情，她都要根据情况去处理。有时候处理一些事情，还不知道从哪里开始处理，但是就是这种挑战，她觉得很好，很有意思。

随着时间的推移，她现在已经算是照金村集团的中层干部了。是村集团金融办和商管部的副部长，主要负责商业街这一块，还有金融部牧场的一个项目，再就是游客服务中心、广场这一块，她们公司目前就这四个项目。商业街主要是跟商户这一块有一个日常的管理。

比如最简单的，最近她们正解决一个问题，她们商业街区，晚上有烧烤，客人坐在那里，包括烧烤炉下面，会把地面弄得很脏，所以她们现在建议，这一块要统一铺个防污的那种地毯，防止地面的污渍到处渗透蔓延。后来这样实施了之后，游客反映很好，所以就是随时要给商户去想一些办法或者措施，来解决这些问题。

再一个像假如快到清明节了，景区公司会提醒村民，最近祭拜的游客比较多，你们谁弄点鲜花，最好批发点菊花在这里卖。夏天来了，提醒他们最近广场游客比较多，你们可以把冰箱搬到门口，贴个冷饮的大牌子。

提醒商户这一块，就像这两天下了一点儿雨，星期六、星期天商户准备的东西就比较少，几乎都卖得差不多了。因为对于村民来说，他们也是刚接触到商业，除了南区是公司招商引进来比较大的店，北边那一块，全是村民自己的商店，这里改造成景区之后，他们还没有意识到这是一个景区，刚开始准备东西的时候，准备得很少，食物不充足，导致他们第二天经营的时候食物不够。比如马上有什么节日来了，十一或者是中间有节庆，她们就会提醒商户，准备充足的食物和物品，以免缺货。

村民做生意的时候，习惯自家门前随便乱放，因为没人管理，现在整个到商业街区了，有统一的管理，统一的经营，所以有一些物品，不能在门外随便乱放，影响整体商业街区的形象。

她们村集团的商管员，会不断地过去提醒，你家的拖把不能在外面放，垃圾桶要放到规定的区域，他们开始很不理解，不在外面放那我放到哪里？虽然这都是小事情，但是从小事做起，他们慢慢就会养成比较讲究卫生的习惯。

开始她们做街面提升，让各家门口做一面竖旗，挂在上面，因为很多商户那个牌子标识不是很明显，村民不愿意做。后来她们景区公司出钱给做了竖旗，根据每一家的经营内容，分门别类，设计好，挂好。大家辨识起来，清楚得多了。

这就是景区意识。游客来，他不光是为了吃的有多好，他就是爱吃当地的特色。

以前做讲解的时候，每一次讲解完之后，她都要反思一下，今天讲解过程中，哪些地方做得不到位，要反过来审视一下自己，做的不到的地方，下一次应该怎么做。现在牵扯到一个管理了，角色有这种变化，那她在这个工作中，就更不能马虎。

作为村集团的中层管理人员来说，对她是一个很大的挑战。虽然目前在这个岗位上，但是她现在不断地在摸索，怎样去把这个管理的技巧做好，因为确实现在不管说啥，如和招商部的胡部长他们沟通，沟通就觉得自己缺乏管理能力，现在她就是不断地从一些沟通中，和领导的沟通，包括和同事之间的沟通中，来不断地摸索这个，怎样去做好一个管理者。

她觉得她对照金公司，有一种特殊的感情，就像是朋友和兄长一样，是她的依靠和依赖。她在新疆的时候，她弟弟给她打的第一个电话说："咱村要拆迁了，要重新建了。"

当时她真的想都不敢想，很吃惊。回来之后和照金公司这些年轻人一起工作，跟着他们一点一点学习，也能感受到他们当时的那种辛苦，建设过程中他们那种艰辛，真的很感谢他们。如果没有他们这一次建设，可能这里永远都是一个毫不起眼的穷山沟。

在她之后，陆续有六十几个大学生，返乡加入了照金村集团的团队。那么她以后，会是一个什么样的状态呢？

可能这是一个最难回答的问题。作为他们这几十个大学生中，作为领导重点培养的一个人，她希望以后通过自己的努力，陪着照金村集团越走越好。

朱锦在这个地方生活过，后来又跳出去，现在又回来，又在这个地方扎下根来，来管理这一块，她这个角色很有意思，一个原住民，现在又是一个管理者。有一天一个拖把、垃圾桶随意想放到外头，她不停地去督促他们的时候，她也知道，乡亲们这个思想观念，这是几百年的根深蒂固，要猛一下去改变这个，可能暂时也改变不了，不是说给他们一讲道理，把这个思想观念改变了，那根本不现实。就是要在不断地和他们沟通的过程中，慢慢渗透。

包括她的邻居，亲戚，有时候也在一起聊，聊了之后，她有时候也去问他们，现在生活好不好，也跟他们聊这个。有的人觉得好，有的人就觉得那种观念还是没有改变过来。

照金镇附近有十三个乡村，如果其他村子嫁过来，就说，要不你就在城里买一套房子。现在的话，在镇上也住得跟城里差不多，空气还比城里好，水、气、暖也都通了。这种转变，那些以前在城里买了房子的人，就觉得自己吃亏了。

现在国家提倡新型城镇化建设，可能照金就远远超过了其他地方，至少比其他地方提前了十年，甚至二十年、三十年，完成了新型城镇化建设。可能到十年、二十年、三十年之后，再去看其他地方的新型城镇化建设的时候，他们的思想观念，可能就会有一个很大的转变。

比如三到五年，他们日子过得越来越好了，就举最近的例子，以前照金就是有一个很小的纪念馆，哪里会来那么多游客，甚至过节的时候，有一天超过了两万多游客，包括今年大年初一的时候，都来了一万多游客，当时大年初一大家都不出门的，作为景区竟然来了那么多游客。

谁都想不到会有这么多人涌过来。

朱锦的爸爸也一样朴实，照金公司来了镇上，员工们现在谁有什么头疼脑热的小病，之前在大城市的时候，觉得乡下的小诊所简直不靠谱，现在有什么病，首选的就是朱锦的爸爸这个赤脚医生。有的时候真的是大半夜，觉得很不方便，但是给她爸打电话，她爸马上就会拎着一个药箱子及时过来，然后是药到病除。现在好多人已经不好意思去买药了，因为十块钱以下的药，朱锦她爸爸，死活不收钱，把钱给他扔进去，他追出来非要退给你。

拆迁前，村民跟你聊无非是生老病死，谁家谁又死了，谁得啥病了，谁结婚了，谁添了个孙子。就是这些事情，家长里短的这些事情，现在他们在一块谈创业、谈就业，让她给他们一个创业的思路。现在几乎每家都有一到两个人在村集团上班了。

朱锦她们正在做一个商户经营统计，有时候向商户他们了解一些经营情况的话，你要跟他不断地聊，要每天不断地在巡查的时候，观察他们这个经营情况，你跟他聊的时候，他肯定会说他没赚钱，他就是说你们想办法，其实他们可能就是赚了钱，也不跟人说。

可能作为一个景区来说，刚开始，大家还没有适应这个形态。以前朱锦总是在其他地方，看人家山上的那些东西，这也好，那也好，回了照金才发现，照金山上好东西就多得很哪。她在照金生活了二十多年了，刚开始根本不知道丹霞地貌有什么特点，成天面对着那个山，不去关注它，可是那些游客见了，却会连连惊呼："啊！啊！啊！多么惊叹的地质结构！"

喜欢、赞叹地简直是了不得了。

现在，她们每天面对的多了，讲解的多了，了解的多了，真的一看那个山，越看越有特点，真的是越看越美。

她从小在这里生活，宋代大画家范宽的《溪山行旅图》，就是在这个地方画的，她以前却不知道。后来做讲解的时候，看了资料才知道。而让她更无语的是，大家以前都不知道这个。

现在像她这样回乡的大学生，在村集团上班的就有六十五个。还不算在照金公司工作的。这六十五个大学生，其中照金村有十二个，其他剩余的，是附近村镇和县上、市上回乡的。分布在村集团的各个层级和岗位。

第十章
你相信，所以回应

又是周末，照金公司的人仍在办公室加班。

前几天当地的向导带着赵海涛，背着水和干粮，去薛家寨的后山去探测一条徒步旅游线路，攀爬了三天，优选了两条上山线路，正在地图上做标识，看将来开发徒步攀岩，走哪一条线路更合适。

下班之后，赵海涛告诉李军，晚上食堂不用做饭，把所有的人都叫上，他请大家去山上老矿区的农家乐吃饭。

到了农家乐，照金公司的人围了三桌。菜刚上来，旁边有一桌正在吃饭的人，好像已经喝得快醉了，闹闹哄哄的。推倒一张桌子，差点儿把照金公司人的桌子也掀翻了。其中一个脸上有疤痕的中年男人，满脸横肉，眼神傲慢专横。赵海涛认得这个人，他就是当地供电局的负责人，是个名副其实的电老虎。据说每周都要去西安好几次，吃喝嫖赌，无恶不作，当地没人敢惹。

照金公司的人大部分都认得这个电老虎。因为经常无缘无故断照金镇上的电，专门坑人，影响施工，谁找他协调都不行，大概以为照金公司是一块肥肉，常来索贿。吃拿卡要，明目张胆。

赵海涛看不上这样的人。转过脸去，不理那些人。

那些人看见照金公司的人进来，一脸蛮横不爽的样子，先是在桌子边上走来走去，磕磕碰碰，好像是在他们家的地盘上，醉酒滋事，也不过是一件稀松平常的事情。

他们在竭力引起照金公司人的注意。在他们那一番自认为是合情合理的碰撞之后，大概是希望照金公司的人，能和他们搭上几句话。但是没有。赵海涛平素一贯看不起有那种习气的人，手里有点权，就张牙舞爪，不干正事，桌子上不小心遇见了，还想让人对他们尊敬几分，简直是扯淡。他在气势上冷落那些人，希望他们能有所收敛，或是彻底悔改。就凭他们无所顾忌，在照金工地上动不动就以停电威胁，赵海涛遇见他们，就会服软吗？真是痴心妄想呢。赵海涛这人，素常就是眼无一物，根本揉不进他们这些傲慢无礼、为非作歹的沙子呢。

一直到吃饭快结束，赵海涛依旧对那些邻桌之人，一脸冷漠。他招呼同事们吃菜喝酒，再就是看看窗外的山谷田野，那个电老虎有一次试着想过来和他打招呼，他一转脸，避开了。

"照金公司的人，"那个电老虎，可能是完全喝醉了，大声嚷嚷，"有什么了不起，那么牛皮吗？你们凭啥看不起我们本地人……"这个电老虎，好像心有不甘，但是一直忍着，没有发泄出来，不过，在这一刻，他觉得他再也忍耐不住了，把饭桌子一掀，仿佛忍受了天大的侮辱，失声喊道："你们照金公司的人，就是个外来的和尚，你有什么牛皮的？你有几个虎胆，敢见了庙门不烧香的？"

嘿，赵海涛这个人，确实有过人的地方。他就像一个哲人一样，沉稳而固执，穿着他一贯爱穿的休闲服装，刚刚徒步攀岩摸索线路回来的登山鞋，坐在那里，目光淡然，没有任何情绪波澜，瞟都不瞟那些无理取闹的人一眼。在他看来，那些仗势欺人的人，不知悔改，毫无羞臊，不如草木。没错，这个人吃喝嫖赌惯了，以为世上的人都有求于他，听听他说出的那些废话，就知道是个没什么正经本事的废物。你算哪路子庙门哪？可别污了神仙的心哪。赵海涛对这种人，不是怨恨，而是小看。

他对坐在他周围的同事们说："走，吃好喝好了，咱们步行回照金去。顺便看看有什么好风景。"

对方几个蛮汉，冲上来要打架，赵海涛一摆手，照金公司的人，不屑于跟这种人打架生事。大家一转身，都走了。但是，这一次短兵相接，也使他痛下决心，要挖掉这个蚕食人心的毒瘤。

第二天他就向当地的上级领导摊牌，必须撤换供电局对接照金公司的人。你免职也好，怎么也好，那是你们的事，照金公司需要一个没有私心杂念的对接人。照金公司是当地的利税大户，显然不能这么长期被动挨打，任人鱼肉宰割。另外也请求政府帮助，照金项目目前商业大街正在大面积招商，外来商户和当地村民都在大量认购，数量庞大，手续烦琐。外地商户和本地的乡亲们，工商登记、税务登记、银行开户、卫生检疫，这些复杂的程序，如果一个手续一个手续去办，去跑，他们可能连各个职能部门的大门都找不全，太费周章，所以希望政府能为民服务，派遣银行、工商、税务、卫生部门来照金合署办公，让那些外来商户和乡亲们在自己的家门口，就能把各项商务登记、证照手续都办利索了。这也是为了给当地政府增收增税。

当地政府这次很爽快地答应了赵海涛的条件。

赵海涛正在筹备村民就业、创业培训上要讲的课程。隐隐听到了一些风声，好像地动山摇，又好像风平浪静。但是，他还是切身感受到了一些来自各方面仿佛毫无形状，又仿佛难以抗拒的压力。

对于照金项目来说，可能在一些人眼里，首先看到的便是炙手可热的肥肉。施工单位个别有头脸的人，监理单位个别有头脸的人，甚至投资方个别有头脸的人，明着暗着，多少会向工程上的各个要害地方，逐渐地渗透着，暗暗地伸出一些手。

这些暗流涌动，他也能深切地感受得到。但是他只有一条心，这样的利益漏洞，在照金公司坚决不允许发生。

他在会议上，一次次亮明自己的看法：

"照金这个项目的红利，都在老百姓身上，谁也别想伸手。这是铁律。有些人也不必要试探我的决心和耐力，也不要认为我只是在会上冠冕堂皇地说说。不要到时候弄得一身臊气，几方面脸上都不好看，到时候别说不给你留情面，也别说这会儿没提醒到你。"

不管你是谁，不管你咋样隐蔽地伸出你的手，大家都能一眼看穿。一个人你往那里一站，你不用张嘴，就看你的眼睛深处，你是人是鬼，谁看不穿谁呢？不要妄想从老百姓碗里抢肉吃。他在这个位子上一天，这个底线就是铁律。他就是这么年轻气盛，他就这么轴，他就敢亮出这句话。

他在这件事情上，寸步不让，你有私心，你到别的地盘上做鬼去，在照金就是不行。

或许某种危险，某种看不见的伤害，正向他靠近，正把他团团包围。但是他就是个犟干，就是不允许他们向乡亲们的碗里伸手。他和乡亲们一样，已经退无可退，别无选择，只能硬顶上去。

上午，照金红色城乡统筹就业、创业培训基地挂牌。培训班的第一节课，由他来讲，会议室的村民，坐得满满当当。看到下面一张张布满皱褶的脸，一个个都仿佛饱经沧桑，但是，他们看着台上就要开始讲课的他，眼神里有一些期待，有一些惊奇，也有一些孩子般的依赖。

当时镇政府的干部也是担心说，这技能培训，有没有人来参加呀？结果，他们到培训现场一看，就很吃惊，这又超出了他们的预期，害怕农民不来参加培训，结果楼上的大会议室，挤得满满的。

他说："各位父老乡亲，大家好。在这种群众自发场合，咱们是第二次见面，第一次和大家见面，我一生都会记得：8月23日，我代表照金景区管委会和照金公司，庄严地提出了承诺，让大家明年8月份入驻新家。我们上山100多天来，夜以继日地工作，就因为我们没有忘记对大家的承诺。

"今天我是作为一个老师，来讲授我们就业、创业培训班的第一课，希望我今天的课程，对大家转变观念、转变生活方式，能跟上我们这个步伐，起到一点儿作用。今天我讲课的题目，叫作：转变观念，增长技能。

"古话常说：家有万贯，不如一技在身，授人以鱼不如授人以渔。就是说你再有钱，不如有本事心里踏实。我们手中的技能真正增加了，心里就不慌了。我们的工程速度、质量创造了奇迹，咱们照金的群众能不能跟上这种天翻地覆的变化，首先取决于大家的观念转变。人穷人富，最主要差异在你的观念上，并不是你的口袋里有多少钱。

"管理学上有一个非常著名的理论，叫作路径依赖。通俗来讲，就是人总习惯走自己走过的路，甚至都不知道为什么要走。今天大家都在一个起跑线上，但是五年之后，你们一定会有差距，差距就输在今天的课堂上。

"我先测试一下大家的差距，在理解能力方面，全场每个人之间差距有多大，请你把双手十指交叉起来。看你左手大拇指在右手大拇指之上，还是反过来的。请右手在上的同学举手，据智力学家研究表明，这种人是非常聪明，但是左大拇指在上的人更加有智慧。科学家研究发现，一个人要改变自己的观念，要改变自己的一个行为，一定要坚持

21 天，你只要能咬着牙坚持 21 天，你的行为观念就能转变过来。这个手指放在上面还是下面，大家是能看得见，当你在换过来的时候，是如此的艰难，那我们有那么多年的旧观念，我们看不见，改变它是非常的难，所以今天有足够的心理准备，我要把大家看不到的观念，像手指头一样全部摆出来，要一条条地改变，你们要做好足够的心理准备。"

正说着，他的手机在桌子上震动了一下，他随意看了一下，屏幕上闪出一行小字：

"省上领导正赶往照金，对你启动免职动议。两个小时左右会到。"

他知道有些人工程上没有捞到他们想象中的好处，背后可能会有小动作，但是没想到会这么激烈和凶残。他停顿了一下，对大家说：

"乡亲们课间休息上十分钟，十分钟以后回来，我接着给大家讲。"

他走出教室，就在楼梯的过道里，点着一根烟，慢慢地吸着。

他想，这场看不见硝烟的战争，可能迟早会发生。

课间十分钟快到了。乡亲们一个个走回来。有几个人走过来，对着他憨厚地笑笑，晒得黑黑的脸上，笑容甚至有些羞涩。他也对他们点点头，笑一下。掐灭手中的烟头，拿起手机，给正赶往照金的省上领导，回了一条短信：

"尊敬的领导，照金项目，困难在于成本控制。在这一点上，我不会妥协。假如成本控制失败，那可能就是一个无法收拾的失败作品。假如某些不良用心的人得逞，后果可能无法估量。"

然后，他把手机收起来，走进教室，继续给大家讲课，或许是谈笑间，樯橹灰飞烟灭，或许是你死我活。管它呢。

他重新站在讲台上，对大家说：

"从 8 月 23 日第一次和大家见面，到今天的变化，照金 100 多天的改变，将永远载进照金的发展史中：11 月 18 日晚上 10 点整，照金的标志性建筑纪念馆正式封顶；11 月 20 日，照金小学封顶；11 月 22 日晚，安置区 A 区第一栋住宅楼封顶；11 月 25 日，干部培训学院办公楼封顶……五千多名工人们夜以继日地克服种种困难，正是因为这样艰辛的付出和劳动，照金才有了今天的建设程度。才能保证大家按时回迁，不要在临时安置点再熬一个寒冬。未来我们的观念将在六大方面遇到非常大的挑战。

"第一是价值观。照金的价值观概括起来就是，以支持照金建设为荣，以阻碍照金建设为耻。到照金来工作，我有两点想法：一是红色即民生。很多地方做红色旅游，只是做了漫山遍野的雕塑，做了面子工程，我们今天做红色文化旅游，是为了让老百姓过上好生活。二是无伤痕开发。我们要保护好生存环境，践行党的十八大提倡的生态文明。如果把照金山沟的树破坏完了，那我们建设光秃秃的一座山，把楼房建在这里干什么？别人还会到这里来吗？在建设过程中，为了保留一片树林，我们甚至重新做了规划设计。

"第二是契约观。每份契约它就是一份承诺，没有兑现的承诺就是谎言。照金以后整个商业会发展壮大，商铺统一管理，全部需要按照这种观念来管理。法律不可能谈判，大家住上新楼房，首先要成为一个新公民，所以契约观大家心里面要有数……"

他正耐心地讲着，怕乡亲们听不懂，他讲得很慢，并且尽量用纯粹的陕西方言土话，和大家慢慢交流。这时行政部部长李军给他递上来一个小纸条：

"省上领导的秘书打电话来说，再有半个小时，领导就到照金了。"

他示意知道了，然后继续讲课：

"我刚才讲到，咱们第三个挑战是生活观。生活观最首要的是守时，应该说这是一个最基本的礼节和行为。大家想一想，如果你没有守时的习惯和意识，你说未来跟上发展步伐改变生活，那可能吗？所以，我们新的生活观念从守时开始，这种意识要慢慢地树立起来。还有就是爱的观念。我有个梦想，要让照金活在爱与公正之中。什么是爱呢？当我们看到别人家的孩子，也像看到咱们自己家的孩子一样心疼，这叫爱。爱是一种善意，但是爱也是一种能力，所以大家观察一下，有爱心的人他才能够是快乐的人……"

他讲完课，急匆匆赶到会议室。省里的领导已经到了，正坐在那里翻看资料。投资方、建设施工方、工程监理方中层以上的干部，都到了。黑压压坐了一片人马，气氛和平常不同，看起来多少有些诡异。

他赶紧走过去，和省上领导打了招呼，也坐到自己的位置上来。

会议一开始，有人向他发难。投资方、监理方、施工方，显然有备而来，都有潜在利益代表人，显然他们都提前知道了这次会议的动议是什么，甚至比他知道的时间要早。自然了，都是点燃导火线的人嘛。明枪暗箭，以为弹不虚发，提了一大堆意见。他也不表态，有多少火力，你就发射出来。谁说什么话，是为了咋回事，想达到什么目的，大家都清楚呢。就是看有没有人点破这个导火线。

省上领导一直听着，没表态。这就使得会议气氛更加诡异起来。

渐渐地，一开始的机关枪，大火炮，渐渐哑了火，好像后续支援没跟上，仿佛弹药卡壳，没子弹了。

如果大多数人保持沉默，是非曲直，就会像是一条地质射线，逐渐显现出它的纯粹本质来。

领导始终没表态，转过脸来对他说：

"海涛你汇报一下现场建设情况。"

他开始汇报现场的建设情况，老百姓的回迁准备，水、电、气、暖的铺管检验，试压维护，后续一系列保障和筹备，对村民的岗位技术培训，文化建设，纪念馆的布展资料，学校、医院、村委会的建设情况，地质灾害治理，几乎是千头万绪的工作。

在他汇报的中间，领导时不时在具体细节上，如管道铺设到什么进度了，现场情况如何，乡亲们的生活和情绪，等等，问上几句，他都一一回答，并且把会议室的视频资料打开，一个场景一个场景，施工进度、材料检测、监督问询、现场巡查，基本上都有视频资料记录，今天干什么，明天干什么，后天干什么，三个月后干什么，施工会议上怎么定的，现场怎么实施的，清楚明白，一目了然，阳光施工，全方位无死角全面程控。

视频里的各种现场，自动无缝隙切换，居民 A 区、B 区、C 区，学校篮球场正在地基加固，医院急诊室正在二层现场浇筑，大广场正在地面铺设，书院酒店、溪山旅社，正在拆除围挡，眨眼的工夫，一秒一个变化，几乎毫无延迟，毫无违和感，实时跟进，看起来简直像是在一张画布上作画。

还是年轻人有想法啊。领导挠了挠头，心里多少有些感叹。

除了视频上滚动的画面，和各个操作面的原始自然杂音，会议室一时间陷入了沉默。

再看会上其他人的表情，一些人时不时跟旁边的人，或是对面的人，交汇一下眼神，暗中捕捉着领导的情绪和意图，会场风向，一切蛛丝马迹，随着时间嗒嗒流逝，在他们的心里，似乎退去了刚才言之凿凿的笃定，仿佛增添了一些难以掩饰、飘忽不定的慌忙。

明明省上领导今天专门是来解除赵海涛的董事长和总经理职务的，但是，却一句解除的话都没有说，反而继续让他汇报工作。中间插话问的一些情况，言语之间，完全是支持他正常工作的口气。

没有错，现场好像就是这样的一个情况。这是为什么呢？不知什么时候，难道风向已经改变了？看来几个人的如意算盘，眼看就要落空。又没有什么台阶下马，王顾左右，说着一些不着边际的言辞，说是为了工程大局，谁不是为了工程大局呢。比如，为了早一天让乡亲们回迁新居，工程进度和成本完全可控。同样，还有其他开销，就像其他大国企单位工地上的情况一样，应该给大家涨涨工资。至少应该给中层以上的领导层涨涨工资。大家离家在外，都不容易，都需要用钱来支付各种符合他身份和地位的家用开销，咱们多少也是大国企，给大家发的钱，还比不上那些小国企私下发得多呢。应该给大家多发一些野外工程补贴。总之，一句话就是，要想把这个工程顺利干完，各方面的照应也不能少啊。哪怕是一点点小油水，也要让相关的人捞上一点儿啊。

再说一句话就是，国家的金钱和权力，不能集中在某个人手里，都扔在照金老百姓手里。老百姓的日子比我们刚来的时候，不是好过了很多吗？还要怎么样呢？给他们多少能使他们感到满足呢？他们不应该对政府和大企业感恩戴德吗？不能让某些人借用老百姓之口，捞取个人政治资本。

"政治资本？什么叫政治资本？对老百姓好一点儿就是政治资本？你和老百姓是唱对台戏的吗？那我也问你一句，你要零花钱？"赵海涛气得脸都黑了，又问，"零花钱是你口袋里装的小本子吗？今天多发一块，明天多发一块，这样下去，多少钱是个尽头啊……"他尽力控制着情绪，"你再说破天都没用，咱们照金公司的宗旨和政策，就是这样，就是要偏向对老百姓好一点儿，这就是咱们国有大企业的饭碗。你先看看你手里端的是谁家的饭碗，你再说那些风凉话。既然话说到这里了，我也想在这个会上，再奉劝一句，节制一些社会上那一套没完没了的欲望吧，公司的日子要这么过下去，你就是来一百个、一千个印钱的机器，也供养不起。以前这样失败的例子还少呀？损失了国家利益，那就不是你身上的肉？我还是原来干部会上那句老话，以后没钱给大家乱发补贴，一切都按国家的政策规定走，该给你发的钱，一分也不会少，该给老百姓回馈的钱，你也别眼红。有限的钱就是要花在老百姓身上，有些人不要与民争利！一个大企业，就要有个大企业的样子，也要有个像样的由头，才能说那种风大的话。"

大多数人低着头，在自己的会议本子上乱画。又有人低声说：

"其他企业也都那样乱发，谁去管呢。发了也就发了。何况一说到钱，大家心里好像都是一肚子怨气。"

"谁有一肚子怨气了？"赵海涛追问。

没有人回答。会议再一次陷入僵局。

双方势均力敌也好，水火不容也好，多少都是心知肚明。谁也拿谁没办法。虽说每个人处事看法都不同，对待工作和社会的理解方式也不同，但是，一时之间，你也不能吃了他，他也不能吃了你。

省里来的领导坐在桌子后面，在他的本子上写着什么。听了这个年轻人的工作汇报，他点了点头，咬了咬嘴唇，一个能力和个性都很明显的年轻人，甚至有些宁折不弯的劲头，年轻人啊。一个人太有个性了，自然会引得旁人四处煽风点火。难道他就不能为这个顽固、不妥协的年轻人撑一回腰吗？或许没人能说出个所以然来，除此以外，草蛇灰线，伏隐千里。这样的工程有人眼红，虎视眈眈，盯着碗里的肥肉，谁都想趁人不备，咬上一口。这也是明摆着的事情呢。

这场看不见的博弈，要如何收场呢？要对这个年轻的总经理免职吗？这是坚决不能的。这个年轻人，现在几乎已经是照金公司，甚至是照金项目、照金老百姓当中的精神标杆，以前他听了这样的评价，总会觉得不靠谱，现在这样市场经济的大潮之下，还有这样不合所谓的社会潮流的人吗？可是刚才的工作汇报，眼见着照金的现实状态，在这次干部会议上，在这个火线边缘，他是亲自领教到了。

他终于抬起头来，对这个年轻的总经理说：

"好吧，等你几个月以后乡亲们回迁，我再来现场看。按你说的，只能更好，让老百姓满意。到那时候，我就可以放心地睡个安稳觉了。"他收拾起手里的本子，走过去，拍了拍年轻人的肩膀，终于表明了态度。然后环顾会场，说："好啦，今天的会就开到这里吧，大家都辛苦了，再辛苦一阵，就把大劲熬过去了，到时候给大家好好放个年假。"

接着他去看了现场。放眼望去，建设现场到处都是八片瓦，距离巧针引线缝成一件新衣裳，还远得很呢，这个节骨眼上，确实要避免再次刮起什么腥风血雨，再说了，确实也不能让那些背地里做鬼的人，回回都得逞，反而让下苦干事的人，最后都寒了心。

或许时间真的可以治愈一切。

深夜，他一个人在静默的照金漫步。仰头看一看星辰，抖一下肩膀，吃一餐农家饭，和村民喝上一盅烧酒，去牧场转上一圈，看一看丹霞地貌，看一看去徒步攀岩的旅游线路，在照金的屋檐下，打个盹，睡个好觉，或许就连最悲恸的苦楚，都能忘记。在他看来，除了这些，工地上又是收获的季节，最后一点，也是最重要的一点，主体工程即将结束，再过上几个月，或许很快，乡亲们就能在鲜花盛开的季节，按时回迁新居，过上干净美好的日子。

这是一条明亮宽敞的人心之路，一条灵魂里的王冠之路，它穿过山林，又被群山环绕，四处的飞鸟，正徐徐赶来，云端的星辰，也架空而过。他一向视自然为神物，一向相信万物哲理的存在。

日子一天一天地过去，春天来了。野花盛开，照金金银花示范基地，完成了120亩金银花的种植。

七月流火，是照金人最值得记住的一个月份。这个月份，锣鼓喧天，鞭炮齐鸣，牧场、酒店、学校、医院、商业街，A、B、C三个居民安置小区，花团锦簇，绿树如荫，青山环绕，绿水相拥，最美照金新小镇，披花结彩，像一个纯洁、害羞的公主，如约而至，乡亲们全部回迁到了崭新的安置新居。

有人对他说：赵总，让老百姓过好日子，我以为那只是一个口号，以前听得多了，耳朵都背了，没想到你们照金公司，把它变成了现实。

是啊，就像他之前承诺的，强大的资本杠杆，重构社会经济关系。或许盖一片楼房容易，难的是它的运营、管理，是当地村民融为一体，成为新时代主人公。所以照金有一个深刻的变化，就是把民生的问题、城乡统筹的问题、招商经济的问题、宣传推广的问题，像规划建设一样重视，同时变为了现实。

之前，照金公司一个员工对接一个贫困家庭的孩子，不是走形式给娃娃们花200元钱那么简单，帮助一个孩子，走入这个家庭，那些留洋的博士员工，看了都很震撼，这对于双方的一生，可能都很重要。

前街的一个小女孩，对帮扶她的照金公司员工薛帆说：

"阿姨，我能不能看一下你住的房子？"

薛帆把小姑娘带到酒店住宿的房子，小女孩感觉像是走进了宫殿，对其他人来说，不过是一个酒店的标准间，小女孩打开这扇门，却傻了，呆呆地站着，半天不说话。

如今，小女孩也搬进了新居。小女孩的新家，非常漂亮，在花儿中间，在树林之间，在成群的鸟儿之间，像别墅一样，干净整洁，清清气气。搬家的时候，小女孩执意请薛帆去她家的新房子里吃饭，还让薛帆看妈妈给她一个人布置的小房间，书桌上放满了薛帆给她买的童话书和新本子。

不要轻易把乡亲们的水平想得太低。就像这个酒店，假如你注意观察，这些女孩子服务员，都是这儿山沟沟里出来的，经过培训，跟大城市里面的服务水平，没有啥区别，甚至给人的感觉是更好、更舒适。为什么呢？因为这儿的孩子，会更珍惜她的这份工作，给她培训的要求，她都会仔细练习。

照金牧场，纪念碑的那一侧，4 公里自行车环形车道已经全部做好，咖啡馆、读书的小木屋、听山小茶舍、飞鸟、蓝空，还有夜晚多到数不真切的星辰，旁边是成片成片的飞播花海，层层叠叠，一年有景，四季有花，在风中摇曳，在阳光下妖媚，在星辰中点缀，和对面的金银花遥相对望，非常的有味道，非常的安静，运动、休闲，像是大自然的恩赐。

现在，四百多位照金村集团的产业工人，经过几轮培训，持证上岗，村民的就业问题都解决了。村集团的系列产品，野核桃油，亚麻油，20 多天卖了 600 多万，给村集团挣了 200 多万。村里的光棍脱单率100%，犯罪打架闹事赌博率，却降到零。每年来照金旅游的游客人数，从之前小荒坡山沟沟里的基本为零，到现在的两万、三万、五万，人数以无法想象的速度，直线飙升。

公司开年会的时候，组织孩子们做了绘画比赛，成立了照金小花朵基金，长期帮助这些孩子们的学习，然后把小朋友获奖的几幅画，进行拍卖，每一幅画平均拍卖 2000 到 3000 块钱，加上省上集团奖励给照金公司的城乡统筹奖金 5 万块钱，总共筹集了将近有 10 万块钱，作为这个基金的启动资金。

这一天下午，照金村 66 岁的村民李宝柱，收到了一个特别的 U盘。为了孙子的学习，家里买了电脑，U 盘这个东西，他还是第一次见。

在儿孙的帮助下，老人插上 U 盘，点开 U 盘里注明照片的文件夹，他的表情顿时严肃了起来，本来站着的身子，静静地挪到了椅子上。他一张一张点开 U 盘里的照片，泪水已经悄悄地爬满他阅尽沧桑的脸颊。

打开文件夹的一张照片，那是老人一家，在拆迁前自家老屋前的合影。拍完这组照片，老人就和照金村近 300 户村民一样，搬到了临时的村民安置点，随即，照金村全面拆迁，老房子与老房子里的记忆，几乎被碾压在推土机的车辙里。

打开最后一张照片，那是老人一家在鞭炮声中搬进新居的全家福。新家、新地、新窗、新门、新被褥，新笑脸。

没想到，这张 U 盘把一家人的历史、泪水和笑脸，都存录了下来。顺便存录的，是他苦心经营半生的家。照片上，老人抱着小孙子，被老伴和子女们簇拥着，他们之前的老房子，是一处修建了五六年的灰色瓦房。院子里种了几束野生的月季，灰色的外墙上挂着金黄的玉米。从整洁的庭院就看得出，这是一户勤劳质朴、热爱生活的农家。

老人凝视着这些照片，他指着照片上一个阴影的角落说：看，这里再往南，就是咱家以前的水井，哦，水井没在照片上呀！这间屋子以前，还挂着军烈属的木头牌子呢……照片没办法完全复制出那个旧式的房子，但在老人充满感情的话语里，那一张方寸之间的照片，被还原成一个寻常的农家小院，纵深开来，已经还原了老人从少年到耄耋的人生之路。

在静静的光阴里游走和回望时，时代又将推动他奔向新的起点，来到一个崭新的未知。他和所有人一样，经历了一场新鲜有趣，也颇具挑战的城镇化变迁之路。

跟老人一样，那一天，照金村搬进新居的近 300 户村民，大都收到了这个记录每一家自身历史的 U 盘，他们都不约而同地看到了自己以前的泪水和笑脸。那些泪水带着岁月中每个人的印记，有苦涩、有局促、有面对新生活的忐忑，也有为了记住那一段不复返的岁月，而自然留存的灿烂。

"每个人都有自己的历史，要让老区人民以后也能看到自己生活过的地方。"在这种信念的支持下，照金公司请来了做影像记录的合作公司，从每个角度记录这段历史。

一年前，在一家纪录片公司做摄影工作的小宇，随着照金公司的 13 人小团队来到照金，记录下照金这几年全部的影像资料。

大学刚刚毕业的小宇，是个肤色很白、细嫩、蓄着艺术家长发的青年。到照金第一天，他就把一架单反相机架到了照金镇北面的山坡上，每天早、中、晚爬上山坡，拍下当天照金镇各个时段和方位的影像。

给老百姓拍照，是他接受的另一个任务。他跑遍近 300 户人家，拍下他们的砖瓦房、灶台、水井、院子里的黄瓜藤和西红柿架，孩子们无邪的笑脸，老人们皱纹里挤出的期待……后来，一说到那次拆迁，小宇的眼圈就会发红，他说：老区人民真的太不容易了……

一年后的小宇，头发剪得精短，脸黑黝黝的，但很结实。他成了名副其实的照金通，无论走到哪条街道，都有人亲切地跟他打招呼。村民嫁娶，会请他帮忙摄影，孩子们见到他，会跟他无所顾忌地开玩笑，大声地喊出他的名字……

就因为拍摄，照金人跟他亲密了，他的身份开始变得复杂，他不只是与照金公司合作的兄弟公司员工，也不只是新、旧照金的影像记录者，他更像一个真正的照金人。和这个地方融为一体了。

照金陕甘边革命纪念馆的大展厅里，刘志丹、谢子长、习仲勋等老一辈革命家们走过的艰辛道路，用一碗黄豆选举产生的革命组织机构，为了老百姓能过上好日子，艰苦斗争、流血流泪的革命岁月，在人潮涌动的游客面前，就像是一颗颗火种，徐徐回顾、徐徐展开，再一次生根发芽，星火燎原……

在照金陈列馆的一面墙壁上，大型的 LTD 显示屏，被分割成若干正方形的小格子。每一个格子里都是照金乡亲们的笑脸，随着屏幕的变化，那些笑脸从黑白变成彩色，那是他们在拆迁前后不同时期的笑脸。你会发现，不到几年的时间，他们中的某些人，着装时尚了、脸细嫩了、笑得明亮了……但如果你见到了他们，他们就会告诉你：是照金变了。

他们落过泪，他们迷茫过，他们幻想过，后来，他们笑了。

这就是大时代里的小人物，无论是影像里的人，还是拍摄下这些影像的人，他们都是一段历史的记录者，也是这风云际会的年代，不屈于命运、勇于探索的弄潮儿。

牧场对面满山的金银花，因为是去年种的，今年开始收获。不过，这里存在一个问题，就是采花，照金的劳务费很贵。农业好像是一个微利行业，弄不好就要亏呢。雇用照金村民采花，照金人大部分都有了工作，一天少了 120 块钱，都没人来。雇用外面的人来采花，劳务费核算下来，就要花 10 万块钱，然后再加上后期加工，再卖出去，可能只能卖 10 万块，那样可就亏本了呀。

所以，今年照金村集团就发动员工，给你发个小篮篮，一天你给我交上两斤金银花，这样把第一季最好的花采了。第二季开花的时候，花期就没有第一期好了，比较零散。经过初步的测算，大概能净挣 6 万块钱。这么一个标准，他们想，从明年起，跟一些附近的村民合作，就是把这些花包给你，你每年给村集团交点利润就行了，采完之后集团有设备，帮你烘干，联系收购，每年给集团交点费用就行了。

这时，在照金的某一个山坡，某一块石头上，有一个抽烟的背影，于无声处，腹有江河。侧脸轮廓分明，仿佛有一种油画般的冷峻之感。

看到照金的乡亲们拖家带口，在鞭炮和欢声笑语中，迁回新居。以前永宏小卖部的老板，现在已经变成照金商业街上大型超市的老总。他的超市和银行联网，商品可以实现自动扫录和结算。因此，他只是雇了一些员工看店而已。至于他自己，充当起了义务导游，带着一大帮金色头发的国际友人，在照金的山山峁峁上四处游览。他学会了一些基本的外语，英语、日语、韩语，他都能对付一下。此刻，他正和几个老外指手画脚，结结巴巴地聊天，而在旁人看来，好像也毫无违和感。

赵海涛笑了起来。这里是照金吗？中国的一个地理位置有些偏远的山区小镇？

这就是照金，中国的一个偏远小镇。

显然，赵海涛与那些和他一起来这里闯荡的年轻人一样，将来有一天，也有可能会离开照金，再去一个新的地方启航。照金村集团，已经交给了照金。由照金回乡的十几位大学生骨干，担任着村集团的中层和高管。离开照金，他会再去生成宇宙中另外一个相互交叉的发光点。是的，他正向前走。

他想，我们身体中的每一个原子和分子，都记录着过去。记录着照金，记录着宇宙万物中偶尔交叉的小点。记录着照金和宇宙的全部历史。新一代年轻的恒星和行星，就在这里生成。这样想想，真是奇妙无比啊。他想：我现在仰头看到的，来自蓝色星际的光芒，是多少万年之前的光芒？那时我们的祖先，才踏上这片土地，就是我现在坐着的这块石头。在这多少万年当中，历史的进化历程，都在这些小小的、弯曲的，或许是折叠的交叉点中，无限地呈现。时间的尺度和距离的尺度，都十分巨大。相比之下，我们的思想，穿越广袤的宇宙和万物，穿越疆域或边际，眼前的光束，足以使我们可以涉足更远的星系，目睹恒星的诞生与飞翔的轨迹。不管我们跟随光走了多么辽远，不管我们穿越了多少时间和距离，光的本质，终使我们可以踏上更加饱满的旅程。因为无论往上看，往外看，往右看，无疑，都是在回顾过去，回应未来。

这些光束，正是过去和未来的信使，它带来了一个故事，大地起源的故事。我们的故事，照金的故事。我所热爱的一切，他所拥有的最宝贵的东西，以大地起源为伊始，由自然的力量合成，在恒星的周围转化，或者在它燃烧的历史中诞生，就这样，成为这个故事的一部分，多么奇妙无穷啊。

或许，在很久之前，我们便踏上了奔向这个故事的旅程。

2020 年 3 月 16 日凌晨子时初稿于西安

7 月 11 日寅时改定